CE SOIR, IL FERA JOUR

DU MÊME AUTEUR

BEAUCHABROL, Lattès, 1981, Souny, 1990

BARBE D'OR, Lattès, 1983, Souny, 1992

L'ANGÉLUS DE MINUIT, Robert Laffont, 1989

LE ROI EN SON MOULIN, Robert Laffont, 1990

LA NUIT DES HULOTTES, Robert Laffont, 1991
Prix RTL-Grand Public 1992

LE PORTEUR DE DESTINS, Seghers, 1992
Prix des Maisons de la Presse 1992

LES CHASSEURS DE PAPILLONS,
Robert Laffont, 1993
Prix Charles-Exbrayat 1993

LE CHAT DERRIÈRE LA VITRE (nouvelles),
L'Archipel, 1994

UN CHEVAL SOUS LA LUNE,
Robert Laffont, 1994

GILBERT
BORDES

Ce soir, il fera jour

ROMAN

ROBERT LAFFONT

ISBN 2-221-08162-5

1

– Mais qu'est-ce que tu me racontes, Flandrin ?

Marie avait parlé d'une voix rauque, pleine d'anxiété. Le soleil sortait des collines de Terrenoire. L'odeur épaisse des châtaigniers en fleur donnait à l'air une saveur lourde et sucrée. Des hautes fenêtres venait le cliquetis régulier des métiers à tisser comme la menace d'une nuée d'insectes. Flandrin n'entendait plus ce bruit de travail et de prospérité. À Plancheforte, seuls le silence des arbres et le chant des oiseaux inquiétaient le vieux passementier.

– Je te dis que ton Damien est parti ! Les mains dans les poches, sans sac et sans rien, avec la seule idée d'aller voir derrière le Pilat ou vers Clermont, et qu'il avait un drôle d'air !

– Tu veux dire qu'il est parti à Saint-Étienne voir M. Leroux, notre fabricant qui habite rue de la Bourse ?

L'homme contracta son visage maigre et ridé.

– Moi, je sais qu'il est parti et qu'il avait le pas de quelqu'un qui ne veut pas revenir ! Il est passé devant moi sans me regarder. C'était plus un homme d'ici,

voilà la vérité, ma pauvre Marie. Quand il a eu fait quelques pas, il s'est retourné, plein d'un soleil qui en faisait déjà un étranger et il m'a dit : « C'est le printemps, je ne l'ai jamais vu ailleurs qu'à Plancheforte.
– Et pendant la guerre, je lui ai crié, tu l'as pas vu ailleurs, le printemps qu'on est resté deux ans sans nouvelles et que tout le monde te croyait mort ? » Il s'est tourné et a ajouté : « Il faut que je le fasse. » Et il s'en est allé en boitillant sur la route de Saint-Étienne !

Marie hésita un instant. Ses cheveux noirs étaient attachés en un large chignon sur sa tête. Elle toussa, une bronchite contractée lorsqu'elle était clapeuse au puits vieux de la Chana, en 1910. Le hameau perché sur une colline dominait Saint-Étienne. Un brouillard sombre noyait les bas quartiers de la ville. Marie devinait le Montferré ; les crassiers du mont des Noyers et de Saint-Benoît fumaient au-dessus de cet océan de poussière que le vent poussait parfois jusqu'ici en épaisses volutes... Fille de mineur dans le sixième arrondissement à côté du puits Sainte-Marie et du puits Roland, elle se souvenait des assiettes couvertes de poussière, des verres gris et de cette boue qui se formait par temps d'orage, collante comme de l'huile. Son père, le brave Téteph, avait les poumons pris par la silicose et ne pouvait dormir que la fenêtre ouverte, même en plein hiver...

– Non, Flandrin, fit-elle en se ressaisissant. Tout ça est faux. Damien est parti voir notre fabricant, M. Leroux. Nous allons avoir un peu de retard pour le dernier chargement. Il est allé l'avertir. Dans une heure, je le verrai arriver chez nous. Allez, j'ai assez perdu de temps !

Elle entra dans la maison et monta à l'étage où se

trouvaient les quatre métiers Jacquard de la famille. Des courroies claquaient ; toute une mécanique de leviers, de roues, de fils vivait dans un bruit infernal. Un jeune homme se penchait sur l'une de ces énormes machines de bois. Il n'était pas très grand, mais avait de solides épaules, un visage carré et volontaire. Une jeune fille, occupée à la machine à garnir les canettes, poussa ses cheveux noirs qui roulaient sur ses épaules.

– Jeanne, je t'ai déjà dit d'attacher tes cheveux ! reprocha Marie d'une voix qui se voulait sûre, mais dont le tremblement dénotait une certaine angoisse. S'ils se prennent dans une courroie...

– Mais, maman, je fais attention !

Marie se tourna vers le jeune homme :

– Henri, ton père ne t'a-t-il rien dit ?

Henri se dressa :

– Moi ? Non !

Il se pencha de nouveau sur sa machine et réclama le silence. Dans ce bruit infernal, ce claquement de pièces de bois, il savait reconnaître l'anomalie, le fil cassé qui gâchait des mètres de ruban. Il passa devant sa mère et sa sœur, monta un escalier de planches et avança entre les métiers sur une passerelle étroite. De là, il dominait l'atelier et les tourelles de noyer d'où partaient en faisceaux des milliers de fils. Une bande de carton perforé se déroulait régulièrement comme dans un orgue de Barbarie. Henri vérifia qu'elle se pliait correctement, puis descendit. Marie regarda les six rubans de soie qui se tissaient. Elle admira les motifs réguliers, la trame parfaite. Damien était un artisan sérieux et réputé, ce qui valait à la famille Chaumiet de ne pas manquer de travail en cette période de crise. Avec ses quatre métiers, il arrivait à vivre, habiller correctement Marceau, le petit retardataire, et payer les études de Pierrette, la jumelle de Jeanne, qui était au collège. C'était une performance en ce printemps 1933 où le chômage réduisait à la misère un grand nombre d'ouvriers des grandes villes industrielles comme Saint-Étienne.

Marie pensait à ce que Flandrin lui avait dit. C'était tellement invraisemblable ! Le vieil homme n'était pas un mauvais voisin, mais il avait tendance à se mêler de ce qui ne le regardait pas et faisait des histoires d'un rien. Elle vérifia le dégagement des fils de chaîne, demanda des canettes à Jeanne. Henri marchait lentement entre les machines, concentré sur le bruit de chacune. Marie leva les yeux vers la lumière des hautes baies :

– Flandrin raconte n'importe quoi !

Henri tourna vers sa mère un regard interrogateur. Un enfant d'une dizaine d'années arriva par l'escalier. Il avait la tête ronde, les joues rouges, ses cheveux bruns étaient très courts.

– Qu'est-ce qu'il y a, maman ?

– Rien, Marceau.

Elle sortit et se dirigea vers le potager. Le soleil souverain au-dessus de Terrenoire l'éblouit. Marceau l'avait suivie.

– Tu n'as pas vu ton père ? demanda-t-elle.

L'enfant prit un air étonné, fronça ses yeux noirs, malicieux.

– Mon père ?

– Oui, ton père que je cherche. Paraît qu'il est parti à Saint-Étienne. Il ne t'a rien dit ?

– Moi ? Non !

Elle revint à l'atelier. L'absence de Damien avait changé le bruit des lourdes machines. Henri se tournait vers la porte avec inquiétude... À cette heure, son père aurait dû être là, comme tous les matins. Pourquoi s'était-il absenté sans rien dire ? L'angoisse grandissait dans l'esprit du jeune homme...

Marie ne pouvait tenir en place. Elle allait à la fenêtre, regardait la rue déserte, descendait à la cuisine, remontait. Quelque chose venait de se déchirer. La grisaille de la ville voisine pleuvait sur elle. Elle avait beau se dire que Damien allait arriver d'un instant à l'autre, une douleur mordait son ventre et lui donnait envie de crier. Son mari était revenu changé de la guerre. Que s'était-il passé pendant les deux années passées loin de Plancheforte où il n'avait pas donné une seule fois de ses nouvelles et dont il ne parlait jamais ? Il avait été blessé en juillet 1916 de deux éclats d'obus, un à la hanche gauche, l'autre au milieu du crâne, planté sous la peau, dans l'os, comme dans du bois. Les cheveux n'avaient pas repoussé à cet endroit et cela faisait une bosse blanche, comme un œuf.

Le petit Marceau, dont tout le monde se plaisait à vanter l'habileté pour poser le lourd papier Verdol sur le métier et vérifier le dégagement des fils de chaîne, regarda sa mère. Les cris et les menaces des autres grandes personnes ne l'apeuraient pas. Il avait l'habitude, le dimanche, de voir sortir du café Bombet des groupes de mineurs de Terrenoire ou de Saint-Jean-Bonnefonds, ivres et pleins de haine pour le monde entier. Mais la moindre peine de sa mère le terrorisait. Il lui semblait que la terre se dérobait sous ses pieds et qu'il allait tomber dans un puits... Il chercha à se souvenir de ce que son père lui avait dit la veille au soir qui pourrait expliquer son absence. Ils avaient feuilleté le *Tarif-Album* [1], avaient admiré le fameux fusil Idéal, à répétition, pour chasser les fauves et gros pachydermes.

– Ça, c'est un fusil de véritable chasseur ! avait dit son père en lissant sa moustache du bout des doigts.

Jeanne, à son tour, leva les yeux du faisceau de fils de soie, qui s'enroulaient régulièrement sur les petites bobines. C'était une superbe brune aux grands yeux bleus. Elle était toujours de bonne humeur, enjouée, et les garçons ne manquaient pas le dimanche de venir rôder autour de la maison Chaumiet.

– Je suis quand même étonnée que votre père ne m'ait rien dit ! fit Marie d'une voix blanche.

Jeanne voulut se rassurer. Cette journée d'avril serait identique aux autres. Elle dit :

– Il va rentrer avant midi. Il est allé voir M. Leroux !

M. Leroux était un riche fabricant qui fournissait du travail à la plupart des passementiers de Planche-forte ! Rond, portant chapeau melon et cravate noire, il ressemblait à un ours vêtu en bourgeois. Sa tête large, ses joues bleues d'une barbe trop dure qu'il rasait en s'écorchant le menton, son nez pointu lui donnaient l'aspect d'un clown, comme ceux que l'on voyait parfois pour la fête de Saint-Rémy à Planche-forte ou à Saint-Étienne, sur la place de la mairie.

– C'est ça, il sera là avant midi ! répéta Marie.

Une porte grinça. Un courant d'air frais parcourut la salle et fureta sur les mollets de Jeanne qui ne bougeait plus, statue de plâtre près de cette énorme machine qui battait de tous ses bras de bois et d'acier, palpitait comme un corps décharné, un squelette

---

1. Catalogue de Manufrance.

monstrueux animé d'une danse frénétique qui engloutissait les bobines de soie, et formait de ce fouillis de fils un tissu aussi léger que la brume du matin sur le ruisseau de Plancheforte. Henri s'approcha de sa mère.

– On a assez discuté. Le travail n'attend pas !

Il avait parlé avec animosité. Marie leva ses yeux noirs sur son fils. Dans ses prunelles, la lumière du jour scintillait en points indécis. Elle s'assit sur des caisses de carton pleines de bobines et de rubans prêts à être livrés. Elle se mit à tousser, s'essuya le visage avec son mouchoir.

Henri savait que son père n'était pas parti bien loin. Il était responsable de ces quatre métiers et il avait des dettes. On n'abandonnait pas sa maison quand on était un Chaumiet. Un ressort se tendait en lui, prêt à se rompre. Il éclata :

– Mais qu'est-ce que vous avez à vous monter la tête, ce matin ? C'est le diable du crêt de la Perdrix qui est venu vous porter la guigne ? Enfin quoi ? Notre père s'est absenté et Flandrin vient raconter ses histoires que vous croyez ! Attendez un peu que je le trouve, celui-là, et je lui ferai regretter ce qu'il vient de dire ! Allez, Jeanne, bouge un peu ! Et tes canettes à remplir, c'est moi qui vais le faire, peut-être ?

La jeune fille se remit au travail. Henri venait de parler et tout continuait comme avant. Elle sourit. Sa bouche était bien dessinée et son visage ovale semblait fait pour exprimer la joie. Une plaque de soleil allumait le mur et les fils de soie faisaient tout un enchevêtrement de rayons qui dansaient sur le métier.

Henri poussa son petit frère sans ménagement et lui ordonna d'aller préparer son cartable pour l'école. Il se tourna enfin vers sa mère :

– Va chercher le restant de soie dans la remise ! dit-il.

Elle obéit, petite fille à côté de ce garçon de dix-neuf ans. Henri était fier de son autorité. Il lui avait suffi d'élever la voix pour remettre tout en place. C'était lui le chef quand son père n'était pas là. Au fond, il ne regrettait pas cette absence inattendue qui lui donnait l'illusion d'être un homme.

Marie s'approcha du métier de droite que Damien appelait le bancal parce qu'il avait fallu le caler quand il l'avait remonté l'hiver dernier. Plusieurs fils s'étaient cassés et une partie du ruban était perdue. M. Leroux retiendrait le prix de la soie gâchée sur la somme convenue. Le cousin Jean Louspille le prendrait certainement, mais le paierait une misère pour le revendre dans les campagnes d'Auvergne ou du Limousin où il allait chaque été avec son camion blanc.

À midi, Damien n'était toujours pas revenu. Marie descendit mettre le couvert, et préparer à manger. Henri décida de ne pas patienter plus longtemps et s'assit à table. L'après-midi se passa dans l'attente. Marie regardait la rue et oubliait son travail. Elle sursautait au moindre bruit extérieur, courait vers la porte quand elle entendait parler. Marceau rentra de l'école vers cinq heures. Il était parti avant ses camarades de Plancheforte et ne posa pas de question quand il vit le regard anxieux de sa mère.

Pierrette arriva à la nuit. Elle prenait le car de Saint-Jean-Bonnefonds qui passait d'abord à la Talaudière et la laissait au bas de la côte de Plancheforte. C'était une jeune fille réservée, le teint pâle. Elle n'avait pas cette démarche altière et souveraine de sa sœur jumelle. On ne la remarquait pas, mais sa réussite au collège était la fierté de son père :

– Elle va passer son brevet supérieur et sera institutrice ! disait-il en gonflant la voix.

Pierrette fut bien vite renseignée par Marceau qui ne tenait pas en place. Le silence des grandes personnes l'oppressait. Alors, il parlait, racontait n'importe quoi jusqu'au moment où Henri se fâcha :

– Tu vas la fermer, un peu !

À la tombée de la nuit, quand Henri eut arrêté les métiers, Marie décida :

– Je descends voir M. Leroux.

– Je viens avec toi ! insista Jeanne.

Elles partirent toutes les deux, prirent le tramway à Saint-Jean-Bonnefonds jusqu'au centre de Saint-Étienne, la place de la Mairie. Il faisait bon, la nuit tombait lentement. Dans cette partie riche de la ville, la poussière de charbon était moins épaisse que dans les bas quartiers du Clapier, de Chavassieux, de la Chana... M. Leroux habitait une superbe maison au milieu d'un parc fleuri. Marie et Jeanne arrivèrent au portail et hésitèrent. C'était autant par timidité devant cette habitation cossue que par peur de découvrir une vérité qu'elles pressentaient. Jeanne appuya sur la sonnette électrique. Un domestique vêtu de noir arriva au portail. Jeanne lui expliqua le motif de leur visite. L'homme dit : « Je vais voir ! », et disparut dans la maison. Il revint quelques instants plus tard :

– Non. M. Leroux n'a pas vu M. Chaumiet.

Il fit demi-tour sans rien ajouter. Marie tremblait malgré la douceur de l'air. Damien n'était pas venu ici ! Où pouvait-il donc être allé ? Elle toussa et dut s'appuyer contre le mur pour reprendre son souffle.

La poitrine en feu, elle reprit la marche en donnant le bras à sa fille.

– Rentrons ! dit Jeanne. Cela ne sert à rien de s'attarder !

À Plancheforte, Marie ne put manger la soupe que Pierrette venait de préparer. Comme à son habitude, Henri ne parlait pas. Le silence pesait et Marceau avait envie de pleurer. Il prit le *Tarif-Album* et l'ouvrit à la page du fusil Idéal. Il regarda un moment le mécanisme, lut le nom des pièces et les lettres écrites à Manufrance pour vanter la fameuse arme. Maintenant, il en était sûr, ce matin, son père était passé s'acheter le fusil. Il n'en avait rien dit à sa mère par crainte qu'elle lui reproche cette dépense folle, et il était parti l'essayer sur les sangliers du Pilat. À moins qu'il ne soit parti en Afrique à la recherche des grands pachydermes... Henri lui ordonna d'aller se coucher et l'enfant resta de longues heures dans le noir, imaginant la charge d'un troupeau d'éléphants.

Henri alluma une cigarette et sortit. Florence l'attendait dans le chemin creux près de la grange. La jeune fille avait passé par la fenêtre basse de sa chambre pour le rejoindre, comme elle le faisait presque tous les soirs. Elle habitait quelques maisons plus loin. C'était une belle brune aux grands yeux noirs. Elle se blottit contre le jeune homme.

– Mon père n'est pas rentré ! dit-il. Je me demande bien où il peut être allé.

La jeune fille tourna vers lui son visage clair dans la nuit.

– Bah, il sera là demain matin !

Ils s'embrassèrent et partirent se promener dans le chemin noir. Quand Henri revint à la maison, il trouva sa mère assise derrière la fenêtre qui regardait la rue sombre. Il la somma rudement d'aller se coucher, mais la toux la prit dès qu'elle fut allongée et elle revint à la cuisine pour se préparer une tisane.

Le lendemain, vers six heures, il se leva, la tête lourde, et passa dans la cuisine. Sa mère était là. Vêtue d'une robe noire qu'il ne lui avait jamais vue, elle ressemblait à une vieille, à la grand-mère Augustine. Elle n'avait pas attaché ses cheveux et une petite mèche blanche tombait sur son front ; elle l'avait si bien dissimulée jusque-là qu'on l'aurait crue poussée dans la nuit.

– Mais qu'est-ce qui te prend ? s'étonna Henri.

– Ton père n'est toujours pas là !

2

Damien était parti depuis cinq jours.

Le soleil n'avait cessé de briller au-dessus des toits de Plancheforte. Dans la chaleur excessive de ce mois d'avril, les métiers claquaient en un perpétuel crépitement qui agaçait l'étranger. Le chapeau sur les yeux, le vieux Flandrin qui prenait le frais à l'ombre de son noyer pensait à sa vie, à sa fille veuve des suites de la guerre. Il pensait aussi à la chance qu'il avait eue tout au long de ces années difficiles. Trop vieux pour partir en 1914, il avait passé du bon temps sur les hauteurs de Plancheforte. Son beau-frère, mineur au puits vieux de la Chana, ne s'en était pas aussi bien tiré : il était mort de silicose à quarante-huit ans... Le regard du vieil homme se posa sur le brouillard gris de Saint-Étienne. Il n'aurait pas pu vivre dans cette poussière qui se collait aux meubles, aux murs, aux plantes. Près des puits, les arbres ne poussaient pas et les fleurs du printemps étalaient des pétales noirs... Pourtant, les mineurs s'en tiraient mieux que les autres. Ils avaient la Caisse qui payait les journées de maladie, le charbon gratuit et ils gagnaient deux fois plus que les passementiers. Malgré cela, Flandrin n'enviait pas ces hommes de la nuit à la peau grise incrustée de poussière de charbon.

Pierrette, qui partait pour l'école, lui dit un bonjour timide. À la façon dont la jeune fille marchait, Flandrin comprit qu'elle n'avait toujours pas de nouvelles de son père. Il s'éloigna en s'appuyant sur sa canne.

Henri l'aperçut et vint le saluer. Flandrin était un passementier d'expérience. Il travaillait moins depuis que sa fille couchait avec son ouvrier, un Lyonnais, ancien de la soie qui croyait tout savoir. Le vieil homme avait ses habitudes et l'autre n'en voulait pas. Alors, il restait chez lui, dans sa petite maison à l'écart de l'atelier. Il avait rafistolé un antique métier avec lequel il fabriquait des rubans autant pour s'occuper les mains à ce qu'elles avaient toujours fait que pour gagner sa vie. Flandrin se contentait de peu et son jardin, ses lapins et ses poules suffisaient à son ordinaire.

Il poussa son chapeau noir. Les rides de son front luisaient de sueur.

– Ma mère ne mange plus..., dit Henri. C'est plus tenable, il faut savoir...

Flandrin cligna ses yeux profonds dans leur orbite :

– Tu peux aller voir les gendarmes. Ils le chercheront, mais ça veut pas dire qu'ils le trouveront et il vaut mieux régler ses affaires soi-même.

– Ma mère veut pas. Elle dit qu'il faut attendre !

– Il finira bien par revenir, va ! Et toi, en attendant, tu peux faire tourner l'atelier.

Henri baissa la tête. La silhouette grêle de sa mère ne le quittait pas. Pour elle surtout, il voulait se montrer fort, pour elle, il voulait croire que ce n'était qu'un mauvais moment, que tout allait s'arranger.

– M. Leroux me fera pas confiance. Il n'y a pas assez de commandes pour ça ! Et puis, avec l'argent qu'on lui doit !

Le jeune homme se tourna vers la ville qui grouillait en bas. Un léger vent soulevait la poussière qui s'enroulait en volutes lentes puis retombait, coulait sur les pentes des crassiers, engloutissait les maisons dont on ne voyait, à travers cette gigantesque respiration, que des silhouettes vagues et sans couleur. Une voiture noire montait de Saint-Jean-Bonnefonds. Elle tourna vers Plancheforte et s'arrêta devant la maison des Chaumiet. Henri courut au-devant de l'homme qui claqua la portière. Marie, toute noire, sortit au grand soleil. Elle avait les traits tirés ; ses cheveux s'échappaient en mèches désordonnées de son foulard.

– Monsieur Leroux ! dit-elle. Vous ici ? Serait-ce que vous avez des nouvelles ?

M. Leroux baissa sa tête grasse. Le regard ardent de Marie le gênait, d'autant qu'il allait avoir à dire des choses désagréables. Mais le fabricant avait l'habitude de ces situations délicates et s'en tirait fort bien. Il savait être désarmant de simplicité et de compassion.

– Non, dit-il en grattant sa joue bleue, je n'en sais pas plus que l'autre fois. Sauf que...

– Sauf que quoi ? demanda Marie, angoissée.

M. Leroux secoua sa tête aux bajoues flasques. Il soupira comme s'il supportait à lui seul tout le malheur d'une profession mise à mal par la crise.

– Damien est passé à Saint-Étienne, chez Marilou. Georges, le garçon du café, lui a parlé. Rien de spécial. Il a acheté des cigarettes, il a bu un verre de blanc et il est parti. Quand le malheur est là...

Il paraissait engoncé dans sa veste trop étroite. Il

alla saluer Flandrin qui avait baissé son chapeau sur ses yeux mais ne perdait pas un mot de ce qui se disait. Henri se méfiait. Il savait que cet homme qui se donnait des airs de bon bougre ne pensait qu'à ses affaires, et n'avait pitié de personne. Quand il eut échangé quelques mots avec Flandrin, M. Leroux revint vers Marie. Le fabricant avait remarqué qu'Henri était sur la défensive et préféra ne pas traiter avec lui.

– Marie, je dois vous parler ! dit-il d'une voix un peu gênée. À vous seule.

Il tendit la main vers sa voiture :

– Si nous allions faire un tour ? Nous serions plus tranquilles.

Marie passa devant l'homme qui lui ouvrit la portière et s'assit sur le siège moelleux. Depuis le départ de Damien, elle vivait comme un automate ; son corps était devenu fourmilière, refuge de toutes les douleurs possibles. Déjà la voiture s'en allait, passait devant la maison de la vieille Virginie qui devait la suivre des yeux, et s'enfonçait dans la vallée. Devant eux, les monts du Pilat se dressaient, barrière entre leur pays, le Forez, et le Lyonnais riche de ses fabriques de soie, de ses vins qu'on buvait le dimanche ou pour les grandes occasions. Ils traversèrent Saint-Jean-Bonnefonds. L'église pointait son clocher vers un ciel sans fin. Marie suivit des yeux la flèche surmontée du coq gaulois. C'était là qu'elle s'était mariée avec Damien, là, devant ce parvis, sur cette petite place qu'elle était sortie au bras de cet homme qui l'arrachait du quartier de Montaud dans le sixième arrondissement de Saint-Étienne, qui l'emmenait au soleil de Planche-forte, avec des hommes qui savaient encore ce que vivre voulait dire. Il avait si bien su lui faire oublier les crachats noirs des vieux, les toux dans le matin froid...

La voiture entra dans Saint-Étienne par la rue de la Pataudière. Ici, le ciel était gris ; le halo du soleil donnait une lumière sans ombre. À sa droite, Marie reconnut les bâtiments du puits des Chaumières... Elle s'inquiétait vaguement du silence de M. Leroux qui regardait la route de ses yeux de renard, mais elle se laissait entraîner, emporter comme une pierre sur la pente, un boulet fatigué de rester en équilibre sur une crête. Elle demanda :

– Où m'emmenez-vous ?

Il ne répondit pas. La voiture tourna dans un chemin bordé de grands hêtres et de chênes aux troncs couverts de lierre. C'était le bois de Méons où, enfant, elle venait pique-niquer avec sa sœur et ses parents. La voiture s'arrêta ; M. Leroux lui ouvrit la portière.

– Nous serons bien ici pour parler.

Marie était sur ses gardes. Un frisson gelé parcourut ses reins. L'homme fit quelques pas lents de sa démarche de canard gavé et se tourna. Il semblait chercher ses mots.

– Voilà : M. Chaumiet est parti depuis presque une semaine et je ne peux pas laisser l'atelier plus longtemps comme ça !

– Ça ne change rien ! dit Marie. Henri, Jeanne et moi pouvons faire le travail.

– Il me doit beaucoup d'argent !

Marie se dressa, les mains en avant, ouvertes, comme prêtes à griffer. Son visage fatigué se contracta. En quelques jours, il s'était ridé ; la mèche blanche s'était épaissie sur le devant de son abondante chevelure noire.

M. Leroux prit cet air embarrassé qui lui allait si bien. Il leva ses yeux globuleux sur Marie.

– C'est que...

– Nous paierons !

– Je le voudrais bien. Mais ce n'est pas possible.

– Pas possible ? Ah bon, et pourquoi ?

– Parce que sans M. Chaumiet, cet atelier ne peut pas tourner. Votre fils est trop jeune et il va partir au régiment. Et vous, vous n'êtes pas du métier.

Marie fut prise d'un accès de toux. Elle leva enfin ses yeux injectés de sang sur l'homme :

– Vous nous mettez dehors, si j'ai bien compris.

– Sûrement pas, protesta le fabricant. La maison et les métiers restent à vous. Je veux seulement vous permettre de continuer en attendant le retour de M. Chaumiet. Un certain Valet, qui est un excellent artisan, va venir dès demain pour finir les commandes. Il vous donnera un coup de main. Ça arrangera tout le monde.

Un mur s'effondrait devant Marie, ce mur patiemment bâti chaque jour, qui devait à jamais la séparer de la misère des puits et faisait d'elle une ouvrière passementière indépendante. Non, ce n'était pas possible !

– Je refuse ! dit-elle d'une voix sèche.

L'homme fit une grimace qui découvrit une molaire en or.

– Moi aussi, j'ai des dettes et il faut que je trouve de l'argent ! dit-il sur un ton de confidence. Les temps sont difficiles, vous le savez, et il faut pourtant que je vive...

– Personne ne prendra la place de Damien dans cette maison ! insista Marie.

Dans d'autres circonstances, M. Leroux aurait été capable de supplier pour arriver à ses fins. Il estima qu'il avait eu assez de patience. Il se gratta la joue, s'éloigna de quelques pas, et fit volte-face :

– Dans ce cas, je reprends le dernier chargement pour le donner à quelqu'un d'autre. Vous m'obligez à une extrémité que je n'aime pas, mais je ne peux pas faire autrement.

Marie ne répondit pas. Elle était lasse tout à coup, comme vidée de son énergie.

– Si on rentrait ? proposa-t-elle.

M. Leroux n'insista pas. Il ouvrit la portière et Marie s'assit. Elle se sentait ligotée, mais ne pouvait pas accepter que quelqu'un qu'elle ne connaissait pas vienne dans son atelier, s'assoie à la place de Damien...

Ils passèrent par le centre de Saint-Étienne. M. Leroux, sans quitter la route des yeux, dit d'une voix qui se voulait chaleureuse :

– Je voudrais que vous compreniez que je fais ça pour vous, pour vous permettre de rester.

Marie ne répondit pas. Elle était ailleurs, elle flottait sur ce nuage de brume grise, sans corps, vague brûlante. Elle n'avait pas dormi depuis plusieurs jours, hantée par cette évidence, cette terrible vérité : il y avait dans le monde un lieu, une ville, un continent, un mirage auquel Damien n'avait pas su résister.

La voiture roulait entre les flaques de soleil et l'ombre épaisse des noyers. La campagne scintillait. Les collines étaient quadrillées de petites prairies entourées de haies qui bleuissaient sous la lumière de midi. Des vaches paissaient ; tout ce paysage semblait étranger à Marie. Elle reprenait sa place oubliée depuis vingt-cinq ans, celle d'une fille des bas-fonds gris, des cités tristes au pied des crassiers. La rédemption avait été de courte durée ; la ville noire ne l'avait pas oubliée.

La voiture s'arrêta devant l'atelier. Marie descendit sans attendre que M. Leroux lui ouvre la portière.

Marceau l'aperçut et courut vers elle. Tandis que la voiture faisait demi-tour, elle entra dans l'atelier. Henri s'affairait à fixer le battant du métier bancal qui avait pris du jeu. Marie regarda un moment les six rubans enroulés sous le porte-navettes.

– M. Leroux va nous envoyer un certain Valet pour remplacer ton père en attendant qu'il revienne.

Henri, penché sur l'écheveau des potences, leva la tête, comme s'il n'avait pas compris. Ses cheveux courts châtains accentuaient la forme carrée de son visage. Ses petits yeux clairs avaient la fixité de ceux de son père.

– M. Leroux se mêle de ce qui ne le regarde pas ! Ici, c'est chez nous ! dit-il d'une voix pleine de colère.

– Oui, mais il y a la dette et il menace de reprendre le dernier chargement !

Henri resta un moment comme figé. Il haussa les épaules :

– Puisque c'est comme ça..., dit-il en se dirigeant vers le compteur électrique.

Il poussa une manette. Le bruit décrut ; les courroies et les poulies emportées par leur élan tournèrent encore un moment avant de s'immobiliser. Le silence pesant de cette pièce toujours bruyante donnait envie de crier, de secouer ces machines qu'on n'avait pas l'habitude de voir inertes. Les bras de bois étaient suspendus sur le vide, menaçants. On s'attendait à un tremblement de terre ; Jeanne n'osait pas bouger malgré l'araignée qui grimpait sur son mollet.

– C'est bien comme ça ! dit Henri, et il sortit sans expliquer son geste.

Dehors, Flandrin qui prenait l'air sous son noyer avait tourné la tête vers l'atelier silencieux. Il ne fit aucune remarque quand il vit Henri se diriger vers le potager et le bâtiment qui servait d'abri aux poules et aux lapins. Cette basse-cour et cinq mille mètres carrés de bonne terre procuraient à la famille un peu d'argent avec la vente des œufs et des légumes au marché. Henri aimait le travail silencieux de la terre et y consacrait plusieurs heures par jour.

Pour échapper à cette terrible tension interne, le jeune homme éprouvait le besoin de s'occuper les mains loin des métiers. Il ne réfléchissait pas. Des flammes brûlantes traversaient son esprit. Il avait une envie de meurtre, de violence. M. Leroux ne faisait que récupérer ce qui était à lui ; le coupable, c'était son père, son père que jusque-là il avait refusé d'accuser. Il lui en voulait quel que soit le motif de sa fuite. Pourquoi laisser sa mère sans nouvelles, sans le moindre signe de vie ? Le ressentiment laissait la place à la frustration et à une haine qu'il n'osait pas avouer et qui l'empoisonnait.

Les collines se donnaient au soleil. Le mur bleu du Pilat se confondait avec le ciel. Les hirondelles tournaient autour du bâtiment, rasaient la prairie et le blé en herbe. Marie arriva. Elle errait d'un chemin à un autre, n'osant plus entrer dans cette maison silencieuse qui n'était plus la sienne. Henri bougonna :

– Ils veulent l'atelier, eh bien qu'ils le prennent, mais pas la terre !

– Ils prendront tout s'ils veulent ! dit Marie d'une voix qui se voulait calme. Notre dette dépasse largement le prix de cette terre...

Elle avait maigri. Son tablier noir flottait autour de ses hanches. Ses cheveux qu'elle n'avait pas attachés, barrés de la mèche blanche, étaient secs, vides de cette vie qu'Henri leur avait connue au beau temps de son enfance.

Jeanne les avait rejoints. La jeune fille s'était réfugiée au plus profond d'elle-même, dans ce coin ensoleillé où elle gardait pas mal de revanches, de vies futures. Le malheur n'enlevait pas de ses lèvres ce sourire à fleur de peau et de ses yeux cette étincelle de joie de vivre. À dix-huit ans, elle savait que la passementerie n'était pas sa vocation. Elle n'épouserait jamais un ouvrier de Plancheforte ou de Terrenoire, comme le souhaitait son père. Jeanne attendait patiemment d'avoir l'âge de partir sans demander la permission. Son caractère indépendant ne pouvait pas se satisfaire d'une vie servile à l'ombre d'un homme. D'ailleurs, elle n'en trouvait aucun à sa convenance et se moquait de ces garçons maladroits qui lui faisaient la cour.

Marceau arriva. Il courut le long de la haie à la recherche des trèfles à quatre feuilles. Sa mère lui cria de se méfier des vipères, mais l'enfant ne se souciait pas du danger. Les mollets dans les grandes herbes sèches, il fouillait le tapis de trèfles, à coups de main gourmands. Son insouciance d'enfant avait pris le dessus. Tout allait s'arranger puisque son père, avec le fusil Idéal, n'avait pas résisté à la tentation d'aller chasser les grands pachydermes ! À son retour, il aurait tant de belles histoires à raconter !

Henri rangea ses outils et apporta une brassée d'herbe aux lapins. Il n'avait pas imaginé que la vie pût se passer ailleurs qu'à Plancheforte, avec les monts du Pilat comme limite d'un monde à lui, bien agencé, et la ville en contrebas qui cachait ses mystères, la ville qui le tentait, chaque dimanche à l'heure d'aller boire un verre au café Bombet, et dont ses copains lui parlaient : Fernand Planchet, grand comme un cierge, Jacques Devault, né le même jour que lui, Alain

Rigaudie, dont les parents venaient d'ailleurs, d'une lointaine contrée par-delà l'Auvergne. Ils étaient paysans, et ne savaient rien de la passementerie, ce qui les tenait à l'écart. Alain travaillait à Saint-Étienne à la Manufacture nationale d'armes.

Ils revinrent à la maison. Jeanne se mit à préparer le repas sur la cuisinière. Marie allait et venait dans cette petite pièce sombre, entre la table et le placard, déplaçait des objets, poussait la soupière, prenait une louche sans réussir à faire quelque chose d'utile. C'était ainsi depuis le départ de Damien. Henri et Jeanne comprenaient l'angoisse de leur mère, et ils ne trouvaient pas les mots pour la rassurer. Henri serrait les dents, une lueur froide passait dans ses yeux. Il se jurait de faire payer les coupables. C'était aussi pour se rassurer, pour se donner l'impression d'être fort alors qu'au-delà de ces murs il avait peur de tout. L'avenir le terrorisait.

Dehors, la journée n'en finissait pas. Les gens étaient sortis et on entendait le bruit de leurs voix calmes. La vie était là, derrière cette porte fermée ; les Chaumiet n'y participaient plus. On devait parler d'eux, les voisins les plaignaient et auraient voulu les aider, mais comment ? Les temps étaient si durs ! Un soir, pour les distraire, Flandrin était venu s'asseoir près de la cuisinière et avait raconté une histoire qu'il croyait drôle. La présence du vieil homme avait exaspéré Marie qui l'avait poussé dehors. Marceau ne sortait pas jouer avec les autres enfants. Quand la nuit tombait, il se tassait dans son coin et feuilletait le *Tartif-Album*, des rêves de savane plein la tête.

– C'est bien une lecture pour un enfant ! disait Jeanne en prenant le catalogue. Allez, au lit.

La jeune fille emmena Marceau et s'allongea à côté

de lui. D'ordinaire, c'était sa mère qui l'accompagnait, mais, depuis quelques jours, Marie ne faisait rien, sinon tourner en rond et regarder la route par la fenêtre. Le village sombrait dans son silence nocturne. Les lampadaires de Saint-Étienne scintillaient à travers la brume comme des étoiles posées sur les collines. Là-bas, il n'y avait pas d'aubes lumineuses. La grisaille ne se dissipait que quelques instants après les averses et les orages d'été. Alors, le ciel apparaissait, lavé, propre, avec des nuages neufs. Au bout d'une heure ou deux, la poussière des crassiers reprenait sa place. Le jour était maudit chez les hommes du charbon, les hommes du ventre de la terre.

Marie était sortie dans la rue déserte. Le vent était frais, elle ramena son gilet sur sa poitrine. Henri l'avait suivie en silence. Les maisons s'éteignaient. Le père Planchat rentrait de sa ferme et ses sabots sonnaient sur les cailloux. Un chien aboyait au bout du hameau ; une voiture descendait de Saint-Jean-Bonnefonds vers Saint-Étienne. Crier dans ce calme aurait fait du bien à Marie. Tant de choses se comprimaient en elle, se tassaient dans ses pensées pour n'en ressortir qu'en cauchemars. Elle aperçut Henri.

– C'est l'heure d'aller au lit ! dit-elle. Demain, on verra...

Cela voulait dire : « Demain, il sera peut-être revenu. Demain, il sera là pour mettre dehors Valet à coups de pied au cul. »

Henri laissa sa mère. La porte de la maison grinça en se fermant. Marie alla s'asseoir sur la pierre plate au pied de la croix, à l'entrée du hameau. Elle venait là souvent, comme elle l'avait fait pendant les deux années d'absence de Damien, l'oreille aux aguets, épiant les voitures sur la route de Saint-Étienne. Il lui semblait que toute sa vie s'était passée à attendre...

Le silence souverain cachait une menace imprécise. Quand Marie était arrivée à Plancheforte, les métiers travaillaient jour et nuit. C'étaient eux les maîtres des lieux ; les secondes, les heures n'avaient de sens que par le déroulement des bobines, l'alignement des fils, le va-et-vient des navettes. Et puis la crise était arrivée. Les commandes devenues rares laissaient aux passementiers le temps de dormir.

Onze heures sonnèrent au clocher de Saint-Jean. Marie revint à la maison. Les enfants dormaient. Elle monta à l'étage. Des hautes fenêtres, venait une lumière bleue diffuse. Les métiers ressemblaient à des pantins figés, des monstres stoppés dans un geste de massacre. Demain, ils se donneraient à un étranger. Demain, un autre que Damien abaisserait le levier de l'électricité et les courroies se mettraient en mouvement...

Non, cela ne se pouvait pas. Marie se raidit, courut dans la remise où étaient rangés des cartons de soie qu'elle porta au pied du métier neuf pour lequel Damien s'était tant endetté, disposa du papier journal qu'elle froissa et craqua une allumette. Ses gestes étaient précis, comme prémédités, pourtant elle les accomplissait sans y penser. C'était quelqu'un d'autre qui avait envie de rire en regardant la flamme grandir sur le papier, sauter sur un fil d'argent, le suivre comme un équilibriste, embraser un écheveau tout entier. Le feu se propagea rapidement aux rouleaux de rubans. Il léchait les bras de bois, passait d'un métier à l'autre, incendiait les faisceaux des cordes d'empontage. Marie regardait cette lumière, attirée comme un papillon par une lampe, immobile.

Un pas rapide fit trembler l'escalier de bois. Henri poussa un cri, éloigna sa mère. Sa chemise déboutonnée pendait sur son pantalon. Le feu prenait de l'amplitude et léchait déjà les solives du plafond. De hautes flammes sortaient des fenêtres ouvertes. Quelqu'un cria au feu. Des voisins arrivèrent pour aider à sauver ce qui pouvait l'être. De la fontaine située à proximité, une chaîne se forma pour porter les seaux. Henri était partout à la fois. Il frappait les braises à coups de balai. Le père Planchat dut le forcer à reculer.

Les pompiers de Saint-Jean furent là en quelques minutes et maîtrisèrent vite l'incendie, mais les métiers à tisser étaient hors d'usage. Marie avait gagné : personne ne viendrait travailler dans cet atelier ! Elle s'était tenue en retrait, étrangère au drame qu'elle avait déclenché. Planchat, qui était un bon voisin, lui dit :

– Venez à la maison. Demain, on y verra plus clair.

Le jour se levait. Le Pilat découpait sa masse sombre sur un ciel laiteux. Les coqs chantaient.

3

Le soleil était déjà haut sur l'horizon, les hirondelles tournaient entre les maisons de Plancheforte. Henri ne s'était pas reposé. Il était resté chez lui pour nettoyer le rez-de-chaussée et surveiller les décombres fumants où le feu pouvait reprendre. Les dégâts étaient moins importants qu'il l'avait cru. Si les quatre métiers étaient inutilisables, la charpente et le toit n'avaient été que peu touchés par les flammes.

Planchat avait emmené Marceau et les jumelles. Marceau s'était endormi sur le banc et les filles encore sous le choc avaient bu du café avec Éliane Planchat. Marie était partie s'asseoir au pied de la croix. Henri voulut la faire rentrer, elle refusa. Que se passait-il dans cette tête que le jeune homme croyait connaître ? Il se sentait perdu. Pour la première fois de sa vie, il avait le pressentiment que Plancheforte n'était qu'un passage, qu'il allait vivre ailleurs, et l'avenir lui faisait peur.

À l'étage, l'escalier épargné était jonché de gravats. L'eau et la suie formaient une bave glissante. La cloison de la remise s'était effondrée sur les restes du métier bancal. Des bras de bois à moitié calcinés se dressaient avec leurs crochets, des restants de bobine, des pièces métalliques que la chaleur avait tordues. Henri regardait ces ruines sans émotion. Il était fatigué, trop de choses s'étaient passées en quelques heures. Les fenêtres noires encadraient un ciel bleu et profond, plein d'une invitation imprécise.

En descendant, il glissa sur une marche et faillit tomber. Tout était sale, gluant : la table était noire de suie, la cuisinière pendue à son tuyau couverte de plaques de plâtre calciné. Dans la chambre voisine, le lit de ses parents avait été épargné. Sur celui de Marceau, les couvertures étaient rassemblées en boule. Par la fenêtre, Henri vit le père Flandrin qui descendait vers l'atelier de sa fille, situé au bout du hameau. Par moments, un panache de fumée entourait sa tête et s'éparpillait, bu par l'air léger du matin. Plus loin, Fernand Planchat criait à ses vaches. Comme beaucoup de passementiers, Planchat avait une petite ferme qui permettait de supporter les mauvaises années... Florence Régaudie allait au potager, un panier sous le bras. Elle obliqua sur la droite, se cacha derrière la maison de Flandrin et arriva chez Henri. Elle posa son panier sur la table :

– Quelle histoire ! dit-elle en se blottissant contre Henri qui la serra très fort contre lui, plus fort que d'habitude.

Ils restèrent un bon moment silencieux. Tout à coup, Florence murmura :

– J'ai peur de te perdre ! Depuis le départ de ton père, rien n'est comme avant.

Henri respirait l'odeur de fleur sèche de cette chevelure noire, caressait des lèvres cette peau chaude, lisse. Ce contact le guérissait de ses peurs. Une douce ivresse le gagnait. Tous ses soucis s'envolaient.

– Tu me perdras pas, c'est juré !

Elle eut un mouvement de la tête, une ombre passa dans ses yeux noirs. Sa poitrine se gonfla puis, posant son front au creux de l'épaule d'Henri, elle dit encore :

– J'ai peur.

Il ne répondit pas. À cette heure, il n'était plus sûr de rien. Pourtant, comment imaginer la vie sans Florence ? Ils s'aimaient depuis l'école communale, depuis leurs premiers pas.

– Maintenant, je sais que tu vas partir.

Il le savait aussi et ne trouva rien à répondre pour rassurer la jeune fille. Marceau arriva en criant. Florence se dégagea, s'essuya le visage. L'enfant entra dans la maison, monta à l'atelier, fureta un moment puis s'en alla.

– Celui-là, dit Henri, pour qu'il se fasse de la bile... Avec lui, tout va toujours bien.

Florence entendit sa mère l'appeler et sortit. Jeanne et Pierrette arrivèrent. Sans un mot, les jumelles se mirent à nettoyer la suie de la table, les chaises, le gros bahut où était rangée la vaisselle. Pierrette alluma la cuisinière.

– Et maman ? demanda-t-elle.

Henri lui répondit par un haussement d'épaules. Sa mère était assise sur la pierre plate près de la croix, absente de la réalité. Pierrette était peu bavarde et fuyait les jeunes gens de son âge. Elle ressemblait à son père, les mêmes petits yeux clairs, le même front haut et bombé. Ses gestes étaient souvent trop grands, comme dirigés vers un but inaccessible. On la disait habile à piquer les fils de soie, mais elle travaillait peu à l'atelier. Après avoir obtenu son certificat d'études à douze ans, elle était partie au collège. Si tout allait bien, elle aurait son brevet supérieur au mois de juin 1934 et prendrait son premier poste d'institutrice à la rentrée suivante.

Henri partit s'occuper des poules et des lapins. Sur les pruniers, les oiseaux chantaient ; rien, dans cette campagne paisible où le cliquetis des grillons se confondait avec celui des métiers, ne rappelait le drame de la nuit. Pourtant, pour le jeune homme, chaque pas sur ce chemin était désormais un pas vers l'inconnu. Qu'allait être cette journée sans travail, près des décombres de l'atelier ?

Assise au pied de la croix, Marie était restée prostrée de longues heures. Dans son esprit immobile, des flammes dansaient, dévoraient un passé qui n'était plus le sien. Des nuages noirs sortaient des collines et roulaient vers le Pilat. Une vache meuglait dans le pré en contrebas. Le chien de Planchat aboyait.

Elle se dressa, fit quelques pas dans le chemin en direction de la grange. Une odeur âcre de vieille paille et de poussière montait du fossé. Elle retourna vers la route déserte. Les métiers claquaient dans les ateliers. Des enfants criaient au bout du hameau, derrière chez Devault... Le père Flandrin qui revenait de chez sa fille tourna vers elle son visage maigre, ses yeux profonds.

– Eh, la Marie, où que tu vas ?

– À Bonnefonds.

Ce n'était pas Marie qui avait parlé, mais une autre femme, une autre voix qui l'habitait depuis hier. Elle tira sur ses seins son gilet noir et s'éloigna très vite tandis que le vieux grattait de ses doigts crochus son crâne chauve. Au croisement, elle tourna vers Saint-

Étienne, une route toute en pente, bossue et défoncée par les roues ferrées des carrioles. Elle traversa le pré de Bonjour taillé en escalier, longea le petit bois de Vernejoux. Elle courait ; elle fuyait comme si une bête féroce s'accrochait à ses pas. La descente l'emportait. Le chevalement du puits de Chazumière se dressait sur sa gauche ; à droite, se trouvaient les maisons grises de l'Épare avec l'énorme crassier d'où s'échappaient des fumerolles claires.

Une voiture arrivait et s'arrêta à sa hauteur. Un homme aux cheveux gris passa la tête par la vitre baissée :

– On peut vous conduire quelque part ?

Elle s'arrêta, surprise, recula jusqu'au talus, puis bredouilla :

– Peut-être.

– Je vais à Manufrance.

Manufrance ! Chez Mimart, comme on disait à Saint-Étienne... La grande usine où tous les Stéphanois auraient voulu travailler. Mais là aussi, il n'y avait plus de place.

– Je vais aux Sagnes ! dit Marie.

– Vous n'y êtes pas encore ! constata l'homme. Montez donc, je vais vous conduire.

– Mais ce n'est pas dans votre direction !

– Bah, je ne suis pas à dix minutes près.

Elle monta dans la voiture. Il ne lui était pas venu à l'idée qu'elle aurait pu refuser. L'homme avait une cinquantaine d'années. Ses cheveux gris étaient soigneusement coiffés de chaque côté d'une raie au milieu du crâne. Il portait un costume noir. Marie remarqua sa moustache légère comme deux ailes de moineau. Sa peau claire et lisse montrait l'aisance de quelqu'un qui ne travaille pas dans un atelier.

– Voilà, dit-il. Je suis un des responsables des cycles Hirondelle.

Une odeur de fleur délicate, fraîche et limpide comme les odeurs du matin, régnait dans la voiture. Marie était ivre de fatigue, de douleur, de peine, mais ivre quand même ; une douce euphorie coulait dans sa tête. L'homme se tourna vers elle :

– Vous travaillez dans la passementerie ! affirma-t-il, sûr de lui.

Marie fit une grimace. Ce terme lui remettait en mémoire les événements de la nuit. Des flammes dansaient devant ses yeux. Il sourit :

– Vous avez un fil de soie sur votre manche...

La voiture traversa Saint-Étienne. Marie entrevit l'usine à gaz, les puits du Soleil, puis l'énorme bâtiment de la Manufacture nationale d'armes. Ils passèrent par Bel-Air. On appelait les Sagnes une cité minière entre le puits Roland et le puits Palluat. Des petites maisons ternes, couvertes de tuiles, s'alignaient le long de la rue, juste derrière les crassiers où, enfant, Marie allait glaner les restants de charbon avec sa sœur.

– Voilà, dit-il, vous êtes arrivée.

– Déjà ? dit-elle surprise.

Elle tourna vers lui ses grands yeux fatigués. Il lui sourit :

– Je m'appelle Renaud Le Couturier. Vous savez où me trouver.

Elle sortit et la voiture s'en alla. Des enfants jouaient au pied du crassier, dans la boue noire de charbon. Tout était gris, sans lumière. Le chevalement du puits Cécile se dressait devant elle avec son énorme roulette qui tournait. Toutes les maisons se ressemblaient, avec leurs deux fenêtres, de chaque côté de la porte en bois plein. Les bruits de la mine arrivaient jusque-là, grincements des berlines qui remontaient le charbon, appels des ouvriers de surface. Ces bruits, Marie les entendait depuis sa plus petite enfance. Ils étaient plus naturels à ses oreilles que ceux des métiers à tisser dans la lumière souveraine de Plancheforte.

Elle poussa un petit portail en bois où la poussière s'était agglutinée en écailles noires qui se détachaient. Elle marcha dans l'allée entre deux rangées de dahlias en bouton.

Une vieille femme minuscule vint ouvrir. Sa peau était aussi blanche que ses cheveux ; ses mains décharnées se levèrent.

– Marie ? Toi ?

Marie entra sans un mot et se laissa tomber sur une chaise. Un sanglot souleva ses épaules. Les larmes qu'elle avait retenues jusque-là se mirent à couler sur ses joues comme si elles ne devaient jamais s'arrêter. La vieille femme sortit un mouchoir blanc de la poche de son tablier et le tendit à Marie.

– Essuie-toi.

Puis elle l'observa mieux, découvrit la mèche blanche et s'étonna :

– Mais tu t'es habillée en noire comme une veuve ?

– Je suis veuve ! dit Marie.

– Ma fille, qu'est-ce qui se passe ?

Entre deux sanglots, Marie réussit à dire :

– Damien est parti et personne ne sait où il est... L'atelier a brûlé cette nuit !

– Mon Dieu ! fit la mère en se tournant vers une statue de la Vierge posée sur une étagère, à côté du réveil.

4

Quand elle cessa de pleurer, Marie sombra dans une espèce d'hébétude silencieuse. Elle resta plusieurs heures prostrée dans le coin le plus sombre de la maison. Sous ses paupières fermées, les flammes dansaient toujours sur les métiers, s'enlaçaient dans un ballet sordide. Elle refusa le bouillon que sa mère lui proposa à plusieurs reprises et répondit à ses questions pressantes par des bribes sans suite. Quand la vieille femme lui parla des enfants, d'Henri, de Marceau qui était son préféré, des jumelles, Marie eut un geste vague. Ils étaient restés là-haut, derrière le mur de poussière, au bout de ce chemin morne. Le feu avait épargné la maison, Henri s'occupait de tout. Marie ne désirait rien, sinon, prendre le premier chemin qui s'offrirait à ses pas et marcher sans relâche, marcher sans but, jusqu'au bout de ses forces. Elle était venue là parce que ses pas l'y avaient entraînée, pour fuir le reste du monde, mais comme le monde ne l'oubliait pas, elle s'échapperait, elle irait chercher Damien et le trouverait, à force de fouiller les campagnes et les collines...

La vieille Augustine s'agenouilla devant la Vierge de plâtre. Un nouveau malheur était donc arrivé ! La paix n'existait pas dans ce monde, surtout pour les pauvres. Le plaisir de vivre, l'assurance d'un beau lendemain, c'était pour les autres, ceux qui se promenaient dans une belle voiture, les gouverneurs, les ingénieurs, les gens des bureaux. Son petit corps décharné tremblait sous le tablier trop grand. Sur la cuisinière qu'elle chauffait au charbon que la Compagnie lui fournissait chaque mois au titre de veuve de mineur, cuisait la soupe d'Albert, son gendre. Il allait bientôt arriver avec Éléonore qui était clapeuse au puits Cécile. Ils étaient de l'équipe du matin et rentreraient vers deux heures. Albert serait fatigué et de mauvaise humeur comme tous les jours. Il ne s'entendait pas avec Damien et les deux sœurs se voyaient peu.

Augustine s'approcha de sa fille :

– Et qu'est-ce que tu veux faire ?

Marie leva les yeux sur sa mère. Une vague lueur blanche coupait son regard du reste du monde. Elle semblait aveugle.

– Je vais partir. Je vais rejoindre Damien.

– Ah oui, et où ? Tu ferais mieux d'avertir les gendarmes !

– Ça jamais ! cria Marie.

De la porte ouverte venaient des bruits de voix. Des mineurs arrivaient par groupes. Augustine se dépêcha de poser deux assiettes sur la table, et sortit la bouteille de vin. Elle découvrit la soupière et ajouta une pincée de sel.

Albert entra le premier. C'était un homme épais, puissant, au buste de taureau. Malgré la douche à la sortie du puits, sa figure restait grise. Le charbon s'était incrusté dans la peau et soulignait les rides de son front. De sa chemise ouverte sortaient d'abondants poils noirs. Il jeta son mégot, se mit à tousser puis cracha un jus gras dans le foyer de la cuisinière.

– Quelle chaleur ! dit-il d'une voix forte.

Éléonore arriva à son tour. Elle était plus jeune que Marie. Ses cheveux noirs rassemblés sur sa tête dégageaient un front haut qui rappelait celui de Pierrette, mais ses yeux étaient ceux de Jeanne, brillants de toute une vie contenue. Albert aperçut Marie, assise entre la cuisinière et le mur, dans ce coin où le jour ne passait jamais. Il marqua sa surprise, puis se tourna vers sa belle-mère.

– La Marie ? Mais qu'est-ce qu'elle fait là ?

Éléonore s'étonna à son tour et embrassa sa sœur.

– Marie, mais enfin, qu'est-ce qui se passe ? Quelqu'un est-il malade chez toi ?

Augustine expliqua ce qui s'était passé. Albert éclata d'un rire sonore. Augustine le foudroya de son regard de souris.

– Eh bien, la Marie, vous nous en racontez une belle ! fit-il en se servant de soupe. Voilà que votre Damien est parti courir les bergères !

Il se racla la gorge et cracha de nouveau. La soupe fumait dans son assiette. Il porta la cuiller à ses lèvres.

– Bah, que c'est chaud ! Vous ne pouviez pas l'écarter du feu ! dit-il à l'intention de sa belle-mère.

Éléonore se servit à son tour. Elle était belle, de cette beauté des femmes mûres qui ne cherchent plus à se mettre en valeur. Elle plaisait aux hommes et le savait, mais n'écoutait pas leurs compliments : Albert était jaloux et violent. Son visage un peu long, ses joues rondes, ses yeux clairs, rien en elle ne rappelait Marie. C'était le visage de son père, le bon Joseph Manant qu'on appelait Téteph, mort en 1929 de la maladie du charbon. Pour éviter une trop grosse pension à la Compagnie, les médecins appelaient ça une bronchite chronique.

Albert mangeait sa soupe sans un mot. Augustine se tenait debout près de la cuisinière. Par moments, sa tête blanche se tournait vers Marie. Elle posa sur la table le morceau de rôti de porc et les haricots blancs.

– Tu me ferais plaisir en mangeant un peu ! dit-elle à Marie.

Albert se servit, but deux verres de vin à la suite :

– Qu'est-ce qu'elle va faire, la Marie ? demanda-t-il.

Personne ne répondit. Éléonore mangeait ses haricots en les prenant un par un du bout de sa fourchette, les mastiquait délicatement. Ses pensées étaient ailleurs.

À la fin du repas, Albert rota bruyamment et roula une cigarette. C'était l'heure de la sieste. Il fuma tranquillement et se dirigea vers la chambre. Quand la vaisselle fut terminée, Augustine prit la bassine de linge pour aller au lavoir. C'était son moment de plaisir ! Elle retrouvait les autres et bavardait sans retenue, des ragots qui n'avaient pas d'importance, qui n'étaient que la manifestation de la joie d'être ensemble. Éléonore aussi aimait ce moment de liberté, loin du travail, du tapis roulant où passaient les blocs de charbon et de pierres qu'il fallait trier, loin aussi d'Albert qui l'étouffait. Elle enviait sa sœur et c'était un peu ce qui les avait séparées. Marie et Damien étaient si bien ensemble ! Et ils avaient quatre beaux enfants, tandis qu'Éléonore n'en avait pas après dix ans de mariage. Albert en souffrait et le reprochait à sa femme : « Celles qui ont le feu au cul ne font pas d'enfants ! » disait-il après quelques verres. Ces jours-là, Éléonore devait se tenir loin de lui et ne pas le contrarier.

– Marie, viens donc avec nous ! proposa Éléonore. Ça te changera les idées.

Le lavoir, ce mot était magique. Une foule de souvenirs remontaient à l'esprit de Marie. Des heures de liberté autour de la mare pendant que les mères tapaient le linge... Les trois femmes sortirent, longèrent le quartier des Polonais où une bande d'enfants jouaient à se poursuivre. Les mines et les aciéries avaient attiré de nombreux étrangers à Saint-Étienne ; aussi, les dimanches, après quelques verres au bistrot, Français, Polonais, Italiens, Espagnols se livraient-ils des batailles rangées qui se terminaient souvent par l'intervention des gendarmes.

Elles arrivèrent au lavoir. L'eau qui coulait dans le bassin de ciment provenait du ru de l'Arbre qui avait été capté. D'autres femmes étaient déjà agenouillées devant leur planche et frappaient le linge en cadence. Elles saluèrent les arrivantes et s'étonnèrent de la présence de Marie qu'elles n'avaient pas vue depuis longtemps. Augustine répondit vaguement à leurs questions pressantes. Éléonore prit sa place ; c'était pour elle un véritable bonheur de tremper les mains et les bras dans cette eau fraîche. Elle pensa à la morsure du froid, en hiver, quand le linge raidissait aussitôt sorti de l'eau. Un sourire de dépit creusa sa fossette droite. Pourquoi penser au froid quand elle avait chaud, pourquoi imaginer toujours le mal quand elle avait du plaisir ? Les étreintes brutales et rapides d'Albert ne lui procuraient que du dégoût. Elle les supportait pourtant, comme elle supportait le poids de chaque jour, avec le sentiment qu'elle aurait bientôt sa revanche. À côté, sa mère s'activait et parlait beaucoup de sa petite voix pointue.

Le bruit d'un frein de vélo les fit se tourner. C'était Henri qui vint embrasser sa tante et sa grand-mère. Augustine, d'un geste machinal, s'essuya le front qui était pourtant sec.

– Il faut que je parle à ma mère, dit Henri.

Les autres s'étaient arrêtées de parler et regardaient Henri avec curiosité. Elles se mirent à chuchoter quand Marie s'éloigna à côté de son fils. Augustine se fâcha :

– Ça vous regarde pas ! dit-elle d'une voix rêche, et elle se mit à taper nerveusement son linge.

Henri prit le bras de sa mère :

– Il faut revenir. Ils ne vont rien nous laisser !

5

Ils prirent le tramway jusqu'à l'Épare et continuèrent à pied. Henri poussait le vélo qui grinçait à chaque tour de roue. Sa mère marchait à côté de lui. Elle n'avait pas dit un seul mot depuis le lavoir. Malgré la chaleur, elle tirait sur sa poitrine son gilet noir.

Un orage se préparait au-dessus de Plancheforte. Les maisons étaient écrasées d'un soleil lourd. Les tuiles cuisaient. L'air vibrait sur les collines. Des hautes baies qui donnaient sur la route, venait le cliquetis des métiers. Flandrin était assis sous son noyer. Quand il vit Henri et Marie, il vint vers eux aussi vite que ses jambes tordues de vieillard le lui permettaient. Ses longs sourcils gris tombaient sur ses yeux sombres et malicieux.

– Ah, mon pauvre Henri ! dit-il. Les vautours sont venus !

Il accrocha sa main au bras du jeune homme, puis continua :

– M. Leroux est monté avec un huissier. J'ai dit que vous n'étiez pas là, M. Leroux a répondu que ça n'avait pas d'importance. Tout va y passer, même la terre, et paraît que ça ne couvrira pas les dettes.

Marie émit une petite plainte, un cri faible, mais qui transperça Henri comme une lame. Elle se mit à tousser.

– Si ton père ne revient pas, vous allez être obligés d'aller habiter ailleurs ! reprit Flandrin. Et si c'était son morceau d'obus qui lui a donné ces idées ?

– Tais-toi, Flandrin ! dit sèchement Henri.

Il n'aimait pas que l'on parlât de son père. Il le ressentait comme une condamnation qui touchait toute la famille, sa mère en particulier.

– Et Jeanne ? demanda Henri.

– Je sais pas où elle était !

Jeanne s'était enfuie quand elle avait vu arriver la voiture noire. Elle ne voulait pas subir l'humiliation de ces deux hommes qui avaient inspecté la maison, l'atelier calciné. Ensuite, ils étaient allés à la grange, avaient arpenté le terrain, puis étaient revenus à leur voiture. La visite n'avait pas duré une heure. M. Leroux semblait pressé et ne cessait d'agiter ses petits bras et ses mains potelées.

Devant sa mère et son frère, Jeanne baissait la tête, honteuse de sa lâcheté.

– Ce n'est rien, on s'arrangera ! dit Henri.

Il entraîna tout le monde à la maison. Il faisait frais dans cette petite pièce qui n'avait pas été ouverte de la journée. Pierrette était là, debout, près de la table. Elle regardait son frère comme si elle attendait de lui une décision. Henri avait faim. Son estomac lui faisait mal. La fatigue pesait tout à coup sur ses épaules. Il s'assit à table. Du pain sec avait été oublié ; il le prit d'une main rapide et y mordit. Manger l'occupait, l'empêchait de penser et surtout le rattachait à ce quotidien qui lui échappait. Il avait besoin de se fixer sur quelque chose. Le visage de Florence passa devant ses yeux. L'envie d'aller la rejoindre dans son atelier le tenailla un moment, mais les forces lui manquaient pour tout. Il resta là, assis à mastiquer son pain.

Marie avait passé dans sa chambre. De la fenêtre, venait une lumière crue qui l'illuminait. Une odeur de tissu moite, de sueur froide imprégnait l'air. Henri qui ne supportait pas cette attitude molle cria :

– Tu vas enfin bouger !

Marie tourna lentement les yeux vers lui.

– Que veux-tu que je fasse ? dit-elle d'une voix lente.

Quelqu'un arrivait et s'arrêta pour saluer Flandrin.

– Tante Éléonore ! dit Pierrette surprise.

La silhouette de la femme apparut dans la porte ; Éléonore embrassa les jumelles. C'était la marraine d'Henri. Autrefois, elle avait le don de le calmer. Il s'asseyait sur ses genoux et posait sa tête contre sa poitrine chaude. Éléonore lui parlait de sa voix douce et musicale. Près d'elle aucun malheur ne pouvait arriver. Ses mouvements étaient pleins de grâce et d'une sensualité qui attirait les regards. Marie s'était toujours demandé pourquoi elle avait épousé Albert, ce rustre, ivrogne et violent.

– Henri..., dit-elle. Tu es parti si vite... Que se passe-t-il ?

– Il se passe rien ! dit Henri d'une voix qui se voulait sans réplique.

Éléonore s'approcha du lit, prit sa sœur dans ses bras et la serra contre elle :

– Ce n'est qu'un mauvais moment. Ton Damien est parti pour une bonne raison qu'il te dira à son retour. En attendant, il faut faire avec ce qu'il y a.

– Tout va être vendu ! dit Marie d'une voix rauque.

– Qu'est-ce que ça peut faire ? Tu es vivante, tes enfants aussi. Vous rachèterez plus tard... Les ateliers ne manquent pas. Il faut que tu tiennes le coup et puis...

Éléonore baissa la tête et se sépara de Marie. Son chignon haut donnait du relief à son visage clair, à son nez court. Cet après-midi, elle avait laissé sa mère au lavoir et avait couru jusqu'au tramway. Près de l'Épare, un automobiliste avait consenti à la conduire jusqu'à Plancheforte : sa sœur avait besoin d'elle. Dans les moments difficiles, les petits différends s'estompaient...

– Je veux pas partir de Plancheforte ! dit Marie.

– Il va bien falloir que tu partes. C'est pas une époque où il faut rechigner. Du travail en rubannerie, tu n'en trouveras pas. C'est la « morte » dans tout le pays !

– Je veux pas travailler à la mine ! dit Marie qui avait compris où sa sœur voulait en venir.

– Écoute, la mine, c'est mieux que rien. On ouvre de nouvelles galeries au puits Cécile. Je connais un peu M. Antoine, le gouverneur. Il trouvera une place de galibot pour Henri et il manque des clapeuses. Il y a même un logement vide rue Octave-Feuillet.

Marie se raidit, leva un regard terrorisé vers sa sœur :

– Chez les Polonais ?

– Et alors, c'est mieux que d'être dehors !

– Ils mangent les rats ! cria Marie. Ils prient le diable ! Je veux pas !

– Mais c'est pas chez eux, c'est à côté, seulement ! Je serai pas loin... Et puis, les Polonais sont pas si méchants ! À croire que tu as la mémoire courte !

Non, Marie n'avait pas la mémoire courte. Elle se souvenait fort bien de Waldeck, son grand ami d'enfance et de jeunesse, arrivé avec ses parents en 1901, mais les Polonais de cette époque étaient bien différents de ceux que la faim avait poussés à l'exil après la guerre. Éléonore serra de nouveau sa sœur contre elle :

– Il faut que j'y aille ! dit-elle. Albert doit être complètement soûl et il n'aime pas attendre. Ça va encore être ma fête.

Elle avait dit cela d'une voix légère, comme si elle était heureuse des coups de ce mari grossier. Il y avait tant d'ambiguïté dans le comportement de cette femme qui avait gardé un aspect de jeune fille ! Comme elle n'avait pas eu d'enfant, Éléonore avait eu le temps de penser à elle, d'écouter son corps, d'en découvrir les désirs. Tout cela se heurtait à cette soumission apprise depuis l'enfance, cette obéissance que la femme devait à l'homme. Il s'ensuivait des moments d'exaltation, où ses gestes dépassaient ses pensées.

– Je reviendrai demain ! dit-elle. Je vais tout arranger.

Puis se tournant vers Pierrette :

– Tu trouveras de quoi préparer à manger dans le panier. Du pâté, du pain et un morceau de porc.

Elle partit sur la route, bue par la lumière du soir. Le bruit des métiers changeait avec les heures et la saison. À la tombée de la nuit, il devenait plus doux, langoureux, plein de la fatigue des ouvriers.

Henri apporta à manger aux lapins et aux poules. Il était sombre. Quitter Plancheforte pour descendre dans la grisaille de Saint-Étienne ne l'enchantait pas. La mine lui faisait peur. Il avait tant entendu parler de ces galeries sans fin où les hommes travaillaient nus, agrippés à une falaise noire et dans une chaleur d'enfer ! Il était né passementier comme son père, d'un autre monde que les taupes des bas quartiers de la ville noire.

Florence l'attendait derrière le gros noyer de Flandrin. Ils restèrent un long moment serrés l'un contre l'autre, sans un mot. La jeune fille parla la première :

– Alors, tu vas partir ?

Il ne savait plus quoi répondre. Nier ce départ aurait été une fanfaronnade. Il ne parla pas de la mine. Florence essuya une larme :

– Tu vas m'oublier. Tu vas trouver d'autres filles plus belles que moi et...

– Et rien. Je viendrai te voir tous les dimanches. On ira au bal. On ira manger la friture au pont de l'Âne et boire du vin rosé. On sera bien, je te le jure, et puis...

– Et puis quoi ?

– Un jour, je reviendrai ici.

Elle lui caressa la joue. Des enfants passaient en criant. Florence et Henri se tassèrent dans le fossé pour ne pas être surpris. Elle regarda longuement le jeune homme.

– À la grange, ce soir..., dit Henri en se séparant de la jeune fille.

Florence attendit qu'il soit passé derrière la haie pour laisser couler ses larmes. Elle en voulait à Damien. Comment cet homme avait-il pu commettre une telle folie ? Damien n'avait jamais été comme les autres avec cet éclat d'obus planté dans la tête. Le dimanche, il allait parfois au bistrot Bombet. Il s'asseyait dans un coin et restait là, silencieux. Il oubliait de boire, plein d'un ailleurs, la contemplation de lointains pays. Son regard allait au-delà des murs... L'après-midi passait ainsi, sans un mot, au milieu des autres à fumer des cigarettes, jusqu'à ce que Marie vienne le chercher pour dîner...

À la tombée de la nuit, M. Leroux arrêta de nouveau sa voiture noire devant la maison. Le petit homme entra en se dandinant. Les filles faisaient la vaisselle, Marie s'était assise derrière la fenêtre. Henri n'était pas là. M. Leroux prit cet air gêné qui lui allait si bien, poussa son chapeau sur ses yeux et dit :

– Marie, nous ne vous mettrons pas dehors.

La femme leva les yeux. Venant de ce fabricant qui s'était fait la réputation d'être le plus impitoyable de tous, ce genre de parole ne pouvait que cacher une menace. L'homme continua :

– Avec l'incendie, même si Damien revient cette nuit, la saisie est obligatoire. Ce ne sera pas suffisant, mais on s'arrangera. Vous pourrez payer en fonction de vos rentrées d'argent. Vous voyez bien que je ne vous mets pas le couteau sous la gorge.

Marie resta un moment immobile. Son visage avait blêmi, ses lèvres tremblaient. Jeanne posa l'assiette qu'elle essuyait et s'approcha de sa mère.

– C'est tout ce que je voulais dire ! ajouta M. Leroux qui tourna les talons et s'en alla.

Le lendemain, Marie passa sa matinée à faire l'inventaire du linge et des objets qui encombraient son armoire. Chaque vêtement, chaque bibelot qu'elle en retirait était un morceau de sa vie. Elle les contemplait longuement, puis les posait sur le lit. Ce travail l'absorbait entièrement. Pierrette n'était pas allée au collège : la jeune fille avait bien compris qu'elle devrait désormais travailler. Cela n'avait pas d'importance : elle préparerait seule le brevet supérieur, le courage ne lui manquait pas.

En début d'après-midi, Marie décida :

– Je vais aller voir le cousin Jean. La Talaudière est à un quart d'heure d'ici. Marceau, tu me suivras.

Elle avait parlé d'une voix posée, sûre. Henri en fut surpris, mais ne dit rien.

– Je veux, continua Marie, demander au cousin Jean de prendre Marceau avec lui.

Marceau sursauta. Suivre le cousin Jean dans sa tournée d'été ! D'une ville à l'autre, d'une foire à l'autre, toujours sur les routes à travers l'Auvergne, le lointain Limousin, le Quercy, partout où il y avait des femmes pour acheter des rubans récupérés chez les passementiers, des boutons, des aiguilles, du fil de soie et de coton ! L'enfant regarda sa mère, épouvanté.

– Mais je veux pas !

– Il va t'apprendre le métier. Toi, au moins, tu échapperas à la mine !

L'enfant n'insista pas. Il se dit que l'oncle ne voudrait pas s'embarrasser de lui et rejoignit sa mère qui était déjà sortie.

Marie marchait d'un pas décidé. Le soleil était déjà lourd, brûlant. Depuis plusieurs jours, le temps était à l'orage. De gros nuages s'amoncelaient sur les collines et se dissipaient sans donner une seule goutte de pluie. La nuit dernière, Marie avait eu une idée. Le cousin Jean, dans sa tournée d'été, rencontrerait sûrement Damien. Cela ne pouvait être autrement, les deux hommes étaient complices depuis trop longtemps. La vue de son fils, celui qu'il préférait en secret, ferait revenir son mari à la maison.

Le chemin suivait un pan de colline à l'abri du soleil. L'odeur des menthes sauvages et de la mousse montait du fossé humide. Marie redoutait l'avenir. Le déménagement à Saint-Étienne allait tout bouleverser. Elle préférait savoir Marceau sur les routes avec *le beau cousin Jean* – comme disait Éléonore – que dans les rues avec les petits voyous. Elle avait surtout besoin d'espoir et s'en fabriquait sur mesure. Croire au miracle lui donnait la force de vivre.

La maison de Jean Louspille était isolée des autres par un bosquet et un pré qui lui appartenaient. Marie trouva son cousin en train de caresser Irénée, sa chèvre blanche. Irénée était connue jusqu'à Saint-Étienne et personne n'aurait eu l'idée de lui faire du mal. Elle était totalement libre. Lorsque Jean partait en tournée, la bête allait et venait d'une maison à l'autre, quêtant un bout de pain, une friandise. Mais dès que l'animal entendait le bruit du camion blanc, personne ne pouvait la retenir. Elle courait vers l'homme en bêlant de plaisir.

– Mais qu'est-ce que je vois ? s'étonna Jean de sa voix forte. Notre Marie !

On disait tant de choses sur cet homme imposant de près de deux mètres au beau visage toujours souriant. Il suivait de près les événements politiques qu'il commentait parfois, mais sans animosité. La dégradation du climat social, la perte d'influence des partis traditionnels le comblaient. Pourtant, l'apparition de groupes comme les Croix-de-Feu, la Solidarité française, le Parti franciste l'exaspérait. Un jour qu'il s'en prenait à la SFIO, Damien, qui en était membre, lui avait demandé :

– Mais toi, tu es de quel bord ?

– Je suis du parti des oiseaux qui attendent que le ciel leur donne à manger ! avait-il répondu.

Marie embrassa le beau cousin sur les deux joues :

– Jean, dit-elle, suppliante, il faut que tu emmènes le petit avec toi, dans ta tournée ! Il apprendra le métier de marchand...

Elle avait parlé très vite, comme si elle avait conscience de commettre une mauvaise action. Le sentiment d'utiliser Marceau pour servir d'appât auprès de l'homme dont l'absence creusait en elle un abîme sans fond la fit rougir. Jean fronça ses épais sourcils très noirs, caressa la chèvre entre les cornes.

– C'est que c'est impossible ! dit-il.

Marie sentit le sol se dérober sous ses pieds. Son espoir s'effondrait. Devrait-elle se contenter de regarder le bout de la route et d'attendre ? Elle se mit à tousser.

– Depuis qu'on te dit de voir un médecin ! fit Jean. Cette toux n'est pas bonne, tu le sais !

– C'est rien, dit Marie. Ça fait des années que je tousse et regarde, je suis toujours là ! Je t'en supplie, emmène le petit !

– C'est que..., dit Jean, je pars dans deux jours. La grande tournée d'été. Je vais faire beaucoup de chemin, voir beaucoup de monde, passer à Lyon chercher de la marchandise puis après l'Auvergne, le Limousin... Non, Marie, ce que tu me demandes est impossible.

Marie venait de se heurter de front contre un mur. Le vieux chien noir de Jean, Frontal – pourquoi un tel nom, personne ne le savait ! –, vint tourner autour d'elle. Il était grand, maigre, une oreille droite, l'autre cassée. Marceau s'était accroupi et appelait l'animal pour le caresser. Le refus du cousin le rassurait, il préférait rester près de sa mère.

– Je t'en supplie, Jean...

Jean se tourna vers l'enfant :

– Emmène Frontal aux terriers à lapins. Tu vas voir comme il les sort bien !

L'enfant obéit. Il avait compris que les grandes personnes avaient des choses à dire qu'il ne devait pas entendre. Cela ne le gênait pas, au contraire. Depuis le départ de son père, Marceau préférait rester en retrait de certaines confidences. Marie s'essuya le visage :

– Jean, il faut retrouver Damien...

L'homme porta sa main droite à sa moustache qu'il lissa du bout des doigts.

– Demande aux gendarmes de le chercher !

– Je veux pas... Damien est parti pour une bonne raison qui ne regarde que lui. Mais toi, tu sais quelque chose : vous étiez comme frères !

Frontal se mit à aboyer. La voix flûtée de Marceau qui encourageait l'animal monta au-dessus du taillis.

– Qu'est-ce que tu crois que je sais, Marie ? Damien n'a jamais été bien bavard.

– Jean, promets-moi que si tu le vois...

Jean repoussa la chèvre qui se faisait les cornes contre sa cuisse.

– Il faut que tu partes, Marie. La journée ne se terminera pas sans orage.

En effet, de gros nuages se tassaient sur les collines. Les grillons crissaient dans les hautes herbes, les oiseaux se taisaient. La campagne figée attendait le premier coup de tonnerre. Marie dit au revoir à son cousin, renifla une dernière fois ses larmes et appela Marceau qui revint en courant. Elle était au fond du désespoir. Des idées folles traversaient son esprit. Puisque personne ne voulait l'aider, elle allait partir seule à la recherche de Damien, comme elle l'avait déjà fait, mais cette fois ses pas ne buteraient pas contre le néant, elle oserait entrer dans la gare de Châteaucreux et prendre le premier train. Mais pour où ?

Un éclair éclata devant elle et la main de l'enfant se crispa dans la sienne.

6

L'orage avait détraqué le temps, il pleuvait depuis trois jours, une pluie fine qui traversait les habits. Le soir, les nuages se déchiraient, le vent découvrait le ciel. La brume montait entre les collines, noyait les bas quartiers de Saint-Étienne, formait un tapis cotonneux d'où ne passaient que les fumées sombres des aciéries.

Éléonore avait tout arrangé. Elle avait parlé au gouverneur, M. Antoine, qui avait trouvé deux places de clapeuses et une place de galibot[1]. Marie et ses enfants logeraient dans la petite maison proche de la cité des Polonais, mais séparée par un terrain vague. C'était une ancienne maison de maraîcher que la Compagnie avait achetée pour la raser. Elle envisageait de construire à la place des anciens jardins des hangars destinés à ranger du matériel et de creuser un puits ultra-moderne quand la vente du charbon reprendrait. En attendant, la maison vide pouvait être louée

1. Nom donné aux jeunes manœuvres.

à un petit prix. Il n'y avait pas un grand confort, mais après un bon nettoyage elle serait habitable. La cuisinière et le grand poêle de Plancheforte suffiraient à la chauffer. Albert réparerait la porte d'entrée avec du bois récupéré à la mine, remplacerait les vitres cassées des fenêtres du rez-de-chaussée et ce serait parfait.

Éléonore s'occupait de tout. Elle qui, jusque-là, ne montait pas une fois par an chez sa sœur, vint à Plancheforte tous les jours, et son dévouement étonna tout le monde. Flandrin baissait sa casquette sur ses longs sourcils et riait en coin de sa bouche édentée. La belle avait-elle quelque intérêt à sauver dans l'affaire ? De son siège sous le grand noyer, il surveillait aussi les allées et venues de la petite Florence. S'il avait été le père Régaudie, il aurait mis bon ordre dans cette affaire. Henri était un gentil garçon, mais ne portait-il pas, comme tous les Chaumiet, quelque dérangement de la tête ? Flandrin aimait beaucoup ses voisins, et Henri en particulier, mais il n'aurait pas voulu que l'un d'eux entrât dans sa famille.

Le jour du déménagement, il pleuvait un peu moins. Le ciel se découvrait par moments et laissait passer un soleil brûlant. La lumière éclatait sur les toits, miroitait sur la route mouillée, aveuglait.

Albert arriva avec un chauffeur de la Compagnie qui avait accepté de prêter un camion. Le propriétaire, M. de la Marelle, passait pour une homme affable bien que distant avec les ouvriers. Il ne refusait jamais un service, mais en contrepartie acceptait mal les revendications du syndicat et des mécontents. Sa réponse était toujours la même : « Si ça ne vous plaît pas, allez ailleurs ! » Il vivait dans un somptueux hôtel particulier du centre de Saint-Étienne, rue Rouget-del'Isle. Major de l'École des mines, ce descendant d'une grande famille de Chaumont était un des personnages les plus en vue de la région. On lui prêtait des ambitions politiques. Il faisait partie des « deux cents familles » actionnaires de la Banque de France, et s'était violemment engagé contre le Cartel des gauches. Militant en faveur de la Fédération républicaine au côté de Philippe Henriot contre toute politique de conciliation avec l'Allemagne, cet homme avait aussi le sens des relations sociales. Il ne négligeait jamais de soigner son image auprès de ses employés ; on le voyait parfois bavarder avec les mineurs dans la salle des pendus et trinquer avec eux, le jour de la Sainte-Barbe. Le reste du temps, il était intouchable, sauf par M. Antoine, le gouverneur du puits Cécile, qui ne faisait rien sans sa permission.

Albert et le chauffeur, un grand gars maigre et osseux arrivèrent vers dix heures du matin. Le camion se gara près de la maison. Albert se racla la gorge, alluma une cigarette et regarda autour de lui, comme si c'était la première fois qu'il venait à Plancheforte.

– C'est qu'il y a de l'air, ici ! dit-il à son échassier de camarade.

Il embrassa Marie sur les deux joues, lui donna une légère bourrade sur l'épaule :

– Vous en faites pas, belle-sœur, tout va s'arranger. Vous serez bien à Chavassieux !

Le chauffeur sortit une bouteille de gnôle du camion, la déboucha et la tendit à Albert qui but une rasade.

Quand Éléonore arriva, un peu plus tard, le mobilier de la famille était chargé : les lits, deux armoires, un bahut de chêne, la table, les bancs, la pendule qui avançait d'un quart d'heure par jour, le poêle et la cuisinière. Fernand Planchat avait accepté de garder les poules et les lapins en attendant qu'Henri ait de quoi les prendre à Saint-Étienne.

Le jeune homme était sombre. Chaque chose qu'il chargeait dans ce camion semblait perdue à jamais. Il avait le sentiment d'aller vers une fin, la mort. Sa vie brutalement coupée était ramenée à ces objets, ces meubles, ces paquets entassés. Son lit démonté n'était plus que quelques panneaux de vieux bois. Par moments, Albert fredonnait les bribes d'une chanson grossière, mais le jeune homme ne l'entendait pas...

Marie rangeait ses affaires avec frénésie. Maintenant, elle avait hâte de partir, de quitter ce hameau et des souvenirs qui la meurtrissaient. Après tous ces jours de désespoir, d'attente intense, après tant de larmes et de fatigue, il lui tardait d'arriver dans sa nouvelle maison, d'y commencer sa nouvelle vie. Les jumelles aidaient de leur mieux tante Éléonore, entassaient la vaisselle pliée dans du papier journal, les fourchettes de fer-blanc, les casseroles. Pierrette ne se tracassait pas. Elle serait quand même reçue à son brevet supérieur, l'année prochaine. Par contre, Jeanne était anxieuse. Depuis toujours elle rêvait de vivre en ville, mais elle n'avait jamais imaginé que cela pût se passer de la sorte. Tante Éléonore, qui la préférait à Pierrette, ne regrettait pas qu'il n'y ait pas eu de place de clapeuse pour elle :

– T'en fais pas, je vais parler à M. Antoine. Il a des relations. Il voit M. de la Marelle tous les jours. Il pourra te trouver une place dans le grand monde !

Le grand monde ! Les riches ingénieurs, les patrons des aciéries, les fabricants passementiers ! Vivre près d'eux, même en tant que bonne à tout faire, devait apprendre bien des choses !

Le chargement fut terminé avant midi. Marlyse Planchat, une grande femme au visage long et maigre, vint dire à Marie qu'elle avait préparé de la soupe et du civet pour tout le monde. Marie voulut refuser l'invitation, mais Albert dit qu'il avait grand faim et ils se retrouvèrent tous autour de la longue table des Planchat. Albert mangeait goulûment et buvait beaucoup. Éléonore, à côté de sa sœur, se contentait de grignoter. À la fin du repas, Albert fit claquer son couteau avant de l'enfouir dans sa poche. Les filles donnèrent un coup de main à la vaisselle. Henri sortit le premier et alla voir sa maison vide. Le silence des murs l'écrasait. La nudité des pièces l'oppressait. Il sortit comme les autres arrivaient ; c'était une fuite.

– On y va ! dit Albert en ouvrant la porte du camion.

Il était convenu que les femmes et les filles iraient prendre le tramway à Saint-Jean-Bonnefonds et qu'Henri descendrait avec son vélo. Le jeune homme regarda le camion s'éloigner en cahotant et sa mère encadrée de ses sœurs et de sa tante s'engager dans le chemin boueux. Jeanne reviendrait vers quatre heures récupérer Marceau à la sortie de l'école... C'était donc fini ! Jusque-là, il avait cru au miracle, à un retournement de situation au dernier moment, mais non, tout s'écroulait, son rêve simple d'une vie consacrée au travail de la soie, ses projets d'agrandissement de l'atelier... Il serrait les dents. Le responsable de cette déchéance, de cette honte qui l'avait tenu muet pendant tout le repas chez Planchat, c'était son père. Une lueur rouge flambait devant ses yeux. Comment cet homme au visage tranquille, aux gestes précis de bon ouvrier, avait-il pu faire ça ? Il le haïssait à cette heure, même si quelque chose en lui continuait d'espérer et de croire que tout allait s'arranger. Les jambes lourdes, il se dirigea vers la grange où se trouvait son vélo. Florence l'attendait, cachée dans l'ombre de la porte. Elle avait bravé la colère paternelle pour ce dernier instant avec Henri. Pour elle aussi, le monde venait de basculer. Elle prenait tout à coup conscience de la place que son jeune voisin avait dans sa vie et regrettait à cet ultime instant que leur amour soit resté enfantin, chaste, qu'il ne soit pas scellé par l'union intime de leur corps. Henri aussi le regrettait, mais sa timidité naturelle, son manque de confiance, la peur aussi de ce qu'il ne connaissait pas l'avaient retenu.

– Je reviendrai dimanche ! répéta-t-il.

– Non, samedi soir, dit-elle en lui tendant ses lèvres mouillées et gonflées de chagrin.

Elle se moucha. Ses grands yeux noirs pleins de lumière regardaient ce visage carré tandis que ses doigts couraient sur les joues râpeuses. Comment pouvait-elle l'aimer autant ? Elle n'avait jamais regardé aucun autre garçon de sa vie et à cette heure de la première séparation, elle avait envie de mourir. La certitude que c'était la fin de leur amour grandissait dans son esprit comme une pierre froide et tranchante. Elle voulut chasser ces mauvaises pensées, mais les larmes coulaient toujours sur ses joues tandis qu'Henri se tournait vers son vélo. Il n'était déjà plus d'ici.

Le quartier de Chavassieux n'existait que par la mine. La maison louée par Marie se trouvait à une cinquantaine de mètres d'une cité occupée en partie par des familles de Polonais. Sur la droite, une autre suite de maisonnettes, toutes identiques, avaient été construites par la Compagnie à l'ouverture du puits

Cécile à l'angle de la rue Renaudot et de la rue Chavassieux. Sur la gauche, se dressait le crassier du puits Sainte-Marie et du puits Laurent. Marie retrouvait son enfance.

Éléonore avait fait le ménage dans la maison inhabitée depuis longtemps. Les plâtres des cloisons s'effritaient, le carrelage du sol était fendu à plusieurs endroits.

– C'est le travail de la terre ! dit Albert. C'est creux en dessous !

Conséquence de la mine, dans certains quartiers, les rues s'affaissaient et les maisons se lézardaient. Pour cette raison, on ne creusait pas de galerie sous le centre ville où les riches avaient leurs villas et leurs hôtels particuliers. M. de la Marelle et ses collègues y veillaient et, pourtant, ils savaient comme tout le monde que les meilleurs gisements avec le charbon le plus pur se trouvaient là.

La maison était assez grande. Une pièce de plain-pied dallée de larges carreaux ocres pouvait servir de cuisine et de salle de séjour. Une porte qu'Albert avait dû raboter donnait sur une autre pièce, sorte de débarras envahi de vieilleries, de chaises défoncées, d'une commode sans porte, de fagots, de papiers entassés et rongés par les rats. Il serait facile de la nettoyer pour en faire une chambre. Un escalier noir montait à l'étage où se trouvaient deux chambres de taille inégale et un débarras qu'on transformerait en cabinet de toilette. La chambre du fond était assez grande, avec deux fenêtres qui donnaient sur la rue. Dans un coin, se trouvait un fauteuil bancal au tissu de velours jaunâtre déchiré. Une forte odeur de renfermé, de moisissure prenait à la gorge.

– Va falloir faire du feu ! dit Éléonore. Si on veut que ça sente un peu meilleur...

Albert, Henri et le chauffeur déchargeaient le camion. Des enfants s'étaient attroupés à quelques pas. La plupart étaient blonds. Ils baragouinaient une langue étrangère avec, ici et là, des mots français.

Le mobilier fut rapidement remonté et placé dans les différentes pièces. Quand ce fut fini, les deux hommes ramenèrent le camion au dépôt. Ensuite, ils iraient se désaltérer au bistrot où les copains de la mine jouaient des tournées aux cartes.

Augustine arriva, de son petit pas de souris. Elle s'aidait avec un bâton de noisetier qu'elle frappait sur le sol comme pour faire fuir les serpents. Marie et Éléonore faisaient les lits, Pierrette rangeait la vaisselle dans le bahut. Le poêle installé dans l'entrée avait été allumé et répandait une chaleur humide insupportable. Jeanne arriva avec Marceau. L'enfant s'était réjoui du déménagement, de ce grand chambardement qui ressemblait à une fête, maintenant il regrettait Plancheforte : le ruisseau où il allait pêcher les écrevisses sous les pierres, la mare en-dessous de la grange où pullulaient les grenouilles. Ici, tout lui semblait dangereux, le terrain vague où pouvait se cacher une troupe de Polonais, la rue où passaient des voitures, le crassier qui fumait. Et puis ce soleil sans éclat, lourd, écrasant. Le bruit des Jacquard lui manquait déjà.

Il manquait aux autres, aussi. Henri tournait en rond, passait d'une pièce à l'autre, sans but précis. Éléonore avait dit qu'il pourrait cultiver le potager en friche, refaire la clôture cassée puisque la Compagnie ne construirait pas ses hangars avant plusieurs années, mais pour l'instant il n'avait envie de rien faire.

Éléonore demanda à Marceau de l'accompagner

chercher de l'eau à la fontaine publique. Ils prirent chacun un seau et partirent dans la rue Saint-Simon qui était un chemin aux profondes ornières. La fontaine se trouvait au coin de la rue Chavassieux, près des logements des mineurs. Un troupeau d'enfants crasseux jouaient à se poursuivre. Marceau évitait de les regarder pour qu'ils n'aient pas l'idée de le provoquer. Une vieille femme était là, un foulard noir autour de ses cheveux blancs. Éléonore lui parla un moment, expliqua que sa sœur était embauchée au puits Cécile. La vieille se lamenta sur les difficultés de l'époque et l'argent qui manquait.

– Si ça continue, c'est les rats qu'on sera obligé de manger ! dit-elle d'une voix aigre.

Ils revinrent à la maison. Marceau, le béret sur les yeux, boudait.

– On va faire du café ! décida Éléonore. Une maison qui sent le café n'est pas une maison abandonnée.

Elle chercha le moulin carré que les filles n'avaient pas déballé et le coinça entre ses cuisses.

Le soir arrivait. Tout était en ordre. Henri avait bricolé la fermeture de la porte et on pourrait dormir en sécurité la nuit prochaine. Le lendemain, Marie et Pierrette commençaient avec l'équipe du matin. Henri était convoqué à huit heures à la visite médicale d'embauche.

Après un souper rapide et silencieux, ils décidèrent d'aller se coucher. Il faisait sombre et l'électricité ne serait pas branchée avant plusieurs jours. Tout le monde dormit très mal. Les bruits n'étaient pas ceux de Plancheforte ; ronflements de moteurs, cris, craquements de vieux bois les faisaient sursauter à chaque instant. Marceau s'enfouit sous sa couverture et se mit à rêver à une Afrique au grand soleil où il traquait, avec son fusil Idéal, d'énormes éléphants placides. Il lui tardait surtout d'être au matin, que la lumière du jour redonne vie à ces cloisons étrangères, à la cité de Chavassieux et des Sagnes.

Marie ne ferma pas l'œil de la nuit. La poussière la fit tousser à plusieurs reprises. Elle appréhendait le dur travail du triage qui taillait la peau des mains et cassait les reins. Un poids sans forme écrasait son estomac. Que faisait Damien à cette heure ? Où était-il ? À Lyon ? Avec une autre femme ? Non, ce n'était pas possible ! Elle repoussa cette pensée.

Levées à cinq heures, Marie et Pierrette se préparèrent rapidement. Marie expliqua à sa fille comment nouer son foulard pour protéger les cheveux de la poussière et lui recommanda de s'habiller :

– C'est à tous les vents ; même en plein été, il fait froid !

Éléonore arriva, toute fraîche. Son foulard transformait son visage, accentuait la rondeur de ses joues que la fraîcheur du matin avait rougies. Albert était parti devant avec les hommes de son équipe. Il faisait très doux. Marie, avant de fermer la porte, recommanda à Jeanne de prendre soin de Marceau.

Au bout de la rue, le chevalement du puits Cécile était illuminé de projecteurs. Près de la cage, des hommes attendaient, tandis qu'un surveillant en gilet de flanelle criait des numéros. Une journée ordinaire commençait.

Henri ne cessait de regarder la pendule avec appréhension. Le temps ne passait pas dans cette maison où il n'avait rien à faire.

Huit heures arrivèrent enfin. Des groupes d'enfants se rendaient à l'école en criant. Henri se dirigea vers des bâtiments austères qu'Albert lui avait indiqués la veille. Il s'arrêta pour laisser passer un train de wagons pleins de charbon et tiré par un gros cheval blanc. Les clapeuses travaillaient à la sortie des bennes dont le chargement impur était vidé sur un tapis. Elles enlevaient les cailloux et étaient payées au nombre de paniers qu'elles remplissaient dans la journée. Le bruit de ferraille, les grincements des roues, des câbles tendus à la limite de rupture étaient intenses. Henri poussa la lourde porte de l'infirmerie et se trouva dans un couloir où deux hommes attendaient, assis sur des chaises métalliques. Une femme en blanc appela l'un d'eux. Henri s'assit et se força à penser à Florence pour échapper au présent. Enfin, l'infirmière, une matrone à la démarche raide, vint le chercher et l'introduisit dans le cabinet du docteur Perrot, médecin de la Compagnie. L'homme était trapu, sanguin. Ses cheveux gris très courts, son visage carré, sa moustache parfaitement taillée lui donnaient un air d'austérité bienveillante. Il dévisagea Henri qui se sentait très mal à l'aise, puis dit :

– Mets-toi à poil.

Henri hésita un instant, puis se déshabilla avec des gestes maladroits tandis que l'homme ne le quittait pas des yeux.

– Tu as tout ce qu'il faut pour faire un bon mineur ! dit-il. Pas trop grand, un torse large, une ossature solide sans trop d'épaisseur, les jambes bien d'aplomb. Maintenant, voyons comment ça marche, tout ça !

Il ausculta le jeune homme avec attention. La santé des nouvelles recrues était d'une importance capitale. En effet, la « Caisse » qui payait les journées de maladie, et donnait une pension aux invalides du travail, n'était pas riche. Il fallait donc n'envoyer au fond que des hommes sains. Quand il l'eut examiné, il dit :

– Bon, c'est parfait. Tu peux t'habiller et passer prendre ton numéro.

Henri obéit. Une fois dehors, l'infirmière lui indiqua un autre bâtiment où il se rendit. Là, un homme à la casquette sale prit un médaillon sur lequel étaient gravés des chiffres.

– Voilà ! Tu seras le 312. C'est le numéro du père Lerieux, mort l'année dernière dans un éboulement. Il te portera chance. Du moins, c'est tout ce que je te souhaite. Combien tu chausses ?

– Quarante-deux, pourquoi ?

– Pour tes talots [1]. Tiens, voilà une paire qui devrait t'aller !

Henri prit la paire de chaussures plates que l'homme lui tendait. Il devrait se présenter avec l'équipe de l'après-midi et serait galibot, c'est-à-dire manœuvre.

– Tu vas travailler avec Boutineau. Didi, qu'on l'appelle. C'est un dur. Avec lui, tu vas apprendre le boulot.

Henri retourna à la maison. Il avait besoin de mouvement, de dépenser ses forces. Il chercha la faux qu'on avait descendue de Plancheforte et se mit à faucher les grandes herbes qui avaient envahi le potager. Deux jeunes hommes s'étaient approchés, l'un brun, l'autre blond. Ils le regardèrent travailler un moment. Le blond passa par-dessus la balustrade démolie et lui tendit la main.

– Nouveau ?

---

1. Sorte de chaussures à semelles plates en bois.

– Oui, fit Henri sur ses gardes.

– Moi, c'est Piotr, et lui Andréi. On est de la cité. Tu vas travailler à la mine ?

– Oui, dit Henri.

– On peut donner un coup de main.

Henri dit qu'il n'avait pas d'argent pour payer leurs services. Piotr sourit :

– Un coup de main, c'est toujours gratuit...

Sans rien ajouter, ils se mirent au travail.

À midi, la clôture était en partie réparée, les arbres dégagés des ronces et des aubépines. La maison renaissait. Henri apprit de ses deux nouveaux camarades qu'il allait être dans une équipe où Français et Polonais s'entendaient bien. Ce n'était pas toujours le cas :

– Au fond, on s'entend toujours ! dit Piotr, mais c'est après !

Piotr et Andréi étaient cousins. Ils étaient arrivés à Saint-Étienne alors qu'ils étaient encore des enfants. Ils étaient allés à l'école et parlaient bien le français, ce qui leur permettait de se débrouiller, mais leurs parents avaient eu beaucoup de difficulté à s'adapter.

– Le travail de la mine, dit Andréi, c'est un travail difficile, dangereux, mais un beau travail.

On sentait qu'il était fier de son métier de mineur. Henri voulut les remercier, Piotr dit que ce n'était pas la peine. Entre ouvriers, l'entraide était naturelle et rendait la vie plus facile.

– Que tu sois français, italien, polonais ou turc, c'est toujours pareil ! dit Andréi.

7

Comme les autres, Marceau n'avait pas passé une bonne nuit. Dans le lit voisin, Henri n'avait cessé de se tourner, de faire grincer le sommier. À l'aube, les chants des oiseaux avaient redonné à la maison son aspect de vieille bâtisse sans danger. Alors, il s'était endormi.

Quand il s'éveilla, le soleil brillait à travers la fenêtre sans volets et sans rideaux. Il se leva, passa rapidement son pantalon et sa chemise. Jeanne nettoyait l'escalier qui retrouvait une couleur chaude de bois. Elle chantonnait en poussant la serpillière. Celle-là, disait grand-mère Augustine, n'était pas près de se faire de la bile !

Marceau sortit devant la porte. Un crassier fumant se dressait derrière les maisons. Le ciel était gris, le soleil aussi pâle qu'une grosse lune.

– J'ai faim ! dit Marceau en revenant vers sa sœur.

– Tu mangeras tout à l'heure ! fit Jeanne. Va donc me chercher de l'eau.

La rue déserte descendait en pente douce jusqu'au carrefour de Chavassieux. Des femmes étaient rassemblées près de la fontaine et bavardaient. Quand Marceau arriva, elles se mirent à le dévisager et à parler à voix basse. Le béret sur les yeux, le garçon remplit son seau et s'en alla. Un groupe d'enfants de la cité des Polonais traversa le terrain vague et lui barra la route. Marceau avait peur, mais ne voulait pas le montrer. Le seau pesait à son bras.

Le plus grand des garçons qui se donnait des allures de chef était armé d'un bâton. Il parla à ses voisins dans une langue étrangère, puis s'approcha de Marceau :

– T'es nouveau, toi ? dit-il dans un français impeccable.

Marceau sourit, posa son seau.

– Oui, je suis là depuis hier.

– Ah bon ! fit l'autre en se tournant vers ses camarades. Faut payer son droit d'entrée, vous croyez pas ?

Marceau bredouilla qu'il n'avait pas d'argent, qu'il était pauvre, aussi pauvre qu'eux, que sa mère et sa sœur travaillaient à la mine et qu'il voulait être leur copain.

– Ma parole, continua l'autre, tu nous prends pour des minables !

Celui qui parlait était blond et frisé. Vêtu d'une chemise claire qui tombait sur son pantalon noir déchiré aux genoux, il dépassait Marceau d'une bonne tête. Les autres s'étaient approchés. À part un grand échassier au nez démesuré, ils étaient tous en culottes courtes.

– Ma sœur m'attend. Je vais me faire engueuler ! s'excusa Marceau en prenant son seau.

– Bon, fit le grand, ce soir à sept heures, tu rapportes des cigarettes pour tout le monde, sinon on te brûle le zizi.

Ils détalèrent en riant. Marceau rentra chez lui à pas rapides. Le seau tapait ses cuisses et l'eau remplissait ses chaussures. Il arriva, essouflé, le visage défait. Jeanne le regarda et s'étonna :

– Eh bien, que t'est-il arrivé ?

Il se força à sourire :

– Rien, rien !

Vers une heure de l'après-midi, Henri prit sa musette dans laquelle se trouvait le gandot [1] de son grand-père, récupéré hier à l'occasion du déménagement. Les jambes lourdes d'appréhension, le numéro 312 partit en direction du puits Cécile. Des groupes d'hommes marchaient dans la même direction que lui, en parlant de choses et d'autres, riaient, fumaient des cigarettes. Ils allaient, tranquilles, à leur travail quotidien.

Henri arriva aux bâtiments. À droite du chevalement, se trouvaient les bureaux et l'infirmerie où il avait passé sa visite. Un nuage de poussière filtrait une lumière glauque et visqueuse. Henri suivit le flot des ouvriers jusqu'à un guichet où ils faisaient la queue. Les regards curieux se tournaient vers lui. Il était le seul à porter ses talots à la main.

– Tu es nouveau ? demanda un homme à la voix rauque.

Henri acquiesça.

– Tu n'as pas oublié ton numéro ? Il le faut pour avoir ta lampe.

1. Sorte de récipient en fer avec un couvercle dans lequel les mineurs enfermaient leur casse-croûte pour le protéger des rats.

– Prends ton tour, comme tout le monde ! dit un vieux, entre deux accès de toux.

Henri se rangea près de la cloison derrière les autres et attendit.

Un homme à gilet de flanelle arriva. Les mains derrière le dos, il inspectait la file. Sa casquette noire vissée sur la tête, il avait un regard hautain.

– Chaumiet Henri, il est là ?

– Le surveillant Pacebot ! dit l'homme à Henri. On l'appelle Patte d'Oie.

Patte d'Oie se planta en tête de la file.

– Chaumiet, il est là ?

Henri, rouge, s'approcha. Patte d'Oie était de petite taille et se tenait très droit. Rasé de près, une odeur d'eau de Cologne flottait autour de lui.

– Je suis le surveillant de la douzième, qu'on appelle aussi la Branlante parce que les coups de toit [1] n'y sont pas rares. Tu vas descendre avec Boutineau, le chef de taille. C'est un dur au boulot qui te bottera le cul si tu vas pas assez vite. Prends ta lampe. Il t'attend à la cage.

À son tour, Henri donna au guichet son médaillon de laiton et reçut en échange une lampe à accus avec son crochet qui permettait de la fixer sur le bois de coffrage. Il sortit.

Un homme râblé mais large, très brun, avec ce visage gris qu'ont les mineurs de fond sans autres couleurs que le blanc laiteux d'une peau qui manque de soleil et le noir incrusté de la poussière de charbon, l'attendait à la porte. Sa barbe de deux ou trois jours était blanche au menton.

---

1. Éboulements responsables d'un très grand nombre d'accidents.

– C'est toi le galibot qui vient de la passementerie ?

– Oui, mon grand-père Manant était mineur au vieux puits de la Chana.

L'autre le regarda comme s'il le découvrait, sourit :

– Téteph était ton grand-père ? Alors, tu fais partie de la famille. Moi, c'est Boutineau Pierre, Didi, si tu préfères.

Ces mots étaient dits d'une voix amicale qui réconforta le jeune homme.

– Bon, tu vas me suivre. On va travailler ensemble. La taille est un peu basse, mais tu t'y feras vite. Tu sembles costaud et ton grand-père était un bon mineur. Viens, on passe se changer à la salle des pendus.

Ils entrèrent dans un bâtiment où régnait une chaleur moite. Une multitude de cordes descendaient du plafond. Suspendus tout en haut, des vêtements se balançaient, gonflés d'air. Les chaussures étaient attachées au bout des jambes des pantalons. Des hommes, entièrement nus, le dos fumant, revenaient de la douche. Ils détachaient une corde, récupéraient leurs effets. Boutineau déroula une veste et un pantalon noirs, raides de poussière collée en plaque.

– Tiens, prends ta corde, tu as bien le numéro 312 ?

Honteux, Henri prit sa veste et son pantalon bleus, tout propres, qu'il utilisait à Plancheforte pour travailler au champ.

– T'en fais pas ! dit Boutineau qui avait compris l'hésitation du jeune homme, ce soir tu seras comme tout le monde. Maintenant on va à la cage.

Les hommes s'étaient rassemblés près de l'ascenseur. Le receveur qui en avait la responsabilité se tenait à l'écart et actionnait des manettes. Un bruit sourd, entrecoupé de craquements, de miaulements métalliques montait des profondeurs. Henri respirait difficilement. L'angoisse lui nouait la gorge. Boutineau lui dit :

– C'est la première fois que tu descends ? T'en fais pas, on s'y fait.

Henri se souvenait des Sainte-Barbe [1] de son enfance. À l'occasion de ce jour de fête, les femmes et les enfants avaient le droit de descendre dans la mine. Son oncle Albert le lui avait proposé de nombreuses fois. La peur des grandes profondeurs l'avait toujours retenu, mais, cet après-midi, il n'avait pas le choix.

La cage arriva à la surface. Elle était composée de deux étages, l'un suffisamment haut pour que les hommes s'y tiennent debout, l'autre était réservée aux bennes, mais à l'heure de la débauche, des mineurs s'y entassaient accroupis.

Le receveur déverrouilla la porte qui était une grille épaisse, et des diables noirs dont on ne voyait que les yeux blancs se déplièrent, s'échappèrent par le couloir des lavabos.

Quand l'ascenseur fut vide, Patte d'Oie se mit à crier des numéros. Les ouvriers répondaient présent avant de s'entasser à leur tour. La porte se ferma en grinçant et la descente commença dans un bruit infernal.

– Tu sais ce qu'on se dit entre nous quand on descend ? cria Boutineau. On se dit : « Ce soir, il fera jour. » Chez nous, c'est comme ça : la nuit aux heures du soleil et le jour sous la lune !

---

1. Patronne des mineurs.

Ils étaient tellement serrés qu'ils ne pouvaient pas bouger. Les oreilles bourdonnaient. La cage vibrait sur son rail vertical, et ces vibrations de métal se transmettaient à la chair en tremblements froids. Ils tombaient vers l'abîme et leur chute semblait sans fin. Au bout de quelques minutes pourtant, la machine s'arrêta. La porte s'ouvrit et vomit ses hommes dans une salle obscure taillée dans le rocher et étayée d'énormes troncs de sapin. Une indescriptible odeur de pierre pourrie, de chair rance et d'excrément bloquait la respiration d'Henri. Les autres n'y faisaient pas attention.

Des étais régulièrement espacés soutenaient des poutres et des planches disjointes entre lesquelles on voyait un entassement de pierrailles. Des lampes électriques diffusaient une lumière jaune. Un cheval tirait un train de berlines chargées de charbon. Henri éprouvait une sensation d'écrasement. Il avait envie de vomir et rentrait la tête dans ses épaules comme pour se protéger d'un éboulement imminent. Boutineau expliqua :

– Niveau – 620. Tout part d'ici, tout revient ici.

Les ouvriers s'en allaient par groupes vers les galeries de taille. Ils arrivèrent à une énorme porte de fer sur laquelle les lueurs des lampes se brisaient en reflets ocres et argentés. Des hommes s'arc-boutèrent pour l'ouvrir. L'air aspiré émettait un feulement assourdissant. Il fallait passer très vite pour limiter le vent qui soulevait la poussière. La porte se ferma avec un bruit de gong qui se répercuta dans toutes les galeries. La première barrière qui les coupait du monde des vivants venait de se refermer. La marche continua jusqu'à une deuxième porte, puis une troisième. Henri ne lâchait pas Boutineau. Les lampes faisaient des halos glauques qui ne portaient pas jusqu'au sol.

Ils pataugeaient dans une boue épaisse. Les chaussures à semelles de bois ne facilitaient pas la marche.

– On ne peut pas tout avoir, dit Boutineau. À la taille, c'est ce qu'il y a de mieux pour ne pas se casser la figure.

La chaleur moite collait les habits à la peau. Après avoir marché pendant de longues minutes, ils arrivèrent enfin à la douzième. Boutineau alla disposer les lampes de sécurité sur la taille :

– C'est des lampes espagnoles, expliqua-t-il à Henri, une des plus belles inventions qu'on ait faites. La flamme diminue, c'est le gaz [1], la flamme augmente, c'est le grisou. Dans les deux cas, il faut s'en aller et vite !

– Le gaz ? osa Henri.

– Oui, le gaz qui te tue comme un lapin. Si tu as mal à la tête, cours vite... Tu meurs en quelques minutes.

Ils se rendirent à une sorte de baraquement en planches mal jointes.

– Le magasin ! dit Boutineau. Viens prendre ta madeleine.

Des piqueurs branchaient leur marteau à l'arrivée d'air comprimé. Un sifflement aigu perçait les oreilles. Henri reçut du magasinier une sorte de pelle large au manche très court.

– Faut savoir s'en servir ! dit Boutineau. Le manche te semble court, mais il est souvent trop long ! Ça tape partout !

Cinq piqueurs travaillaient en ligne sur la taille :

1. Oxyde de carbone, responsable d'accidents moins spectaculaires, mais aussi fréquents, sinon plus, que le grisou.

Boutineau, Marcillac, Winsky, Lenoble et Marionnet qui était le responsable du syndicat. Comme la taille était difficile, deux manœuvres suffisaient pour charger le charbon sur le tapis roulant, le jeune Lerris et Henri. La galerie ne faisait pas plus d'un mètre cinquante de haut, ce qui obligeait à rester courbé.

– *La branlante !* dit Boutineau. On l'appelle comme ça parce que les coups de toit préviennent pas. Tu n'entends même pas chanter les bois, alors prudence !

L'homme commença à se déshabiller lentement.

– Pour la taille, dit-il, on est mieux à poil. Fais comme moi, sinon tu pourras plus te supporter.

Boutineau posa son pantalon. Dans la pénombre, Henri voyait ses fesses blanches, son sexe. Il y avait dans les gestes de Boutineau qui posait son pantalon quelque chose d'humiliant, un asservissement consenti à un travail honteux. Ici, sous la terre, il cessait d'être un homme, pour devenir un animal, une bête de somme.

– Tous les hommes sont les mêmes. Au début, ça fait un peu bizarre de les voir à poil, mais tu t'y fais très vite. Et n'oublie pas la ceinture, c'est très important pour tenir le ventre.

Il brancha son marteau. La ceinture et les chaussures ajoutaient à ses corps nus une indécence qui choquait le jeune homme. Jamais, il ne se mettrait nu devant les autres, jamais, il ne serait des leurs. Il se faufila entre le tapis et les bois de soutènement vers la taille. Il marchait courbé, se cognait à chaque instant.

Tout le long de la paroi, la lueur jaune des lampes éclairait des torses maigres, des fesses blanches, des sexes mous qui pendaient comme des fruits pourris.

Esclaves, bêtes à piocher le charbon, les piqueurs pesaient de tout leur corps massif et laid sur leur marteau. La roche volait en éclats, libérant des nuages de poussière qui les enveloppait.

Le jeune Lerris pelletait le minerai avec habileté. Sa nudité à lui n'était pas choquante, son corps maigre restait celui d'un adolescent, presque un enfant. Henri tentait de l'imiter. Il dégageait le charbon qui tombait à ses pieds et tentait de le lancer sur le tapis, mais sa pelle cognait contre les parois et trouvait toujours quelque chose sur son passage pour perdre son contenu. Les lampes accrochées aux poutres ne servaient plus à grand-chose. Boutineau l'avertit :

– Il n'y a pas de place ici, alors le premier jour tu vas pas bien y arriver. Demain, ça ira mieux.

Il fallait crier pour s'entendre. Trois coups secs frappés à la tuyauterie accélérèrent la cadence des marteaux.

– C'est le bleu ! avertit Boutineau.

– Le bleu ?

– Oui, Patte d'Oie. Il passe pour surveiller le boisage. Tu comprends, ça prend du temps et comme on est payé au rendement, on a tendance à oublier.

L'homme arriva, accompagné d'un sous-gouverneur. Il s'approcha de Boutineau, braqua sa lampe vers les flandres de sapin qui pliaient sous la charge. Un sable gris coulait entre les planches.

– Faut renforcer ça ! dit-il. Ça va péter avant la portion [1].

Les boiseurs arrivèrent, dressèrent des troncs de sapin qu'ils ajustèrent puis se mirent à les tailler à la

1. La pause pour le casse-croûte.

scie et à la hache. Le bruit sec des maillets qui mettaient les pièces en place résonnait dans les autres galeries. Quand les boiseurs furent partis, Boutineau regarda travailler Henri :

– Tu te débrouilles bien ! Ça se voit que tu es le petit-fils du père Téteph !

Henri avait mal partout. La poussière lui piquait les yeux. Des brûlures parcouraient sa figure et tout son corps. Une multitude d'insectes rongeaient sa chair.

– Tu devrais poser ton pantalon ! redit Boutineau. Mais je t'oblige pas.

La sueur ruisselait en serpents noirs sur ces torses clairs. De temps en temps, les piqueurs posaient leur outil et buvaient de grandes rasades d'eau. Le voiturier avait pour charge de surveiller le tonneau en bout de galerie. Quand il était vide, il en apportait un autre...

L'heure de la portion arriva et tous les marteaux s'arrêtèrent en même temps. Les boisiers qui avaient cassé la croûte un peu plus tôt en profitaient pour ajuster les poutres et consolider les bois écrasés par le poids terrible de six cents mètres de rocher.

– Viens donc ! dit Boutineau à Henri, c'est le moment de se reposer un peu.

La poussière épaisse gênait la respiration. Boutineau s'assit sur son pantalon et sortit sa bouteille de vin qu'il but à la régalade. Dans la pénombre, Henri ne voyait que ses yeux blancs, immenses.

Patte d'Oie repassa avec le sous-gouverneur. Il promena sa main sur les flandres qui se fendillaient, puis dit :

– Faites quand même attention ? Le bois est pas sec et chantera pas !

Boutineau acquiesça de la tête en sortant son casse-croûte du gandot. Henri prit le pain et le jambon que Jeanne avait préparés. Il y mordit sans faim, quand il sentit quelque chose le frôler le long de sa cuisse. Il eut un mouvement de recul en apercevant plusieurs rats qui le regardaient de leurs yeux ronds pareils à des perles. Boutineau éclata de rire :

– Tu as peur des copains ?

Henri les chassa en agitant les bras. Les animaux reculèrent hors des faisceaux et attendirent dans l'ombre.

– C'est ton pain qui leur plaît. Tiens, regarde...

L'homme trancha un morceau de son quignon et le lança à ses pieds. Une multitude de rats venus de l'ombre se disputèrent le pain avec des cris aigus.

– Les saloperies, c'est plus malin que tu crois ! Ça prévoit les éboulements et les coups de grisou !

Marionnet expliqua que le syndicat se battait pour garder la semaine de cinq jours de travail. On parlait, en effet, de la ramener à quatre, et même à trois jours.

– Ils disent que le charbon se vend pas... D'accord, mais, quand il se vendait bien, la Compagnie n'a pas partagé le bénéfice avec les ouvriers !

Winsky, énorme, mangeait avec gourmandise. Son crâne chauve luisait dans la pénombre.

– Moi, je sais que je mange à ma faim ! dit-il. Ça n'a pas toujours été le cas, quand j'étais gosse en Pologne !

– C'est pas une raison pour accepter ! trancha Marionnet.

Au bout du tapis, les Espagnols qui creusaient la treizième, qu'on avait surnommée par dérision « Cul d'Ours », se tenaient à l'écart et parlaient dans leur langue. Ils faisaient le travail le plus malsain et étaient payés presque autant qu'un ingénieur, raison pour laquelle on les appelait les prifatiers.

À la fin de la portion, tout le monde se remit au travail. Henri ne pouvait détacher ses yeux de ces corps nus, ces sexes si différents. Celui du Polonais était énorme et pendait comme une tétine molle, celui du jeune Lerris ressemblait à un bouton au milieu d'une mousse blonde. Les hommes plaisantaient souvent sur leur anatomie. Marcillac disait de la sienne : « Petite, mais pleine de bonne volonté ! »

Le bruit saccadé des marteaux reprit dans cette ombre où se déplaçaient de vagues lueurs. Il faisait très chaud. La poussière stagnait, lourde au ras du sol et s'envolait à chaque pas en volutes étouffantes. Quelle heure était-il ? Le soleil était-il couché là-haut, dans cet autre monde dont Henri se sentait irrémédiablement séparé ? Il avait envie de fuir, de courir dans ces couloirs sans fin, d'échapper à cette sensation d'écrasement, de mort, à cette odeur de terre pourrie. Il avait l'impression d'être une de ces larves blanches qu'il déterrait parfois dans le potager, à Plancheforte.

Il avait mal partout. Son dos flambait sous les griffures de la paroi. Ses mains étaient recouvertes d'ampoules et de crevasses. Son bas-ventre était rongé de brûlures lancinantes. Boutineau l'encourageait :

– Tu te débrouilles pas mal, pour un galibot. J'en ai vu qui pleuraient !

Aussitôt, le piqueur retira vivement la pointe de son marteau et fit un écart :

– Attention ! cria-t-il.

Une bande de rocher s'était détachée de la voûte et s'abattit dans un fracas de poussière et de pierraille.

Henri n'eut pas le réflexe de reculer. Le rocher le mordit au bras. Il poussa un cri. Boutineau approcha sa lampe. La blessure n'était pas très large, une simple entaille souillée de charbon d'où coulait un filet de sang noir.

– On a eu du pot ! fit l'homme en appelant les boiseurs.

Ils arrivèrent avec leurs planches, leurs scies et leurs haches. Boutineau leur donna un coup de main pour fixer les chandelles. Henri se forçait à penser à Florence pour oublier son martyre, mais l'image de la jeune fille ne le réconfortait pas... Boutineau braqua sa lampe sur sa blessure :

– Te voilà marqué ! La mine reconnaît toujours les siens ! dit-il en prenant son outil.

Une chose était sûre : si Henri sortait vivant de cet enfer, il n'y redescendrait plus jamais.

8

Jean Louspille appela Frontal qui courait dans le taillis. L'animal revint aussitôt, se planta devant son maître et le regarda, la tête penchée du côté de son oreille cassée. C'était un grand chien maigre, le poil ras, la queue fine et nerveuse. Frontal ne faisait pas bombance tous les jours, et il avait appris à se débrouiller seul : une poule volée au nez du paysan, un lapin cueilli à la sortie du terrier amélioraient parfois son ordinaire de chien errant. Jean était descendu à pied jusqu'à Saint-Étienne. Cela faisait moins de deux kilomètres et le beau temps l'avait incité à cette promenade. Depuis deux jours, le regard désespéré de Marie ne le quittait pas.

Sa veste lui pesait. Il la posa et poursuivit sa marche. Jean mesurait près de deux mètres. Ses larges épaules en imposaient et, pour le maîtriser, il avait fallu huit gendarmes un soir de beuverie à Lyon. Mais il n'était pas méchant. Son visage souriant, ses yeux noirs, pleins de malice, inspiraient la confiance. Quand il chantait en s'accompagnant de son banjo, sa voix douce et chaude charmait tout le monde. Toutes les femmes étaient un peu éprises de ce beau célibataire de quarante ans et rêvaient de caresser du bout des doigts son abondante chevelure grise ou de lisser sa moustache fine.

Aux logements des Polonais, Jean fit une halte, regarda autour de lui les chevalements dressés entre les maisons et les roulettes qui tournaient inlassablement. Était-il normal que ce minerai, si durement arraché aux entrailles de la terre, enrichisse quelques familles de Saint-Étienne et maintienne dans la misère tout un peuple de mineurs suffisamment ignorants pour se croire heureux ? Le monde courait à la catastrophe. Jean en était chaque jour un peu plus persuadé. Maintenant, il savait, par ceux qui étaient allés en Russie, que le communisme n'était qu'une dictature identique aux autres. Les socialistes de la SFIO pataugeaient dans leurs contradictions, tandis que des groupuscules armés se disputaient la rue. Non, Jean était désormais loin de ces partis. Communiste militant de la première heure, il avait, dans sa jeunesse, côtoyé les « soyeux » lyonnais. Il avait très vite compris que seule la haine, l'esprit de revanche animaient ces hommes et qu'on ne faisait pas le bonheur de l'humanité par la guerre. Jean n'avait que des désirs d'amour... Il fallait raser cette société pourrie et recommencer, sans chercher à régler des comptes. C'était pour ce rêve, pour ce mirage qui en valait bien d'autres, que le beau cousin parcourait les routes en répandant sa bonne parole.

Il parlait souvent seul, dans les chemins, au volant de son camion blanc ou au guidon de sa moto. Sa voix profonde et bien timbrée portait loin, une voix de tribun, et il avait le sens des formules qui touchent. C'était aussi un excellent commerçant capable de vendre n'importe quoi. On le disait riche bien qu'il continuât d'habiter la petite maison que lui avait léguée sa mère.

Il arriva chez Marie. Une troupe d'enfants qui jouaient dans le terrain vague passa devant lui en criant. Il les suivit des yeux. Près de la cité de Chavassieux, des hommes travaillaient dans leurs petits potagers, des parcelles bien alignées, mises à leur disposition par la Compagnie. Tout y était gris, les laitues, les choux. Il fallait arroser souvent pour empêcher l'étouffement des plantes par la poussière, raison pour laquelle on avait détourné un petit ruisseau.

Jean frappa à la porte qui avait été repeinte. Éléonore vint ouvrir. Quand elle reconnut Jean, son visage s'arrondit, elle se mit à rire :

– Jean ! Mais qu'est-ce que vous faites là ? demanda-t-elle d'une voix pleine de joie.

Elle l'embrassa en rougissant et appela sa sœur. Marceau qui était à l'étage – il avait trouvé au grenier une caisse pleine de *Tarif-Album* qu'il feuilletait inlassablement – descendit saluer le cousin.

– Ah te voilà, mauvaise troupe ! fit Jean en passant son immense main sur les cheveux courts de l'enfant. Qu'est-ce que tu fais là au lieu d'aller grappiller sur le crassier avec les autres ?

Marceau baissa la tête. Il retourna dans la maison :

– J'aide ma mère à nettoyer ! Elle ne veut pas que j'aille jouer.

Ses joues étaient rouges et rondes comme deux belles pommes. Ses yeux pétillaient de malice.

Jean sourit. Les années ne le marquaient que pour accroître son charme et les rides de son front l'embellissaient. Ses dents étaient restées blanches et son sourire venait à bout de toutes les résistances. La nature l'avait bien servi et c'était sûrement pour cette raison qu'il n'enviait rien aux autres et qu'il rêvait d'un monde sans lois ni argent où les hommes seraient heureux de vivre.

– Eh bien, voilà, dit-il à Marie, j'ai changé d'avis. J'emmène le petit.

– Tout de suite ? s'écria Marceau plein d'angoisse.

– Je viens te prendre demain matin, avec le camion. On part à Lyon. Tu manqueras un peu d'école, mais c'est pas bien grave.

Marceau ne savait pas quoi penser. Il était content d'échapper à la nouvelle école de Saint-Étienne, mais redoutait l'inconnu avec ce cousin aussi insaisissable que le vent. Il prenait conscience, tout à coup, combien cette nouvelle maison était agréable. Et puis, il y avait ses copains... Le grand qui lui avait demandé des cigarettes s'appelait Roger. C'était un Polonais, mais comme tous les enfants nés à Saint-Étienne il avait un nom français. Marceau s'en était fait un ami en lui apprenant à fabriquer des cigarettes avec une espèce de liane sèche. Il avait conquis la troupe en disant que son père était parti chasser les fauves et les pachydermes en Afrique avec le fusil Idéal de Manufrance.

– Tu as le temps de faire ta valise ! dit Jean. Tu seras prêt ?

– Oui, il sera prêt ! dit Marie.

Elle présenta une chaise à Jean. Elle n'était pas pressée de le voir partir, même si les mimiques de sa sœur l'agaçaient. Éléonore posait un foule de questions auxquelles le cousin répondait par un mouvement de la tête, un haussement d'épaules. Marie voulut lui servir un verre de vin qu'il accepta. Elle redoutait maintenant les dangers sur les routes, la fatigue pour

Marceau qui n'était pas très robuste. Elle regrettait un peu sa démarche. Jean qui avait compris se mit à rire.

– Qu'est-ce que tu veux qu'il attrape, ma pauvre Marie. Je ferai attention !

– Mais, c'est toi-même qui m'as dit que c'était trop dangereux.

– Bah, c'était une manière de parler !

– Si tu le dis, je veux bien te croire.

Il se leva pour s'en aller :

– Allez, je passe demain matin ! Mets quelques affaires dans un sac et ça ira bien.

Éléonore s'approcha de lui :

– Mais vous avez bien le temps ! Restez donc encore un moment !

– C'est que je dois préparer mon camion ! Je pars pour la grande tournée, Lyon, Clermont-Ferrand, Brive, Bordeaux...

Frontal s'impatientait. Il avait les habitudes de son maître et se mettait à gémir dès qu'il le voyait assis. Éléonore s'approcha de Marceau :

– Comme tu as de la chance de partir !

Jean s'éloigna. Jeanne revenait à pied de Bel-Air où se trouvait l'arrêt du tram. Elle était superbe dans sa robe claire. Ses cheveux noirs noués dégageaient son front haut, et ajoutaient de l'éclat à ses grands yeux bleus. Coquette, elle aimait se montrer, se mettre en valeur. Parfois, le dimanche, elle se fardait avec des poudres que Jean lui donnait en cachette. Alors, son père se fâchait et lui interdisait de sortir...

– Tu es vraiment très belle ! dit Jean. Si tu sais t'en servir, tu iras loin.

– Où veux-tu que j'aille ?

Elle rit, pirouetta ; sa robe se gonfla et découvrit ses jambes parfaites. Elle revenait de la Marandinière.

Éléonore avait su, par M. Antoine, que Mme Charbet, une des femmes les plus en vue de Saint-Étienne, cherchait une servante qui pourrait en même temps lui servir de secrétaire. Son mari, Jacques Charbet, possédait une aciérie parmi les plus importantes de la ville noire. Angélique, beaucoup plus jeune que Jacques, écrivait des contes pour enfants qu'elle publiait aux éditions Dumas. Le dernier volume, qui avait connu un franc succès, avait été illustré par un libraire de Saint-Étienne, Louis Plaine, dont tout le monde reconnaissait l'excellent coup de crayon.

Jeanne annonça à sa mère qu'elle était entrée dans la grande maison aux deux tours carrées qui se trouvait à l'extrémité du cours Fauriel, après le Rond-Point. Les pièces étaient immenses avec des cloisons en bois sculpté, des tableaux partout, des meubles splendides.

– J'ai vu Mme Charbet. Elle est très belle ! Blonde avec une robe pleine de dentelles. Et si jeune ! Elle cherche quelqu'un pour copier ses histoires...

Marie remarqua :

– Ce serait plutôt une place pour ta sœur.

Jeanne se renfrogna. Un peu de rouge colora ses joues.

– Quoi ? Je suis allée jusqu'en quatrième, et je ne suis pas plus bête qu'une autre ! D'ailleurs, Mme Charbet m'a dicté deux pages de son livre et je n'ai pas fait une seule faute !

La rivalité entre les jumelles était toujours là. Jeanne souffrait d'être moins considérée que Pierrette qui « apprenait tout ce qu'elle voulait ». Elle avait là l'occasion de prendre une petite revanche et ne voulait pas la rater.

Le lendemain matin, à l'aube, les habitants de Chavassieux furent réveillés par le klaxon triomphant d'un camion blanc qui, en s'arrêtant devant chez Marie, fit un tel bruit de frein et de ferraille que les chiens se mirent à aboyer. La portière claqua et le cousin Jean, en chemisette malgré la fraîcheur de l'air, entra. Marceau qui avait peu dormi but rapidement son bol de lait.

– Alors, mauvaise troupe, on est prêt ?

– On est prêt ! dit Marie en montrant un ballot de linge.

– Alors, on y va.

Jean siffla Frontal qui s'était éloigné. Avant de prendre place au volant, il dit à Marie :

– T'en fais pas, quand je te le ramènerai, ce sera un homme.

– Prends bien soin de lui ! dit la femme en retenant ses larmes.

Le camion démarra. Marie avait tout à coup envie de courir derrière et de reprendre Marceau. Une pensée folle traversa son esprit : il ne reviendrait jamais ! N'avait-il pas, comme son père, cette envie de l'ailleurs dont avait parlé Flandrin ? Elle entra dans la maison déserte.

Marceau avait posé son baluchon sur le siège à côté de lui. Frontal s'était couché à ses pieds. Il se tourna deux fois pour voir sa mère devant la porte. Après le premier tournant, quand la maison eut disparu derrière la colline, l'enfant eut aussi l'impression qu'il ne reviendrait jamais. Le moteur faisait un bruit assourdissant. Les tôles vibraient. Jean sifflotait.

Ils sortirent de Saint-Étienne. Jean ne quittait pas des yeux la route tortueuse qui montait au flanc du

Pilat. Déjà dans sa tête, des noms de villes défilaient, des places de marché. Des femmes aussi. Aucune n'avait su le retenir. Sa liberté de marchand ambulant passait avant tout !

Ce matin, il était soucieux. De quel droit emmenait-il ce garçon vers des lieux et des gens qui allaient le marquer à vie ? Ce qui l'avait fait refuser l'autre jour, ce n'était pas le danger comme il l'avait dit à Marie, mais le perpétuel boulet que Marceau allait être pour lui. Sa démarche aujourd'hui était sans équivoque : il venait de se donner un fils.

– Bon, si on se presse un peu, on peut être au Bessat avant la nuit. Tu vas voir comme c'est beau le coucher du soleil sur la montagne.

Ils s'arrêtèrent à Rochetaillé, chargèrent des cartons de rubans que Jean avait récupérés chez les passementiers voisins. Sur les flancs du véhicule était écrit en grosses lettres noires MERCERIE LOUSPILLE avec, en plus petit : « Saint-Étienne-Lyon-Marseille-Montpellier-Bordeaux-Clermont-Ferrand ». Marceau qui avait appris les noms de ces grandes villes à l'école, s'étonna d'un aussi long voyage. Jean sourit :

– Ça fait plus important. On n'ira ni à Marseille, ni à Montpellier, ni même à Bordeaux.

La visite de Jean était toujours un événement dans les villages où il passait. Il laissait dire que la maison Louspille et Compagnie était une grande entreprise à la manière de Manufrance, que des dizaines de véhicules blancs, identiques au sien, sillonnaient le pays...

Quand le chargement fut terminé, Jean ferma les portes du hangar et ils repartirent. L'homme avait confié son banjo à Marceau.

– Rien de tel pour attirer les clients ! dit-il en clignant de l'œil droit.

Frontal haletait, couché aux pieds de l'enfant qui lui caressa le front. Le soir tombait lentement, souverain. Une brume grise se tassait sur Saint-Étienne, ne laissant voir que les collines aux maisons claires. La lumière oblique inondait les prairies, incendiait les genêts et les fougères en bordure de route. Tout était calme. Il n'y avait pas un souffle de vent et les grands hêtres de bordure étalaient leurs feuilles nouvelles dans une immobilité souveraine. La route grimpait au flanc de la colline. Ils arrivèrent dans un village tout en longueur, sur une crête. Un immense château aux tours ocres plantées sur le rocher écrasait par sa masse les maisons en contrebas.

– Mille ans qu'il a, ce château ! dit Jean. Tu te rends compte ?

S'il se rendait compte ! Marceau imaginait les hommes en armure qui vivaient là et qui repoussaient les ennemis sous des nuées de flèches. Le camion dépassa les dernières maisons et suivit la route qui montait vers ces cimes rondes et bleues. Le paysage changeait ; les arbres devenaient plus rares. Des touffes de genévriers se dressaient entre les coulées de pierres. Des ajoncs fleuris mêlaient leurs ors à ceux des genêts. Le camion montait toujours.

– Là, c'est Roche-Corbières.

C'était un mur abrupt de rochers clairs que le soleil remplissait de grandes ombres. De larges fissures fendaient cette paroi qui semblait sur le point de s'écrouler.

– Le Pilat, c'est... Comment te dire, c'est le pays des pierres, des chirats, des chemins secrets entre les rocs et des gouffres ! Au fait, tu sais pourquoi ça s'appelle le Pilat ?

Marceau regarda Jean qui ne quittait toujours pas

la route des yeux. Les tournants étaient plus serrés. Le moteur ânonnait.

– Ça vient de Pilate, Ponce Pilate, tu sais, celui qui a condamné Jésus à mourir sur la croix. Paraît qu'il a été pris par les remords et qu'il est parti droit devant lui... Cette montagne, ce mur entre le Rhône et la Loire l'a arrêté. Il marchait la nuit entre les chirats et les gros rochers qui se dressaient pour l'arrêter. Il est tombé dans le Gouffre d'Enfer. Maintenant, c'est couvert d'eau, mais ça ne l'empêche pas de revenir les nuits noires et il court dans la lande en criant. C'est lui qui tue les hommes seuls. T'amuse pas à te promener ici la nuit !

Jean se mit à rire. Marceau avait la chair de poule. Ce monde froid de rochers vivants, de grottes qui abritaient des monstres et des fantômes le terrorisait. Il aurait voulu faire demi-tour. La montagne l'écrasait de sa monstrueuse démesure. Des landes de bruyère fleurie s'étalaient en vagues molles, un tissu soyeux offert au ciel cru griffé par endroits de blocs rocheux qui gesticulaient, dressés ou agenouillés dans une prière muette.

Ils arrivèrent enfin au Bessat. Le village était étalé le long d'une route qui semblait venir de nulle part pour conduire au néant d'un horizon bleu que la brume noyait. Le camion se rangea près d'une maison grise. Sur l'enseigne de bois était écrit en grosses lettres noires que la pluie avait délavées : AU BISTROT DE PARIS. Jean appela Frontal et fit signe à Marceau de descendre.

– Rappelle-toi, dans tous les villages, toutes les villes que tu traverseras, il faut te débrouiller pour avoir un toit et de la chaleur.

Il entra le premier. Deux hommes étaient accoudés

au comptoir. Une femme essuyait des verres. Quand elle aperçut Jean, son visage s'éclaira dans cette pénombre. Elle avait des cheveux frisés qui tombaient sur sa nuque, de grands yeux bleus et des lèvres épaisses. Elle était un peu forte, et la ceinture de son tablier cisaillait sa taille. Elle posa son verre :

– Jean ! Enfin ! J'ai bien cru que tu ne viendrais pas, cette année !

Jean l'embrassa sur les deux joues. Près de lui, elle semblait minuscule. Les deux hommes n'avaient pas bougé. L'un d'eux, petit et rond, portait une veste de chasse, l'autre était en chemisette.

– Salut la compagnie ! dit Jean en leur serrant la main. Allez, mauvaise troupe, on a soif !

La femme remarqua l'enfant ; elle fronça les sourcils.

– C'est qui, lui ?

Elle avait parlé sur un ton de reproche. Jean se mit à rire et posa sa main droite sur l'épaule du gamin.

– C'est mon cousin. Le fils de Damien Chaumiet. Il vient avec moi pour apprendre le métier !

La femme caressa la joue du garçon et dit :

– Eh bien, tu en as des choses à apprendre avec ce vaurien de Jean ! Bon, allez, c'est l'heure de la soupe.

– C'est Yvette ! dit Jean à Marceau. Une cousine que tu connaissais pas.

Les deux hommes finirent leur verre et sortirent. Yvette leur lança un regard mauvais et passa dans la cuisine. Jean s'assit comme s'il était chez lui et fit signe à Marceau d'en faire autant. Quand elle parlait, Yvette le regardait avec des yeux pleins de lumière. Marceau pensait à Ponce Pilate qui allait bientôt sortir de sa grotte. Jean mangeait avec appétit, les yeux rivés sur son assiette. Yvette avait apporté une casserole de soupe à Frontal resté dans la salle du bistrot qu'elle avait fermée à clef. Il faisait complètement nuit ; l'air frais de la montagne entrait par la fenêtre ouverte. Marceau avait froid.

– Bon, tu vas aller au lit ! dit Jean en allumant sa cigarette. C'est que demain, on a beaucoup de route à faire.

Yvette ouvrit une porte qui donnait sur un escalier sombre et fit signe à Marceau de la suivre. Le gamin monta les marches de bois qui grinçaient. La femme le précéda dans une petite chambre où s'entassaient les caisses, les vieux vêtements, des objets divers. Un petit lit se trouvait dans un coin. Yvette lui dit :

– Là, tu seras comme un coq en pâte. Ça, c'est le bouton de la lumière. Allez, à demain.

Elle semblait très pressée de fermer cette porte et de rejoindre Jean. Marceau se coucha. Dans l'ombre, il voyait à travers la fenêtre sans volets la grosse lune se profiler au-dessus du crêt de la Perdrix. Des ombres gigantesques s'animaient sur la lande. Jean et Yvette entrèrent dans une chambre voisine. Le garçon entendait la voix bourdonnante de l'homme, les gloussements de la femme, des rires aigus, des petits cris. Des coups sourds retentissaient contre la cloison. Ce bruit, cette présence ne suffisaient pas à rassurer Marceau qui ne cessait de regarder cette montagne hérissée comme une mâchoire.

9

Marie s'était adaptée à sa nouvelle condition. Elle avait naturellement retrouvé les gestes de clapeuse appris dans sa jeunesse. Les bennes versaient le charbon sur une sorte de tapis et les femmes en éliminaient les grêles de rocher plus clairs. Au début, cela faisait mal aux bras, au dos et aux mains. Au bout de quelques jours, les muscles s'habituaient, les doigts se recouvraient de corne.

Dans cette grande pièce ouverte à tous les vents, elle redoutait la poussière et les courants d'air qui avaient activé sa toux. Le soir, elle entrait chez elle fourbue. Pierrette, qui travaillait à une autre sortie, l'aidait à préparer le repas.

Marie avait aussi retrouvé ses peurs. Son enfance avait été hantée par tant de catastrophes du fond, coups de grisou, éboulements, inondations... Elle avait reconnu sur les habits d'Henri l'odeur de la mine, cette odeur de terre qui ne s'oublie pas et, quand elle préparait la portion du jeune homme, qu'elle enfermait dans le gandot le pain et le saucisson, la mère redevenait une de ces femmes qui, depuis des siècles, ressentaient le même pincement au ventre.

Depuis son arrivée à Chavassieux, elle s'était renfermée. Elle ne parlait aux autres que pour le strict nécessaire. Ses anciennes amies, toutes clapeuses, l'avaient pourtant bien accueillie. Alice Dumat était maintenant une femme fripée aux seins tombants. Son mari était silicosé et ne pouvait plus travailler. Sa petite pension de la Compagnie ne suffisait pas et Alice devait, les jours de congé, faire des ménages.

Georgine Mériale travaillait à côté d'elle. Quand elle l'avait vue, Georgine avait eu un air amusé :

– Tiens, la marchande de rubans !

Cette parole avait irrité Marie qui s'était forcée à sourire. Georgine avait épousé Adrien Mériale, receveur au puits Cécile. Marie connaissait cet homme fier de son emploi qui ne parlait pas aux piqueurs. Il rêvait de devenir surveillant, mais le gouverneur s'y était toujours opposé.

– Alors ? continua Georgine. C'est fini la passementerie ?

Georgine n'avait pas d'enfant ; elle avait conservé un corps fin et jeune qui attirait les regards envieux des autres clapeuses et les désirs des hommes qui passaient près du tapis. Elle avait des yeux malicieux, des mimiques de petite fille.

À la fin de la journée, Pierrette rejoignait sa mère et elles rentraient toujours par le même chemin. Elles longeaient les cités où vivaient mélangées les familles de Polonais, d'Italiens et d'Espagnols. Le linge pendait aux balcons crasseux. Des flopées d'enfants se poursuivaient en braillant... Pierrette prenait le bras de sa mère et elles s'éloignaient très vite.

Ce soir-là, elles arrivaient au croisement des rues Chavassieux et Renaudot. Le vent avait tourné au nord et il faisait frais. Le ciel était plus clair que d'habitude. Un homme, en face d'elles, s'arrêta et regarda fixement Marie. Il était grand et fort. Il ne portait pas de chapeau et ses cheveux gris ondulés étaient peignés avec soin. Pierrette remarqua surtout ses superbes yeux bleus qui fixaient sa mère.

– Mais c'est Marie ! dit-il.

Marie rougit. Depuis le départ de Damien, elle ne maîtrisait plus ses émotions et se découvrait différente, comme si elle avait vécu à l'ombre de son mari, cachée d'elle-même par sa forte présence. Elle poussa un petit cri de surprise et bredouilla un vague bonjour. L'homme s'étonna de la voir dans ce quartier. Il avait un fort accent polonais, mais sa voix restait douce, malgré les intonations rugueuses héritées de sa langue maternelle.

– Waldeck ! dit-elle d'une voix émue. Voilà bien longtemps que...

– Je n'habite plus ici, dit-il. Je suis à l'aciérie Bontemps. Ouvrier spécialisé. Mais je regrette la mine. Quand on est descendu au fond, on peut plus se faire à la vie des autres...

– Et pourquoi es-tu parti ?

Il eut un geste des bras, alluma une cigarette.

– L'occasion, ma femme qui pensait que ce serait mieux... Je suis content de te revoir.

– Moi aussi.

Marie poursuivit sa route. Pierrette s'était aperçue du trouble de sa mère, mais ne fit aucune remarque.

Dans la cuisine, les petites fenêtres donnaient une clarté laiteuse. Tout était sale : en quelques heures, la poussière se déposait sur tout, la table, les meubles, les bols oubliés du matin, les vitres.

Marie monta dans sa chambre. La rencontre de Waldeck lui avait rappelé quelques belles années de sa jeunesse. Waldeck était arrivé de Pologne avec ses parents alors qu'il avait huit ans. La famille logeait dans une cité voisine. La petite Marie avait pris sous sa protection cet étranger qui avait de si beaux yeux. Elle lui apprit ses premiers mots de français... Devenus adolescents, ils allaient danser dans les guinguettes. Ils s'étaient juré de s'aimer toujours... Le père de Marie avait tant fait pour les séparer qu'il y était parvenu. Waldeck partit travailler dans les mines du Pas-de-Calais et Marie refusa tous les beaux partis que Téteph lui proposait... Mais le temps efface tout. Damien, qui était descendu de Plancheforte avec ses copains fêter la Sainte-Barbe, sut la faire rire. Elle se rendit à son rendez-vous le dimanche suivant, puis l'autre. Il l'emmena danser à la guinguette au pont de l'Âne. Elle ne l'aimait pas, non, mais se sentait si bien près de lui... Ils se marièrent le 22 juin 1911. Pour elle commençait vingt-deux années d'un bonheur sans ombre, à part la guerre et ces longs mois sans nouvelles pendant lesquelles elle avait toujours gardé espoir. Jamais la marchande de rubans (au fond, ce surnom lui plaisait) ne retrouverait ici le calme serein de l'atelier quand Damien chargeait le métier, passait les fils de soie dans le chas des cordes d'empontage et les raboutait d'un geste précis du pouce et de l'index... Ah, Damien, comme elle souffrait, comme elle était seule ! Abandonnée par lui, elle l'était par le monde entier. Elle avait froid. L'hiver était entré dans son cœur tandis que l'été s'installait en souverain sur les collines, la mort grandissait dans ses poumons qu'un feu continuel rongeait et elle n'avait plus envie de la combattre.

Henri attendait avec impatience son premier jour de congé pour aller voir Florence. Ils avaient rendez-vous à la route de Saint-Jean-Bonnefonds vers deux heures de l'après-midi. Le temps ne passait pas. Samedi arriva quand même. Le matin, il s'occupa au jardin, mais ne réussit pas à fixer son attention. Il alla se promener en ville, trouva Piotr qui l'invita à boire une bière. Enfin, après un déjeuner rapide, il sauta sur son vélo et se mit à pédaler à toutes jambes. Chaque fois qu'il fuyait Saint-Étienne, il échappait au bagne de la mine, à son ombre sale, sa chaleur moite. Il travaillait au fond depuis une semaine. Ses muscles, son corps tout entier commençaient à s'habituer à l'espace restreint. Il maniait sa pelle avec habileté, mais se sentait toujours étranger à ce monde de la nuit...

Comme convenu, Florence l'attendait au bas de la route de Saint-Jean-Bonnefonds, à la Croix-Latté. Ils furent émus de se retrouver après cette première séparation. Le ciel était très bleu ; la lumière inondait la colline, les grillons remplissaient l'herbe de leur bruit de fer. Le Pilat se dressait comme un mur ébréché, une barrière sombre entre le dur pays de la mine et les coteaux ocres du Rhône.

Henri poussa son chapeau vers l'arrière :

– Une chose est sûre, je ne resterai pas à la mine. Je préfère mourir.

– C'est ce qui gagne le plus et si tu veux...

– Je rachèterai l'atelier ou j'en construirai un autre, mais dans mes veines c'est du sang de passementier qui coule, pas de mineur.

Elle se serra contre lui pour cacher son trouble. Elle avait tant attendu ce moment et découvrait qu'Henri la regardait avec des yeux nouveaux. D'ailleurs, ce n'est pas elle qu'il regardait, mais le brouillard gris de Saint-Étienne. Elle remarqua une croûte noire sur le bras droit. Du bout de son doigt, elle l'effleura, c'était rugueux et dur.

– C'est un bloc de charbon qui est tombé, le premier jour. Maintenant, je sais les éviter.

– La marque de la mine ! fit Florence. Tous les mineurs disent qu'elle reconnaît les siens.

– Tout ça, c'est des conneries ! rouspéta Henri.

Il regretta aussitôt d'avoir élevé la voix. Cette remarque de la jeune fille le mettait en face d'un destin dont il ne voulait pas. Comme la mer, on disait que la mine ne relâchait jamais les siens. Elle les prenait au soleil, aux saisons pour son domaine feutré de l'ombre, son ventre chaud où les secondes comptaient plus que partout ailleurs, où la mort se cachait derrière chaque morceau de charbon. Mineur, ce n'était pas un métier comme les autres, c'était un état. Tout cela, Henri l'avait bien pressenti durant ces premiers jours au fond, alors il luttait pour échapper à ce qui le poussait à ressembler aux autres. Il ne posait toujours pas son pantalon.

Florence lui prit la main et ils allèrent dans un bosquet en retrait de la route. Les fougères sortaient des feuilles mortes et dépliaient délicatement leurs doigts verts. Ils s'assirent sur la mousse fraîche. La robe légère de la jeune fille avait glissé et découvrait ses mollets et ses genoux. Henri les caressa très doucement et remonta le long des cuisses.

– Pas ici ! dit-elle. Si on nous voyait...

Il n'insista pas. La semaine dernière, la veille du

déménagement, ils étaient allés dans la grange et s'étaient couchés dans une niche de foin. Henri n'avait pas osé aller jusqu'au bout. Florence était consentante, il l'avait compris sous ses caresses, mais il avait eu peur de lui-même. Il ressentait pourtant la nécessité d'être entreprenant, de montrer qu'il n'était plus un petit garçon, mais un homme. Chaque fois, il butait sur l'inconnu, la peur d'être maladroit et de se montrer ignorant. Son amour pour Florence était toujours resté entre les barrières de l'enfance et il lui semblait que d'en sortir aurait pu le tuer.

10

Jeanne accéléra le pas. Il faisait très chaud sous les platanes du cours Fauriel. Un groupe d'étudiants en veston noir et chapeau melon entrait à l'École des mines en bavardant. La jeune fille regarda un moment les maisons cossues de chaque côté de la rue, les parcs que les touffes d'arbustes en fleurs égayaient. Elle dépassa le Rond-Point et se dirigea vers la Marandinière. La maison des Charbet dressait ses deux tours carrées au milieu d'antiques cyprès. Jeanne hésita un moment avant de franchir le lourd portail de fer forgé. Un jeune homme ratissait une allée. Il leva sur Jeanne son visage boutonneux et rougit. Il était très maigre. Ses bras nus étaient couverts de poils clairs et de taches de rousseur.

– Je viens pour la place..., dit Jeanne en s'approchant.

Le garçon tendit la main vers une porte. Jeanne pensa qu'il était muet et, malgré son appréhension, eut envie de rire.

Elle se dirigea vers la porte. Le gravillon bleu crissait sous ses semelles. Elle se sentait mal à l'aise, à l'étroit dans sa robe jaune et blanche qu'elle n'aimait pas. Le soleil resplendissait sur la colline. La poussière de charbon ne venait pas jusque-là. Tout scintillait, c'était le paradis.

Elle frappa timidement. Une servante d'une vingtaine d'année, assez ronde, au visage lisse et beau, lui ouvrit. Jeanne expliqua qu'elle avait été embauchée par Mme Charbet.

– Ah, oui, la secrétaire ! dit la jeune fille. On vous a dit que vous deviez aussi travailler à la cuisine ?

– Oui, murmura Jeanne.

Le regard de la jeune fille s'était attardé sur elle :

– Moi, c'est Roselle. Suivez-moi, je vais vous présenter à Joseph.

Elles empruntèrent un long couloir. Aux murs, étaient accrochés des tableaux de toutes les tailles. Des portes entrouvertes laissaient voir des pièces immenses, des meubles cossus. À la cuisine, près de l'évier, une vieille femme minuscule qui ressemblait à la grand-mère Augustine nettoyait des légumes. Les fourneaux se trouvaient au milieu de la pièce. Un gros homme coiffé d'une toque blanche tournait une sauce qui fumait dans une casserole en cuivre.

– Joseph, voilà la nouvelle !

L'homme souleva sa large tête de porc gras et dévisagea Jeanne. Ses sourcils noirs étaient démesurément longs. La vieille dit d'une voix aigre :

– Madame Angélique doit être au salon du jardin.

La servante fit signe à Jeanne de la suivre.

– C'est ici que vous allez travailler. Joseph, le cuisinier, est un des meilleurs de Saint-Étienne !

Jeanne suivit la jeune fille dans de nouveaux couloirs. Elles traversèrent une grande salle à manger occupée par une immense table et des chaises au dossier sculpté, puis arrivèrent à un salon. Une baie vitrée déversait une abondante lumière sur des fauteuils, deux canapés face à face et des meubles bas envahis de bibelots de porcelaine. Deux hommes bavardaient. L'un que Jeanne remarqua tout de suite était très grand et maigre. Son visage osseux était barré d'une épaisse moustache noire. Il se tourna vers les jeunes filles.

– Roselle, que veux-tu ?

– Je cherche madame Angélique, sa secrétaire est arrivée.

Le regard noir de l'homme comme voilé d'une brume de mélancolie s'arrêta un moment sur Jeanne qui baissa les yeux. Il passa sa main très maigre aux longs doigts osseux dans ses cheveux coiffés à plat.

– Je crois qu'elle est sortie. Dis à Joseph de s'en occuper.

Roselle conduisit de nouveau Jeanne à la cuisine. Joseph lui dit d'aider Minie à préparer les légumes. Jeanne était déçue. Elle était venue avec des rêves plein la tête. Elle se voyait secrétaire particulière d'une femme dont la beauté était célèbre à Saint-Étienne et se retrouvait dans cette cuisine à peler des pommes de terre !

Joseph était énorme et suait abondamment. Les gouttes ruisselaient sur ses joues jusqu'au linge blanc qu'il avait enroulé autour du cou.

– Un peu de jeunesse par ici ! Ça fera pas de mal ! dit-il d'une voix épaisse.

Minie releva une mèche de cheveux gris de sa main rouge. Elle posa ses yeux glauques sur Jeanne :

– Pas bien grosse, la jeune fille ! Enfin ! Quel âge tu as ?

– Dix-huit ans.

– L'âge des bêtises, mais t'avise pas, avec moi, faudra pas broncher !

Déçue, Jeanne se mit au travail. Déjà, elle pensait à chercher autre chose, à s'échapper de cette condition servile qui ne lui allait pas. Tout à coup, une femme encore jeune fit irruption dans la cuisine. Elle était blonde ; ses cheveux, attachés sur sa tête, tombaient en anglaises jusqu'au cou. Son visage clair, ses lèvres soulignées de rouge, ses grands yeux d'un bleu léger éblouissaient. Elle se dirigea vers Joseph :

– Nous serons deux de plus ce soir, Renaud Le Couturier nous fait le plaisir d'être des nôtres, et cette ennuyeuse Louise de la Marelle. Celle-là ne peut pas laisser son mari deux heures. Elle a toujours l'impression qu'on va le lui prendre !

Elle sourit et aperçut enfin Jeanne. Son beau visage prit une expression curieuse.

– Mais, c'est ma petite secrétaire !

– Pour l'instant, la petite secrétaire pèle les pommes de terre ! dit Minie d'un ton bourru.

Mme Charbet observa Jeanne un instant.

– Tu es belle, dit-elle, mais habillée comme l'as de pique !

Elle s'éloigna en chantonnant. Minie poussa encore sa mèche :

– Une secrétaire ! Comme si elle avait besoin d'une secrétaire ! Monsieur Jacques est trop bon.

Au bout de quelques secondes, Minie rectifia :

– C'est pas de la bonté, c'est de la faiblesse !

L'après-midi passa vite. Jeanne finit d'éplucher les légumes et Joseph lui demanda de nettoyer des plats et des casseroles. Vers cinq heures, Roselle vint la chercher pour lui montrer sa chambre. Jeanne logeait dans l'aile gauche réservée aux domestiques.

– Nous serons voisines ! dit Roselle en souriant. À côté, c'est ce mal dégourdi de Roland Merpillet qui entretient le parc. Tu ne le verras jamais. Il mange sans un mot et s'en va. Minie loge en ville.

– Mme Charbet est vraiment très belle !

– Ici, tout est dans l'apparence. Mme Charbet, tout le monde l'appelle Angélique, est peut-être très belle, mais c'est une coquette qui ne pense qu'aux fêtes.

– Et M. Charbet ? osa Jeanne.

– Monsieur Jacques ? On le voit peu. Il passe son temps dans son aciérie. Paraît que les affaires sont mauvaises...

– Ils n'ont pas d'enfants ?

– Si, deux. Hubert et Pauline, douze et dix ans. Ils sont en pension et viennent chaque fin de semaine et pour les vacances quand madame Angélique ne réussit pas à les caser quelque part. Hubert est tellement dissipé ! Tu sais, ce sont des patrons modernes, bien différents des autres. Un peu bohèmes, je dirai... Madame Angélique invite de drôles de gens à sa table ! Avant, j'étais chez les de La Marelle. C'était bien différent. Faut dire que je préfère être ici, c'est moins compliqué.

– En quoi c'est moins compliqué ?

– Tout le monde participe aux réjouissances ! Souvent, quand je sers l'apéritif aux invités, monsieur Jacques me dit de prendre un verre avec eux. Chez les de La Marelle, il fallait avoir la tenue de servante et rester à sa place ! Bon, faut y aller, il y a de la vaisselle à préparer pour le dîner de ce soir...

Les deux jeunes filles allèrent mettre le couvert sur l'immense table de la salle à manger. Jeanne était éblouie par les boiseries sculptées, les lourdes chaises aux montants tournés. Roselle lui montra comment disposer les fourchettes, les couteaux, les verres à vin et à eau... Le temps passa très vite.

Vers sept heures, les invités commencèrent à arriver. Ils arrêtaient leur voiture dans l'allée. Hommes vêtus de complets sombres, femmes en robes longues et chapeau à rubans marchaient vers l'escalier de pierre où M. Charbet les accueillait pour les conduire sur la terrasse. Joseph, qui faisait office de maître d'hôtel, commanda à Roselle et à Jeanne d'aider les serveurs embauchés pour la circonstance à porter les plateaux d'apéritifs.

Jeanne put ainsi voir de près des gens dont on parlait beaucoup à Saint-Étienne. Émile Mimart, le grand patron de Manufrance, arriva le dernier, vêtu de sombre. Quand il s'approcha, les voix baissèrent. Il en imposait à tous. Sa tête au crâne haut et dégarni, sa belle moustache grise, son regard fixe sous ses lorgnons lui conféraient une prestance sans égale. Jeanne était émerveillée. La grande salle à manger était illuminée par quatre lustres de cristal. Sur une nappe immaculée, les assiettes en porcelaine, les verres en cristal, les couverts en argent scintillaient.

Quand M. Charbet proposa aux invités de passer à table, Roselle emmena Jeanne à la cuisine où une table avait été dressée pour les domestiques. Le jeune Roland Merpillet arriva. Il baissait continuellement les yeux et Minie le traita de mal dégourdi... Il rougit ; Roselle et Jeanne se regardèrent et éclatèrent de rire, ce qui eut pour effet de faire rougir un peu plus le jeune homme.

À la fin du repas, Joseph demanda aux deux jeunes filles de porter les digestifs sur la terrasse. Jeanne prit un plateau et partit timidement vers la porte grande ouverte d'où entrait l'haleine douce et parfumée de la nuit. La terrasse était illuminée. Les gens bavardaient par groupes. Jeanne aperçut M. Charbet en conversation avec son associé, Bertrand Raynaud, un homme d'une trentaine d'années, très élégant. M. Charbet leva sur elle son regard voilé et lui sourit discrètement. Elle présenta son plateau, M. Raynaud prit un verre de cognac qu'il tendit à M. Charbet. Jeanne se dirigea vers un autre groupe où se trouvait Mme Charbet, très belle avec sa robe blanche décolletée, ses cheveux savamment rassemblés sur sa tête en tresses blondes.

– Ma secrétaire ! dit-elle. Vraiment, il va falloir que je l'habille !

Jeanne baissa les yeux et rougit. Elle passa de nouveau à côté de M. Charbet et l'entendit s'exclamer :

– C'est une cervelle d'oiseau. Quoi que je dise, cela ne changera rien !

Bertrand Raynaud alluma un cigare et leva la tête vers le ciel clair où brillaient quelques étoiles, grosses comme des clous.

– Il ne faut pas trop vous en faire, Jacques, les mauvaises affaires ne vont pas durer. D'ailleurs, les commandes reviennent...

– Il ne s'agit pas de cela, il s'agit de dépenser moins que l'on gagne. Et Angélique ne sait pas compter. Pour elle, restreindre notre train de vie, freiner ses plaisirs serait se comporter en pauvre.

– Tout va s'arranger, soyez rassuré !

Jeanne alla chercher d'autres verres à la cuisine. Quand elle revint, M. Charbet, Bertrand Raynaud et son épouse, une brune, très mince, bavardaient avec

M. Mimart et un autre invité, chauve, le visage animé de tics.

– Votre père est passementier à Saint-Jean-Bonnefonds ? demanda tout à coup M. Charbet en se tournant vers Jeanne, comme pour chasser les pensées graves qui le hantaient.

– Il l'était ! dit Jeanne en rougissant.

Elle s'éloigna en répondant avec grâce aux sourires que les gens lui adressaient. Quand elle passa près de Mme Charbet, celle-ci lui demanda :

– Quel âge as-tu ?

– Dix-huit ans.

– Ce beau visage ! Marche un peu que je voie bouger tout ça !

Jeanne rougit, fit quelques pas en essayant d'être naturelle. La présence de M. Charbet la gênait. Avec Angélique seule, elle aurait peut-être été plus naturelle.

– Je vais m'occuper de tes vêtements et je t'apprendrai deux ou trois petites choses. D'ailleurs, nous avons du travail, toutes les deux. Dès demain, je te dicterai une histoire dont l'idée m'est venue ce soir !

Vers onze heures, Joseph dit aux deux jeunes filles qu'elles pouvaient aller se coucher. Jeanne suivit Roselle jusqu'à sa chambre puis entra dans la sienne. Le bruit des convives venait jusque-là, un brouhaha entrecoupé d'éclats de rire. Jeanne alluma. Son lit était au milieu de la pièce avec une table de nuit et une petite lampe de chevet. Il y avait aussi une armoire aux beaux montants tournés, une table avec deux chaises et, luxe suprême, un petit réduit transformé en cabinet de toilette.

Le lendemain matin, quand Jeanne sortit, Roselle était déjà occupée à balayer la grande salle à manger. Minie lui reprocha son retard et ordonna d'essuyer la vaisselle. Joseph, près de la cuisinière à gaz, découpait des morceaux de viande avec un énorme couteau. Ses bajoues tombaient sur le linge blanc noué autour de son cou. Il avait une tête de porc, mais aucun mauvais sentiment dans le regard. Des pas pressés claquèrent. Mme Charbet arriva, vêtue d'une robe noire serrée à la taille :

– Eh bien, Joseph, voilà qu'on laisse nos invités mourir de faim ! Où était le caviar ? Que vont-ils penser ?

Joseph ne se troubla pas. Il était visiblement habitué à ce genre d'esclandre et fit face, son grand couteau à la main :

– Je ne peux pas dépenser plus qu'on me donne !

Angélique s'écria :

– C'est encore Jacques avec ses idées noires !

Elle s'éloigna de son pas rapide. Minie leva sa tête blanche de l'évier où elle lavait des verres :

– Tout cela finira mal ! dit-elle.

Quelques instants plus tard, Angélique revint et demanda à Jeanne de la suivre. Elle la conduisit à travers plusieurs couloirs jusqu'à une superbe chambre tapissée de velours bleu. Elle ferma la porte, s'assit sur le lit aux colonnes sculptées et dit :

– Déshabille-toi.

Jeanne crut avoir mal entendu et resta un moment sans bouger, les joues rouges.

– J'ai dit de te déshabiller.

Jeanne ne bougeait toujours pas. Elle aurait voulu protester, mais n'arrivait pas à formuler le moindre mot. Se déshabiller devant cette femme était pour elle la pire des monstruosités. Elle pensa à sa mère qui disait toujours qu'une femme ne doit jamais montrer son corps nu. Angélique eut un mouvement d'humeur.

– Quelle sainte nitouche tu nous fais !

Elle défit elle-même la ceinture du tablier et déboutonna la robe qui glissa des épaules de la jeune fille figée comme une statue. Jeanne se retrouva presque nue, tremblante dans cette atmosphère étouffante. Angélique recula d'un pas.

– Mais c'est pas mal du tout !

Mortifiée, Jeanne baissait les yeux. La voix de sa mère était toujours présente dans son esprit avec ses menaces : « Jeanne, tu es une coquette, ça se voit à ta manière de bouger. Tu aimes qu'on te regarde. Fais attention, il y a plus de mauvais chemins devant toi que de bons ! »

– Tu peux t'habiller ! dit Angélique. Ce serait un crime de gâcher de si belles formes. Je vais te trouver des vêtements décents. Maintenant, retourne à ton travail, je viendrai te chercher cet après-midi. Nous avons à faire toutes les deux.

Elle s'éloigna de son pas rapide et nerveux qui claquait sur le parquet. Jeanne resta un moment immobile à parcourir du regard cette chambre, le lit à baldaquin et ses tentures de velours mauve à fleurs bleues, les lourds rideaux de la fenêtre. Une porte à poignée de porcelaine donnait sur un cabinet de toilette. Comme cela devait être agréable de dormir dans ce lit, de se réveiller, le matin, avec le chant des oiseaux dans le parc ! Elle s'habilla et s'engagea dans le couloir. D'une porte entrebâillée, elle entendit M. Charbet :

– C'est encore un caprice, Angélique. Nous n'avons plus d'argent, entends-tu, plus d'argent !

– Plus d'argent ? Tu n'as qu'à en trouver ! Tu écoutes les syndicats et tu augmentes les ouvriers, alors forcément ! Si tu continues, ils nous mettront sur la paille !

– Angélique, ce n'est pas ce que nous donnons aux ouvriers qui nous ruine, c'est la mévente de l'acier ! Les affaires ne marchent pas, voilà la vérité ! Et c'est pour tout le monde pareil.

– Tout le monde pareil ? s'insurgea Angélique. Et M. Mimart qui était là hier soir, tu l'oublies ? Jamais Manufrance n'a aussi bien marché !

– Manufrance n'est pas une affaire comme les autres. Ils vendent par correspondance et...

– Toi aussi, tu n'as qu'à vendre ton acier par correspondance !

Il y eut un silence, puis la voix jeune et mélodieuse d'Angélique reprit :

– Et le charbon qui dort sous le parc ! Il suffit de quelques Polonais pas trop regardants sur la sécurité et nous aurons notre puits. Tu sais bien que tous les propriétaires le font !

– Oui ! fit Jacques Charbet. Un jour, la moitié de la ville s'effondrera tellement on a creusé de galeries dans les jardins et dans les caves, mais...

– Il n'y a pas de mais, pourquoi ne profiterions-nous pas d'une richesse qui est à nous ?

Jeanne revint à la cuisine où Minie s'en prenait encore une fois à Mme Charbet :

– Et ses deux pauvres petits... Toujours en pension ! Vous ne croyez pas, Joseph, qu'elle pourrait s'en occuper un peu !

Joseph bougonnait un vague oui sans lever les yeux de sa poêle où cuisaient des escalopes.

– Si Hubert est si désagréable, c'est parce que sa mère lui manque ! poursuivit la vieille.

Midi sonnait au carillon de la cuisine. Roselle qui était allée faire le ménage à l'étage revint et alla mettre le couvert dans le petit salon où M. et Mme Charbet déjeuneraient en tête à tête. Cela n'arrivait pas souvent et Minie en conclut qu'Angélique voulait encore extorquer de l'argent à son mari.

En début d'après-midi, Angélique vint chercher Jeanne qui était occupée à faire la vaisselle avec Roselle.

– Il est temps que tu me montres ce que tu sais faire ! dit-elle. Viens chez moi.

Chez elle, c'était une vaste pièce aménagée dans les combles du bâtiment central. Entre les deux fenêtres, des étagères étaient envahies de livres et de journaux. Il y avait un bureau aux pieds galbés, des fauteuils tendus d'un tissu ocre avec de grandes fleurs jaunes, un canapé, un piano noir.

– C'est là que je vis. Assieds-toi ! dit Angélique en montrant la chaise près du bureau.

Jeanne obéit.

– Bien, continua Angélique. Je voudrais écrire l'histoire d'un nain que tout le monde regarde et dont on se moque. Un jour, il découvre un énorme trésor et devient très riche ! Qu'est-ce que tu en penses ?

Jeanne réfléchit un instant.

– Je trouve que c'est très bien ! dit-elle. Tant qu'il est pauvre, tout le monde se moque de lui ; quand il est riche, tout le monde l'aime...

– C'est ça et il se venge de ceux qui ont été méchants !

Jeanne se pinça les lèvres. Elle se prenait au jeu et venait d'avoir une autre idée :

– On pourrait aussi dire que le nain aurait une voix magnifique. Il deviendrait chanteur et, pour que les gens ne sachent pas qu'il est nain, il chanterait derrière un rideau. Les gens ne verraient de lui qu'une ombre, une ombre très grande. Et il recevrait chaque jour des centaines de lettres d'admiration et d'amour...

À mesure que Jeanne parlait, le visage d'Angélique s'éclairait. Elle la prit dans ses bras :

– Mais c'est superbe ! Où as-tu trouvé ça ?

Jeanne haussa les épaules. Angélique alla s'asseoir sur le canapé :

– Faudra que je te présente Loïc Legall. C'est un écrivain, un vrai, qui publie à Paris. Bon, on va essayer de mettre tout ça en forme.

Elles restèrent ensemble jusqu'à six heures. Angélique dictait, debout, allant de la fenêtre au canapé. Jeanne copiait. Quand elle revint à la cuisine, Roselle, qui avait fait toutes les corvées, l'accueillit froidement.

– Méfie-toi ! dit-elle. Madame Angélique change aussi souvent d'avis que de robe.

Le lendemain matin, le soleil était toujours aussi généreux et Joseph dit que ce beau temps précoce annonçait un été pourri. Une voiture noire s'arrêta au pied de l'escalier. Deux enfants en descendirent, un garçon d'une douzaine d'années que Jeanne trouva ridicule avec son costume sombre, son col blanc et sa cravate, et une petite fille, blonde comme sa mère, avec un beau visage triste.

– Mes chérubins ! dit Angélique en les embrassant.

Le garçon aperçut Jeanne. Il avait le nez retroussé, des yeux clairs, les joues piquées de taches de rousseur. Ses cheveux très raides se dressaient en épis désordonnés.

– C'est qui, celle-là ? demanda-t-il.

Angélique s'emporta :

– Hubert, ne commence pas tes impolitesses, sinon tu ne reviendras jamais ici !

– Je m'en fous ! J'irai chez mon parrain Bertrand !

Hubert passa à côté de Jeanne et lui tira la langue :

– Tu es laide et tu pues !

Pauline leva ses grands yeux sur la jeune fille :

– C'est pas vrai ! Moi, je la trouve très belle !

Les deux jours qui suivirent furent terribles pour Jeanne. Angélique lui confia la garde des enfants. Hubert était infernal. Il était partout à la fois, dérangeait tout. Après la messe, il vola des allumettes à la cuisine et faillit mettre le feu à la maison. Jeanne avait beau menacer, il lui tirait la langue de loin et criait :

– T'as pas le droit de me battre, sinon je le dirai à mon père !

Pauline, au contraire, se montra douce et obéissante. Elle donnait la main à Jeanne et lui racontait des tas d'histoires de sa petite voix flûtée.

Le dimanche soir, après le goûter, la voiture noire vint chercher les enfants. Pauline se serra très fort contre Jeanne et se mit à pleurer. Hubert refusa d'embrasser ses parents et monta dans la voiture en bougonnant. Le calme revenait enfin à la Marandinière et tout le monde en était soulagé.

11

La cage descendait dans un bruit infernal de ferraille, de grincements de tôles à vif. Les oreilles bourdonnantes, les mineurs se tassaient dans cette nuit où, par moments, l'éclair d'une lampe révélait leurs visages fermés. Henri était parmi eux. Près de lui, Pierre Boutineau, Dibi, était grave comme chaque fois qu'il quittait la surface pour le grand fond.

L'ascenseur filait à une vitesse vertigineuse. À mesure qu'ils tombaient vers le niveau – 620, les hommes changeaient, oubliaient leur identité, leur pays. Arabes sveltes, souples comme des chats, Polonais lourds, épais et puissants, Espagnols maigres et vifs, Français moustachus et rigolards, tous étaient du même bord, celui de la taille, celui de la charpente, celui de la mine. Tous parlaient la même langue, réduite à quelques mots, les plus courants pour rire au moment de la portion, pour avertir du danger. Ils étaient frères, soudés dans la seule nécessité de survivre. Les querelles de là-haut s'oubliaient. Guondurant, dont on riait de l'infortune conjugale, le dimanche au bistrot, n'était plus cocu parmi eux. Marionnet, qui se vantait d'être toujours le plus fort oubliait ses fanfaronnades et personne ne lui lançait de défi.

Trois semaines avaient passé. Henri était maintenant semblable aux autres. Les terribles démangeaisons aux cuisses, aux fesses et au pubis l'avaient contraint à poser son pantalon. Au début, il n'osait pas se montrer et se cachait dans les coins d'ombre. Quand on le regardait, il avait le réflexe de cacher son sexe avec sa main. En quelques jours, il s'habitua et ne vit plus la nudité des autres.

Boutineau était content de lui et souhaitait le garder :

– Ah, si je t'avais eu en 22 quand il fallait travailler tous les jours, que le charbon manquait, qu'est-ce qu'on aurait gagné comme argent, tous les deux !

Quand la cage ralentit, les hommes furent écrasés par leur propre poids. La porte s'ouvrit avec fracas et ils sortirent. La lampe à la main, ils longèrent les écuries plongées dans l'obscurité. Les chevaux qui les avaient entendus hennirent. Le bruit se répercuta dans les galeries, s'amplifia. Le palefrenier s'appelait Georges. Henri ne connaissait pas son autre nom. Tout le monde, même le gouverneur, l'appelait Georges. Il habitait Rochetaillée, une ferme que tenaient sa femme et son beau-frère. Les chevaux n'obéissaient qu'à lui. Lui seul pouvait les calmer quand le grisou ou un éboulement menaçaient.

Henri passa prendre sa madeleine au magasin, posa son gandot avec ses vêtements. Le bruit infernal des marteaux commença. Des morceaux de charbon éclataient, roulaient sur le sol. La poussière était si épaisse qu'on ne voyait des lampes qu'un vague halo. Les hommes travaillaient dans le noir quasi total, mais cela ne les gênait pas.

L'exploitation de la douzième était assez aisée. Le charbon y était de belle qualité, sans trop de grêle et pas dur. Par contre, la veine n'était pas haute et il fallait travailler courbé, ce qui fatiguait beaucoup. Pour cette raison, les surveillants avaient choisi les piqueurs les plus petits.

Dans un boyau voisin, les prifatiers creusaient la treizième qui devait s'ouvrir sur une couche plus épaisse. Ils étaient souvent arrêtés par des roches très dures qu'une équipe de boutefeux faisait sauter à l'explosif. Ils faisaient évacuer les lieux, creusaient des trous dans la roche et y plaçaient des pains de dynamite. Le bruit des explosions était infernal. Le souffle soulevait un épais nuage de poussière qui mettait longtemps avant de se dissiper. Quand le calme était revenu, les artificiers et un surveillant allaient vérifier que tout danger était écarté, et Patte d'Oie donnait alors l'ordre de reprendre le travail.

Cela était vite devenu une routine qui ne contentait pas tout le monde. Les piqueurs étaient payés au rendement et le temps passé loin de la taille leur faisait perdre de l'argent. Aussi, au fil des jours, les mesures de sécurité s'étaient réduites à une simple inspection des étayages en retournant au travail. Boutineau le premier estimait que c'était du temps perdu.

Ce matin-là, après avoir passé une heure inactif, le chef piqueur était pressé et ne prêta pas attention au bruit aigu d'une planche, comme la vibration d'une corde trop tendue. Personne, à part le jeune Lerris qui n'en dit rien, ne s'aperçut que le cheval trépignait, soulevait sa lèvre supérieure et agitait les crins de sa queue. Le bruit infernal des marteaux-piqueurs recommença. Henri et Lerris se mirent à pelleter le charbon. Le cheval hennit, s'ébroua. L'animal venait d'entendre un grondement sourd qui venait des profondeurs. Tout à coup, il y eut un claquement sec, comme un coup de fouet qui fit sursauter tout le monde. Une poutre de soutènement venait de céder. Des planches se brisèrent comme du vulgaire bois à cageot ; un énorme bloc de pierre se détacha de la paroi et roula au milieu du boyau de terre, écrasant le tapis. Boutineau eut le réflexe de crier :

– Attention !

Alors, le plafond s'ouvrit, les flandres de sapin volèrent en éclats. Des rochers énormes se disloquèrent dans un fracas assourdissant. Collés contre la paroi, les hommes, qui ne voyaient rien, sentaient la terre trembler autour d'eux, se rebeller. Cela dura quelques secondes qui leur semblèrent une éternité, puis le calme revint, percé par les hennissements stridents du cheval. Personne ne bougea jusqu'à ce que la poussière se dissipe. Boutineau, sa lampe à la main, s'avança prudemment entre les gravats. Le cheval était pris sous les rochers, le train arrière écrasé, il dressait la tête, les lèvres retroussées montraient ses larges dents usées.

L'éboulement avait fait céder le sol en dessous qui s'était à son tour effondré dans une ancienne galerie. De l'eau coulait de cette blessure dont on apercevait seulement les reflets bleutés. Boutineau dressa la lampe. La tête du cheval sortait de l'ombre par éclairs. Des flots de sang coulaient de son dos où le cuir avait été arraché. Dans un dernier élan de vie, l'animal poussait sur ses pattes avant pour tenter de se dégager, mais personne ne pouvait rien pour lui. Le chef de taille se tourna vers ses hommes. L'eau chantait avec un bruit frais, comme dans un sous-bois d'été.

– Marcillac ! Où est Marcillac ? s'écria-t-il.

Les autres se regardèrent, la lampe levée à hauteur de visage.

– Nom de Dieu ! Il est dessous !

Boutineau et Marcillac, qu'on appelait souvent Bec de Merle parce qu'il avait une déformation de la mâchoire et que ses incisives avançaient comme un bec, étaient rivaux. Ils s'étaient mesurés plusieurs fois à la taille et Marcillac en voulait à Boutineau d'avoir eu la place de chef piqueur. Ils n'étaient pas non plus du même bord politique, mais, à cet instant, la rivalité ne comptait pas.

Lenoble et Winsky s'approchèrent à leur tour. Le cheval agonisait. Le sang gargouillait dans sa gorge et sortait par la commissure de la bouche en bouillons qui s'épanouissaient comme des fleurs de coquelicot.

Boutineau avait parcouru la taille et cherché une issue. Sa lampe chancelait comme la paroi où brillaient des paillettes de charbon et allumait ses yeux blancs dans la nuit.

– On est faits comme des rats ! dit-il d'une voix grave.

Sa vague silhouette se découpait sur l'ombre épaisse. Lenoble, qui avait trente années de fond et n'en était pas à son premier éboulement, posa son bras sur l'épaule de Lerris qui pleurait.

– C'est pas le moment de chômer ! cria Boutineau. Faut retrouver Marcillac.

Ils se mirent au travail avec beaucoup de précautions. Le cheval, dans un ultime sursaut, se cabra sur ses pattes avant. La tête partit vers l'arrière, puis retomba lourdement sur le sol, il était mort. Boutineau commença à déblayer à l'endroit où devait se trouver l'homme enfoui. Winsky prenait d'énormes rochers à bras le corps et les déplaçait en poussant des cris horribles. La poussière se levait de nouveau en volutes grasses. Henri pensait avec effarement qu'il était enfermé sous six cent vingt mètres de terre, qu'il allait mourir de soif et d'asphyxie. La peur le paralysait. Lenoble, qui était parti mesurer l'étendue du désastre, revint dans la flaque de lumière des lampes plantées sur un tronc de sapin cassé en deux.

– Ça fait pas cent mètres de long ! Pourvu qu'ils nous tirent de là avant qu'on manque d'air !

Boutineau et Winsky faisaient rouler les rochers avec prudence. Ils s'arrêtaient par moments, frappaient du bout de l'outil sur une poutre sonore, écoutaient le silence.

Le dégagement de l'ancienne galerie risquait de provoquer un nouvel éboulement, aussi grave que le précédent. Winsky avait réussi à retenir les plus gros blocs en les calant avec des planches, mais le bois manquait.

Dans cette chaleur suffocante, Henri sentait des frissons gelés parcourir son corps. Des images sans suite défilaient dans sa tête. Il avait les jambes lourdes et, malgré la nécessité, n'arrivait pas à se déplacer jusqu'à l'éboulement où les autres s'affairaient, s'arcboutaient dans l'obscurité. Parfois, ils s'arrêtaient et, dans le silence seulement troublé par le crépitement de l'eau, Boutineau criait d'une voix angoissée :

– Frère !

Ils tendaient l'oreille, mais aucun bruit ne venait des profondeurs de l'ancienne galerie. Alors le travail recommençait avec plus d'acharnement encore.

Lerris, tapi dans un coin, claquait des dents. Il était très maigre et la lueur jaune des lampes éclairait ses hanches anguleuses. Il explosa :

– On va crever là-dedans !

Il partit en gesticulant, disparut dans la nuit, se heurta à une paroi, puis revint vers la lumière comme un insecte de nuit, le front égratigné. Des larmes noires roulaient sur ses joues d'enfant.

– Je veux pas mourir !

– Qui t'a parlé de mourir ? ronchonna Lenoble.

L'adolescent se tassa de nouveau dans l'ombre. La peur lui écrasait le ventre et érigeait son sexe minuscule. À l'odeur âpre de la terre mouillée s'ajoutait l'odeur puissante et insupportable des viscères broyés du cheval. Boutineau s'approcha d'Henri :

– Tu n'as pas la chiasse ? Ça le fait toujours la première fois.

Henri puisa dans cette parole assez de force pour suivre l'homme jusqu'à la flaque de lumière et l'aider à déplacer les cailloux. La pensée de Florence, le souvenir de sa peau pleine de soleil lui donnaient un peu de courage et d'espoir. Il se revoyait avec elle, à Plancheforte, dans le sous-bois, et découvrait combien c'était beau, le ciel.

Des veines noires couraient sur le torse des hommes. Chaque planche, chaque poutre dégagée servait à faire un étayage de fortune, ce qui n'empêchait pas un nouvel éboulement de réduire à néant leur travail, mais ils recommençaient. Et Boutineau, de temps à autre, criait :

– Frère !

Entraîné par les autres, Henri avait cédé à cette force irréfléchie qui animait les adultes. Tous étaient poussés par la même espérance, celle de retrouver vivant l'emmuré qui était une partie d'eux-mêmes. Ils ne ressentaient ni la soif ni la fatigue. Pas un n'avait demandé le tonneau, d'ailleurs personne ne savait s'il y restait encore de l'eau.

De l'autre côté, à la lumière de dizaines de lampes, le gouverneur, Claude Antoine, Patte d'Oie et les tailleurs des autres galeries s'affairaient. Eux aussi tapaient sur les canalisations pour communiquer avec les survivants. Les boisiers avaient fort à faire pour empêcher cette montagne de rocs pendus au-dessus du vide de tout ensevelir. Ils avançaient très lentement. L'angoisse se marquait sur tous les visages. Les prisonniers étaient-ils en vie ? Blessés, agonisants ? Chaque fois qu'un mineur mourait ainsi, toute l'équipe se sentait responsable de sa mort.

Depuis combien d'heures travaillaient-ils ? Lerris avait pris place parmi les hommes. Boutineau n'avait rien dit, mais le regard rapide qu'il lança en direction du jeune homme montrait qu'il était satisfait. Le déplacement des rochers avait dévié la cascade d'eau noire qui tombait du plafond éboulé. Il aurait fallu étayer, mais ils n'avaient plus de bois. Winsky prenait des risques énormes : il était monté sur l'éboulis et poussait les blocs en équilibre. Henri avait très soif, mais ne disait rien.

Tout à coup, Boutineau poussa un cri. Il approcha sa lampe. Une main dépassait d'une pierre plate qu'il venait de dégager, une main noire, ouverte, tendue. Il la toucha, les doigts restèrent inertes, mais ils étaient chauds et moites, c'étaient des doigts vivants. Le bras était probablement cassé, mais les piliers de soutènement avaient dû résister et protéger Marcillac. Il fallait l'espérer.

Aussitôt, le Polonais s'arc-bouta sur la pierre plate

qui couvrait le bras. Quand il bandait ses muscles, il faisait une grimace horrible, ses lèvres se retroussaient et montraient ses dents mal plantées. Ses articulations craquaient. Il poussa un énorme rugissement et le rocher céda, s'ouvrit en deux comme un couvercle. Les lampes déjà faibles se braquèrent sur Marcillac couvert d'un sang boueux. Il était tombé dans une faille qui l'avait protégé, une chance inouïe. Il n'avait aucune blessure à la tête. Son bras droit pendait, brisé, mais ce n'était qu'un moindre mal. Ils le dégagèrent avec d'infinies précautions, l'allongèrent inconscient sur le sol humide. Boutineau posa sa tête contre la poitrine, puis se mit à lui tapoter les joues.

– Réveille-toi !

Marcillac mit longtemps avant de reprendre ses esprits. Il commença par gémir comme un animal, puis demanda à boire. Ils se regardèrent avec angoisse. Ils avaient tous la bouche sèche, l'estomac en feu. À boire ! Le petit Lerris se mit à sangloter de nouveau, mais personne ne fit attention à lui. Le bruit de la cascade faisait penser à un ruisseau clair entre les herbes fraîches. Henri avait l'impression que sa langue avait gonflé et qu'elle occupait toute sa bouche. Il respirait difficilement. Boutineau alla de nouveau explorer leur prison. Il trouva le tonneau, quelqu'un avait dû l'approcher pour le mettre sur la benne afin de le remplir en surface. Mais la benne était sous des tonnes de terre, près du cheval mort. Les tuyaux d'aération avaient été arrachés ; l'air manquerait vite. Combien de mètres de gravats les séparaient de la liberté ? Leur survie en dépendait uniquement. Boutineau eut une pensée pour sa femme, la douce Alice. Que faisait-elle à cette heure dans leur petite maison de Villars ? Pour le savoir, il aurait fallu connaître l'heure. Et son garçon de douze ans, était-il rentré de l'école ? Auraient-ils le temps, tous les deux, en sortant d'ici, d'aller s'entraîner à la sarbacane ? En vingt années de mine, Boutineau avait tout vu, les coups de grisou, les éboulements, les inondations. Il s'était mis à la Caisse trois fois : pour un bras cassé, une déchirure de la jambe par le tapis d'évacuation et enfin une éruption de furoncles, ce terrible mal des mineurs. M. Antoine lui avait promis une place de surveillant, mais pour cela il fallait sortir de cette prison si proche de l'enfer. Il confia le blessé à Lenoble.

– Winsky, viens avec moi ! dit-il en se dressant.

– Faut économiser les lampes.

– Viens, je te dis.

Le Polonais était un homme courageux. Son énorme sexe était l'objet de plaisanteries grossières pendant la portion. Sa calvitie augmentait l'éclat de ses yeux clairs délavés par l'abus de vodka. Il prit sa lampe et s'éloigna. Bientôt, les accus seraient vides, mais Pierre Boutineau ne redoutait pas la nuit : après vingt années de fond, on peut se passer de lumière. Il alla chercher le tonneau. Avec des gestes mesurés, Winsky grimpa sur les rochers. La moindre pierre arrachée à cet ensemble instable, le moindre faux geste pouvaient le précipiter plusieurs mètres plus bas. Il arriva à la faille d'où coulait l'eau, approcha sa lampe. Le liquide s'était éclairci, mais conservait une couleur grisâtre. Winsky souleva le tonneau sous le filet d'eau, puis descendit en tâtant les rochers du bout du pied. Boutineau revint vers le blessé, versa de l'eau sur sa poitrine. Une plaie se dessina en travers, cela ne semblait pas très profond.

– À boire ! demanda encore Marcillac.

– Personne ne boit ! dit Boutineau d'une voix décidée en regardant le jeune Lerris qui commençait à souffrir.

L'adolescent ne quittait pas le tonneau des yeux, un infernal brasier rongeait son corps. Son sexe de nouveau dur lui faisait mal et il le cachait avec ses mains. Tout à coup, n'y tenant plus, il rampa vers le tonneau. Boutineau, d'un revers de main, le renvoya rouler sur le sol :

– Tu veux crever ? Dis, tu veux crever ?

Lerris retourna se pelotonner près de Lenoble. Winsky posa sa grosse tête contre un rocher, attendit. Son visage s'éclaira :

– Ça travaille ! cria-t-il. Ça travaille !

Il avait cru entendre un martèlement, un vague bruit, mais étaient-ce les ouvriers qui dégageaient la galerie ou des pierres qui roulaient ?

Marionnet s'était assis contre la chandelle de sapin dont la résine coulait en doigts visqueux. L'angoisse agrandissait ses yeux blancs qu'il roulait autour de lui. Il n'avait pas parlé depuis le début. C'était un petit homme malingre, un bon piqueur qui compensait son manque de poids par une nervosité, une vivacité étonnantes.

– On sortira jamais vivants d'ici. La soif, c'est terrible. Faudra bien la boire, cette eau pourrie.

Boutineau lui tourna un regard méchant :

– Tu vas la fermer, oui ! Ça travaille, je te dis ! Ce soir, il fera jour !

Henri pensait à Florence. À mesure que l'ombre épaississait, il voyait un grand soleil de juin, les fleurs jaunes des pissenlits qui éclataient sur l'herbe verte et cette odeur de pollen, de foin grillé qui lui chatouillait les narines. Il revoyait son père penché sur les métiers pour surveiller le passage des fils dans les peignes. Son père ! S'il était là, c'était à cause de lui. Une boule de feu nouait sa gorge. Il avait envie de pleurer.

Minuit sonnait à l'église... Les surveillants et le gouverneur attendaient l'équipe de nuit à la sortie de la salle des pendus. Ceux de la remonte avaient le visage fermé. Ils auraient voulu être en bas avec les autres pour aider au dégagement, mais Patte d'Oie leur avait donné l'ordre d'aller se reposer. Ils reviendraient vers trois heures du matin pour la relève.

Il avait fallu avertir les familles et c'était le travail du sous-gouverneur. La surprise n'avait pas été grande. Les éboulements, même s'ils ne s'entendaient pas de la surface, résonnaient au plus secret des femmes de mineur. Ce n'était pas le quotidien, mais presque. Chaque homme qui remontait, lorsqu'il arrivait à la lumière du jour, avait une odeur de rocher pourri, de grisou et de mort. C'était cette résurrection quand la cage arrivait au chevalement qui semblait anormale. Quand le sous-gouverneur était passé chez Alice Boutineau, les paroles avaient été inutiles. Alice savait pourquoi un homme de cette importance se déplaçait chez des ouvriers. Elle avait pâli, puis s'était aussitôt reprise :

– C'est pas la première fois que ça arrive ! dit-elle. J'ai confiance.

Marie non plus n'avait pas été surprise. La fille de mineur savait que la fatalité ne se contournait pas. Pierrette s'effondra : son frère était peut-être mort !

– Ton frère s'en tirera parce qu'il a du sang de mineur ! dit Marie.

Cela ne voulait pas dire grand-chose, mais c'était dans la continuité des hommes de la mine. Marie s'était assise derrière la fenêtre. La lampe trop faible pour cette pièce noire éclairait son visage d'une lueur jaune. Ses yeux fixaient la route sombre. Parfois, Pierrette se disait que sa mère était folle. Le départ de son père avait brisé un ressort dans ce corps maigre, à moins que ce soit la maladie, cette toux persistante que la poussière de charbon avivait depuis quelque temps.

– Je vais aux nouvelles ! dit la jeune fille en se dirigeant vers la porte.

Pierrette marcha un moment dans la nuit. Dans les maisons voisines, les lampes brillaient au-dessus des tables. C'était l'heure de la soupe. Pas un homme dans cette cité, pas une femme n'avait d'autre pensée que le cauchemar des emmurés. Les bâtiments du puits Cécile, le chevalement, la roulette qui tournait avec son ronronnement de chat satisfait étaient illuminés. Pierrette hâta le pas. Un vent frais courait au ras des mollets.

Elle passa devant un groupe d'ouvriers qui attendaient devant l'ascenseur, prêts à descendre si on le leur demandait. Des femmes se tenaient en retrait, silencieuses, pliées dans leur châle, le regard rivé sur la porte fermée de ces câbles qui plongeaient dans l'abîme, seuls liens avec le fond. Elle aperçut Piotr. Ce jeune homme parlait peu, comme ceux de son pays, mais Pierrette l'aimait bien. Serviable, toujours de bonne humeur, il inspirait confiance.

– Je prie pour eux ! dit-il d'une voix douce.

– Tu pries ? s'étonna la jeune fille.

– Oui, je demande à Dieu d'épargner nos amis.

Son accent polonais lui allait bien. Pierrette n'avait reçu aucune éducation religieuse. Damien, radical socialiste, ne voulait pas entendre parler de cet « opium du peuple ». Marie était restée croyante, mais n'allait plus à l'église ou seulement pour les grandes occasions. Quand tout va bien, pourquoi se poser des questions ?

– Ça fait du bien de prier, ajouta Piotr, c'est du réconfort.

Il était grand et robuste. Son beau visage ovale exprimait une gravité souveraine qui rassura un peu la jeune fille. Elle baissa les yeux.

– Tu as sûrement raison..., souffla-t-elle en s'éloignant pour cacher son trouble.

12

Marceau se réveilla en sursaut. Il se frotta les yeux, regarda autour de lui : où était-il ? Il se souvint du départ de Saint-Étienne, le camion qui peinait dans les côtes du Pilat, les bois de sapins qui sentaient si bon la résine. Le soleil illuminait la petite fenêtre. Les oiseaux chantaient sur un lilas fleuri. Il se dressa sur son lit, s'aperçut qu'il avait gardé son pantalon. Il s'assit, chercha ses chaussures sur le plancher gris. Dehors, la lumière écrasait les collines. Marceau ouvrit la porte qui grinça, avança dans l'escalier sombre. Il arriva dans la petite cuisine. Deux bols avaient été oubliés sur la table. Dans la salle du bistrot, Yvette essuyait des tasses derrière le comptoir. Accoudé, un vieil homme à la casquette basse buvait son verre de vin en allongeant les lèvres. Marceau, que personne n'avait vu, l'observa un instant. Tout à coup, l'homme s'exclama :

– La guerre ! Voilà ce qu'il nous faut, une bonne guerre ! Et tu verras si le prix du charbon ne va pas remonter !

Marceau cherchait des yeux la haute silhouette de Jean. Yvette se tourna.

– Il va revenir dans quelques minutes. Sois tranquille, il va pas te laisser.

Le vieil homme leva la tête et Marceau put voir son visage maigre, ses joues creuses piquées de barbe blanche. Ses yeux profonds délavés exprimaient une grande lassitude.

– Si les bourgeois étaient moins gourmands, on serait les plus heureux de la terre...

Jean arriva, le visage radieux. Frontal vint faire la fête au garçon et lui lécha la main. Jean portait une chemise blanche aux manches retroussées que Marceau ne lui connaissait pas. Ainsi, encadré de la lumière rasante du matin, il semblait encore plus grand, encore plus fort. Il se lissa la moustache, fit un clin d'œil à Yvette et s'approcha de Marceau :

– Eh bien, mauvaise troupe, c'est l'heure où on se lève ! Allez, bois vite un peu de lait, on s'en va !

Yvette passa dans la cuisine et le servit.

– Bon, dit Jean, nous allons faire une halte à Jonzieux pour prendre de la marchandise, puis direction Lyon où nous coucherons ce soir. Ça te plaît ?

– Tu pars déjà ? fit la femme avec une moue triste.

– Il le faut, ma chère Yvette, mais ce n'est qu'un au revoir !

Il l'embrassa sur le front et se tourna vers la porte. Une tourterelle roucoulait sur un sapin.

– Les bateaux s'ennuient quand ils restent trop longtemps au port ! ajouta Jean.

– Surtout fais bien attention à toi ! dit Yvette.

Il éclata d'un rire sonore qui fit lever les yeux au vieil homme.

– Moi ? fit-il. Même le vent ne peut pas m'attraper !

Il alla au camion, fit monter le chien qui ne semblait pas décidé à partir. Marceau sauta sur le siège et le véhicule s'éloigna lentement. La montagne était couverte de grands sapins immobiles. Jean se mit à chanter :

Nous étions trois compagnons,
Ohé, ohé...
Nous étions trois compagnons
Bien décidés...

Marceau, qui avait pourtant bien dormi, se sentait fatigué. Il regardait Jean, son visage, sa moustache, ses dents blanches, ses cheveux gris. Il ressemblait au roi Artus dont l'image dans un livre que sa tante Éléonore lui avait offert pour Noël l'avait toujours fasciné. Cette pensée le ramena à Saint-Étienne, sa mère, son frère, ses sœurs. Que faisait-ils en ce moment ? Il imagina Henri au fond de la mine en train de charger le charbon dans les berlines. Marceau s'ennuyait déjà. Il aimait jouer au gros dur, se vanter de n'avoir peur de rien, mais, au fond de lui, il était encore un tout petit garçon à qui les paroles douces de sa mère manquaient. Sa mère qui était si malheureuse et n'avait pas voulu le croire quand il avait dit que son père était parti chasser les éléphants. D'ailleurs, personne ne voulait jamais le croire !

Ils arrivèrent à Jonzieux dans la matinée. Marceau crut que c'était Plancheforte avec ses maisons hautes, les petites fenêtres de l'habitation au rez-de-chaussée, les grandes baies de l'atelier à l'étage. Quand le moteur s'arrêta, il entendit avec plaisir le bruit régulier des machines, les battements de cœur de ces monstres de bois, de fer et de fils.

Il pensa à son père penché sur les navettes qu'il réglait par petits gestes précis et eut la sensation d'avoir rêvé de lui la nuit dernière, mais son père n'avait pas sa tête habituelle. Le souvenir de Planche-forte le hantait. C'était le seul endroit où il se sentait chez lui, où il pouvait courir au hasard des chemins, regarder la lune et même sortir la nuit sans redouter les revenants. L'été dernier, il allait à la rivière pêcher les vairons avec une bouteille percée dans laquelle il plaçait un morceau de pain. Ah, le bon temps ! Son père surveillait les métiers, et le soir Henri allait travailler au champ. Les jours passaient, pleins de lumière et de certitude...

Il resta à l'écart. Jean discuta un moment avec deux passementiers et se mit à charger des cartons de rubans et de soie, restes de chargements, de commandes qui étaient revendues aux marchands ambulants. Tout le monde y trouvait son compte, sauf le fabricant, mais celui-là était toujours assez riche.

Ils ne s'attardèrent pas à Jonzieux. Jean avait hâte d'arriver à Lyon. Aussi, ils roulèrent une partie de la journée. À Villeurbanne, le camion se rangea près d'un trottoir. Le soleil s'était voilé et attendait un orage. Il faisait chaud et lourd. Frontal tirait une langue molle qui pendait sur le côté.

– On va rester deux jours, ici. On a du monde à voir.

Il avait tourné son visage carré d'où la jovialité était partie. Sa moustache n'avait plus cette forme en guidon de vélo, elle était tout à coup épaisse et lourde comme une massue.

– Voilà, il peut se passer des choses. N'oublie pas, tout ce qu'on a pour l'été est dans le camion. Tu vas prendre cette clef et tu vas la cacher sur toi, pour que personne ne la trouve.

Il tendit une petite clef à Marceau qui regarda l'objet briller comme une petite étoile.

– S'il m'arrivait quelque chose, continua Jean, tu irais très vite, si vite que tu sais courir, au 60, cours Lafayette, dans le troisième arrondissement. C'est une boucherie. Tu entreras et tu demanderas Antoine Lemarchand. Tu lui donneras la clef et tu iras avec lui récupérer le camion.

– Pourquoi ? Qu'est-ce qui peut t'arriver, cousin Jean ?

Jean s'essuya le front. Il posa une main sur l'épaule de Marceau :

– Bah ! C'est une vieille histoire, maintenant, j'ai passé la main, mais je continue de voir les copains...

– Quels copains ?

– Rappelle-toi, Antoine Lemarchand. C'est un ami de longue date et tu peux avoir confiance en lui.

Jean alla garer le camion sur une place sous des platanes, devant une église. Il ferma soigneusement les portes à clef, s'essuya de nouveau le front et dit :

– Maintenant, on va manger.

Il entraîna Marceau dans une ruelle, jusqu'à un bistrot à la curieuse enseigne : « Au porc qui chante ». Ils entrèrent dans une salle sombre au plafond bas. Jean frappa sur le comptoir :

– Salut, la compagnie !

Un homme sortit d'une pièce voisine. Il était trapu, très brun, frisé ; les yeux continuellement baissés, il évitait le regard des autres.

– André !

– Jean ! Enfin te voilà. On t'attendait. Cette année, on a fait du bon boulot ! Marcel Bucart et ses francistes l'ont bien compris. Il y a eu quelques règlements de comptes.

Jean soupira :

– Tu sais que j'aime pas la violence. Jésus a renversé l'Empire romain...

– C'est ça ! Si on vous tape sur la joue droite, il faut tendre la gauche !

À ce moment, l'homme leva les yeux vers Jean, des yeux pleins d'une lumière froide. Le visage du cousin était toujours aussi gracieux, mais ses dents semblaient plus pointues que d'habitude, des dents de loup.

– Bien sûr que non ! dit-il. Tu sais que j'ai donné ma part de coups, mais il faut se démarquer des autres par notre comportement. Regarde, l'assassinat de Sadi Carnot ici même, à Lyon, qu'est-ce que ça a donné ?

– Si tu attends que ceux qui tiennent le pouvoir le lâchent comme ça, tu te trompes ! Bakounine avait raison : on ne passera pas à la société anarchiste sans violence.

– Si, André, si ! En faisant connaître nos idées. En montrant aux gens qu'on n'est pas des bandits, en apprenant aux jeunes qu'on leur apporte une société nouvelle ouverte sur le bonheur !

– Tu parles toujours aussi bien, Jean ! fit l'homme avec une pointe d'admiration.

Une femme arriva. Elle était en pantalon, chemise ouverte au col, chapeau de feutre, et fumait une cigarette. Ses cheveux étaient coupés court. Elle salua Jean avec déférence. Ses yeux sombres étaient très grands avec cette même lueur imprécise qui apeurait Marceau. Sa bouche aux lèvres fines avait un pli de dédain.

– Ah ! Jean, dit-elle, te voilà enfin. On t'attendait hier. Il y aura beaucoup de monde ce soir... Et même des gars de *La Voix libertaire*.

Elle se tourna vers Marceau.

– Tu nous avais pas parlé de celui-là.

– C'est un petit cousin. Je vais le former au métier.

Elle semblait contrariée en allant de son pas nerveux vers une pièce à la porte sombre.

– Tu n'aurais pas dû...

– Si. C'est un malin et, rappelle-toi, il est de ma famille.

Ils pénétrèrent dans une sorte de bureau envahi de piles de journaux, de tracts collés aux murs. Sur une affiche, Marceau put lire, écrit en grosses lettres : *Union anarchiste.* Un homme nu brisait ses chaînes ; sur une autre, des ouvriers renversaient une énorme statue qui représentait un bourgeois ventru à chapeau haut de forme.

– Voilà, dit la femme en s'asseyant au bureau, cette affiche a été placardée dans toute la ville en une nuit. Le lendemain, les flics les ont enlevées sous prétexte qu'elles se trouvaient sur des murs interdits à l'affichage, nous les avons recollées la nuit suivante. Les campagnes d'abonnement à *La Voix libertaire* ont aussi porté leurs fruits.

– Bravo ! dit Jean.

– C'est gentil d'être avec nous pour l'assemblée générale. Depuis quelque temps, tout ne va pas pour le mieux...

– Les flics ?

– Non, les Croix-de-Feu. Notre groupe de la Guillotière a eu une histoire avec eux. Ils en ont tabassé quelques-uns, alors...

– Et ce soir ?

– En principe, tout sera calme.

– Mes idées n'ont pas varié ! dit Jean. Je suis contre

toute forme de contrainte imposée, donc contre la violence.

La femme eut un sourire :

– Eux, ils n'hésitent pas. Alors...

– Alors, rien.

Marceau ouvrait de grands yeux, étonnés. Ici encore, le cousin Jean s'imposait, dominait tout le monde ! À son retour, il en aurait des choses singulières à raconter !

Jean passa l'après-midi à bavarder avec différentes personnes qui lui rendaient visite dans le bureau. Marceau était fier de son cousin qui semblait si important. Tous se rangeaient à son avis, sauf la femme vêtue en homme qui était la plus déterminée. Elle ne cessait de répéter :

– Ce qu'il faut, c'est déstabiliser la société et pour cela rien de tel que des attentats surprises !

Le soir arriva, plein de cris d'oiseaux sur les platanes. Sur les toits de Lyon le ciel pâlissait, et semblait si grand qu'on avait envie de s'y rouler, de s'y endormir.

Ils dînèrent dans une salle basse à côté du bistrot. Un repas frugal et rapide. Celle que Jean appelait Léonce s'était assise en bout de table et présidait. Elle fumait cigarette sur cigarette, ce qui déplut à Marceau qui n'avait pas l'habitude de voir fumer une femme. Les hommes parlaient entre eux des « coups » qu'ils avaient faits, des campagnes d'affichage et surtout des bagarres avec d'autres formations politiques.

À la fin du dîner, le groupe sortit par une porte qui donnait sur une cour. Des chauves-souris patrouillaient à la hauteur des toits. Une petite estrade avait été dressée près du mur, autour de laquelle se pressaient des gens qui arrivaient de la rue. La cour fut bientôt pleine. Léonce monta sur l'estrade et tendit les mains vers la foule :

– Chers amis, comme chaque année, nous nous retrouvons pour dresser le bilan de notre section de l'Union anarchiste. Nos idées font leur chemin et gagnent chaque jour de nouveaux adeptes dans le monde ouvrier, le seul, à l'heure actuelle, à supporter le poids de la crise par le chômage et la misère... Comme chaque année, notre camarade, qui se faisait appeler autrefois Quasimodo, est là. Et vous le savez, ce Quasimodo-là n'est pas un bossu, mais un géant au sourire d'ange, j'ai nommé Jean Louspille !

Une ovation accueillit Jean lorsqu'il monta sur l'estrade. Marceau était très fier. Le cousin parcourut la foule des yeux. La faible lumière ne laissait voir que le relief de son beau visage. Sa voix puissante, cette voix chaude qui chantait si bien à la fin des repas, le dimanche à Plancheforte, s'éleva comme une musique, amplifiée par les murs :

– Mes amis, pour rien au monde je n'aurais manqué ce rendez-vous annuel...

Il y eut un grand remous, des éclats de voix, des cris. La porte cochère s'ouvrit brutalement, le battant claqua contre le mur comme un fouet. Des silhouettes noires, armées de matraques et de bâtons firent irruption et se jetèrent sur les gens en les frappant violemment.

– Les Croix-de-Feu ! cria quelqu'un.

Ce fut le signal de la débandade. La mêlée était générale. Du coin où il se terrait, Marceau vit Jean bousculer un homme qui roula au sol. Le vacarme avait alerté les gendarmes qui arrivèrent. Leurs coups de sifflet stridents déclenchèrent une nouvelle débandedade. Marceau, terrorisé, se tenait toujours dans son coin d'ombre.

Le calme revint. Les gendarmes vérifiaient les papiers des gens. Certains étaient aussitôt libérés, d'autres priés de rester. Marceau se faufila entre les groupes. Un gendarme l'arrêta.

– Qu'est-ce que tu fais là, toi ?

– J'étais avec mon père qui vient de partir.

– Dépêche-toi de le rejoindre.

Marceau se trouva dans la rue, seul. La nuit était épaisse. Il appela Frontal qui avait disparu. Une femme s'approcha de lui :

– Tu étais avec Louspille ?

– Oui, madame.

– Alors, viens avec nous.

– Je peux pas.

Il s'éloigna en courant. Il venait de sentir, dans sa poche, la clef du camion que Jean lui avait donnée. Il suivit une rue transversale noire. Comment retrouver le cours Lafayette dans ce dédale ? Plus loin, il croisa un groupe d'hommes et de femmes qui bavardaient et riaient. Il arriva sur une place, avec une fontaine et une statue de soldat à cheval. La nouvelle rue qu'il emprunta était plus animée. Des hommes seuls marchaient sur le trottoir, se retournaient quand des femmes très fardées les interpellaient. Elles étaient vêtues de robes courtes qui montraient leurs cuisses. L'une d'elles accosta Marceau. Elle était blond paille avec un rouge à lèvres très vif :

– Qu'est-ce que tu fais là, toi ?

– Je vais au cours Lafayette.

– Cours Lafayette ? Mais c'est le bout du monde. C'est chez toi ?

– Je dois y aller.

– Tu n'es pas d'ici, tu as l'accent de Saint-Étienne.

Il baissa la tête, prêt à tout avouer. La femme lui caressa les cheveux :

– Si j'ai bien compris, tu es seul, et tu sais pas où aller ?

Il ne répondit pas.

– Viens. Je te poserai pas de question.

Elle l'entraîna dans un couloir sombre qui sentait la moisissure. Elle ouvrit une porte de bois qui grinça, tourna sur le bouton de la lumière. C'était une petite chambre avec un lit en fer et un matelas couvert de taches. Une odeur de renfermé et d'urine prenait la gorge. Marceau ne se sentait pas à l'aise.

– Tu peux dormir ici ! dit la femme. On verra demain. Maintenant je dois partir.

Elle poussa la porte et s'en alla. Marceau entendit ses pas décroître dans l'escalier. Il se sentait prisonnier, à la merci d'inconnus. Il ouvrit la fenêtre qui donnait sur un jardin. Ce n'était pas très haut, alors, sans réfléchir, il sauta. Ses pieds s'enfoncèrent dans une terre molle. Il chercha à la lueur diffuse une sortie sur la rue et n'en trouva pas. Il voulut revenir dans la chambre, mais ne put atteindre le rebord de la fenêtre. Il s'assit au pied d'un arbre à l'écorce rugueuse et finit par s'endormir.

Il se réveilla en grelottant. Le soleil se levait sur les toits de Lyon. Le jardin était minuscule. Un portail rouillé donnait sur une rue sombre. Marceau réussit à l'ouvrir et se retrouva enfin libre. Les poubelles avaient été sorties et attendaient le passage des éboueurs. Des chiens fouillaient des déchets sur le trottoir. La faim tenaillait l'enfant, mais la seule pensée de retomber dans les mains de la blonde trop fardée suffisait à lui donner des forces.

Il arriva dans une rue plus grande, une sorte d'avenue bordée d'arbres et d'immeubles cossus. Quelques promeneurs matinaux déambulaient. Marceau n'osait pas les aborder pour leur demander sa route. Il erra ainsi pendant plusieurs heures, puis, fatigué, s'assit sur le rebord d'un trottoir, en pensant à sa mère, à la maison de Saint-Étienne. Finalement, ils y étaient bien, dans cette maison, mieux que partout ailleurs ! Un sanglot éclata dans sa gorge.

Un homme vêtu de noir, portant un beau chapeau melon, s'approcha de lui, le dévisagea. Marceau redouta que ce fût un gendarme et se prépara à mentir. L'homme demanda :

– Que fait ce petit garçon tout seul, à cinq heures du matin ?

Marceau eut la présence d'esprit de répondre :

– Je vais chez mon cousin. Mes parents m'avaient mis dans le train et il devait me prendre à la gare. Je l'ai pas trouvé et je me suis perdu. Je vais au cours Lafayette.

– Eh bien, c'est pas la porte à côté. Bon, viens, je vais te faire conduire.

Méfiant, Marceau emboîta le pas à l'homme qui marchait devant lui. Ils passèrent sous un porche et entrèrent dans un entrepôt en tôles que le vent faisait vibrer. Des caisses et des sacs s'amoncelaient. Un jeune ouvrier chargeait une camionnette.

– Tiens, dit l'homme au chapeau melon, en allant faire ta livraison, tu déposeras cet enfant au cours Lafayette. Ça lui évitera de s'user les jambes.

L'ouvrier ne répondit pas. La casquette sur le côté, il continuait son travail sans faire attention à Marceau.

Il s'arrêta quelques minutes pour allumer une cigarette qu'il prit le temps de fumer en regardant la rue déserte. Quand il eut fini, il se tourna vers Marceau :

– Allez, monte. On y va.

Le véhicule démarra. Ils traversèrent une immense place, puis le Rhône. Marceau admira la majesté du fleuve qui roulait ses eaux puissantes d'un pont à l'autre. Le camion s'arrêta dans une grande avenue pleine de soleil :

– C'est là. Tu peux descendre.

Marceau, qui n'avait pas dit un mot de tout le voyage, bredouilla un vague merci et se retrouva sur le trottoir. La boucherie était devant lui, il entra sans hésiter. Une grosse femme au chignon gris débitait des tranches de viande derrière l'étalage. Un peu de barbe noircissait son menton.

– C'est mon cousin Jean qui m'envoie ! dit l'enfant d'une voix peu assurée.

La femme aiguisa son couteau.

– Jean ?

– Oui, Jean Louspille.

– Suis-moi.

Ils passèrent dans l'arrière-boutique qui donnait sur une vaste salle où un homme au visage épais, aux sourcils bas, découpait une grosse bête qui devait être une vache.

– C'est le cousin de Jean ! dit la femme en retournant à son travail.

L'homme dévisagea l'enfant. Il avait les lèvres épaisses. Son tablier blanc de boucher était constellé de traces de sang. Ça sentait la viande fraîche, les viscères chaudes.

– Bon. Alors...

– J'ai la clef du camion. Il m'a demandé de vous la donner.

L'autre prit la clef que Marceau lui tendait, l'examina un instant.

– Et Jean ?

– Je sais pas. Il y a eu une bagarre. J'ai vu les gendarmes l'emmener.

– Rassure-toi ! Ils ne vont pas le garder bien longtemps. Tu as mangé ?

– Non.

– On va arranger ça. Tu aimes la viande crue ?

– Je sais pas. J'en ai jamais goûté.

– Rien de tel pour te refaire des forces, dit l'homme en taillant une tranche. Goûte, c'est très bon.

Marceau, non sans dégoût, porta la viande à ses lèvres. Il fit la grimace.

– Bon ! dit le boucher, on va te la faire cuire. Amélie !

La grosse femme passa la tête par la porte entrebâillée.

– Fais manger cet enfant.

Elle alla dans la cuisine qui se trouvait dans un recoin de l'arrière-boutique. Quelques minutes plus tard, elle revint avec une tranche de viande grillée qui fumait sur une assiette. Marceau en avait l'eau à la bouche. Il se dit que, malgré leurs apparences, ces deux personnes n'étaient pas si mauvaises !

Il ne savait pas ce qui l'attendait.

13

Depuis combien de temps étaient-ils dans le noir absolu, face à ce mur dressé devant le monde et le temps ? Ils n'en savaient rien. Ils s'étaient assis les uns près des autres pour ne former qu'un corps. Boutineau s'occupait du blessé. Quand les lampes avaient commencé à faiblir, il avait posé la tête de Marcillac sur ses genoux et humectait ses lèvres fiévreuses d'un restant d'eau propre de sa bouteille. Winsky priait. Le murmure de sa voix se mêlait au bruit obsédant de la cascade. Ses mots à peine audibles étaient tout ce qui les rattachait à la vie. Henri ne bougeait pas. La soif desséchait sa gorge, craquelait ses lèvres, brûlait son estomac. À côté de lui, accroché au bras de Lenoble, le jeune Lerris ne pleurait plus. Un feu ardent le dévorait. Son sexe, toujours dur, lui faisait atrocement mal. Il ne pensait pas. Par moments, l'image ensoleillée de sa maison avec le potager de son père où fleurissaient des tulipes s'imposait à son esprit avant de disparaître dans cette nuit de la terre qui était celle du néant.

La faim lui triturait le ventre. Les adultes avaient donné aux deux jeunes ce qui restait dans leur gandot. Maintenant, il n'y avait rien d'autre à faire qu'à attendre sans bouger, sans penser aux douleurs, vives comme des serpents, qui parcouraient leur corps affaibli. Par moments, le blessé poussait un gémissement et Boutineau tentait de le rassurer en lui touchant la main. Le cadavre du cheval empestait. Aux dernières lueurs des lampes, les prisonniers avaient vu un jus noirâtre couler de ce corps déchiqueté et, venus d'on ne sait où, des rats qui s'agrippaient en grappes mouvantes sur cette chair presque liquide.

Boutineau pensait à Alice qui lui avait dit : « Les haricots que j'ai semés la semaine dernière sont déjà sortis ! » L'image de ces haricots flottait devant ses yeux, des rangs bien droits de petites plantes à deux feuilles en forme de cœur.

– Il faut penser à autre chose qu'à boire ! dit-il. Pensez que vous faites l'amour avec une belle femme, ça aide à tenir le coup.

Alors, Henri avait imaginé qu'il était dans le foin avec Florence. Sa main ne s'arrêtait pas sur les cuisses et osait braver l'interdit. Elle remontait jusqu'au sexe. La forme en était étrange, il en redoutait les secrets. Dans cette nuit totale, cette forme l'obséda un instant puis s'évanouit. Il ne pouvait fixer ses pensées sur rien d'autre que ce feu qui lui nouait la gorge. Sa bouche était sèche et il avait l'impression d'avoir de la poussière brûlante sur la langue.

Les autres, qui n'en étaient pas à leur premier coup dur, économisaient jusqu'à leur souffle. Ils s'enfermaient en eux-mêmes, se mettaient en vie ralentie. Ils attendaient ainsi, sachant que le temps travaillait pour eux, que, dans une heure ou dans trois jours, les copains finiraient par ouvrir une brèche. C'était certain, mais il fallait sortir vivant de ce maudit trou où, si tout allait bien, ils reviendraient dans deux jours comme si rien ne s'était passé. Winsky ne priait plus. De temps en temps, Boutineau posait l'oreille contre la tuyauterie arrachée qui pendait près de lui. Mais aucun bruit ne lui annonçait l'arrivée des secours. Combien de centaines de mètres d'éboulement restait-il encore à pelleter ?

Lerris n'en pouvait plus. La douleur secouait son corps de spasmes violents. Tant pis s'il allait en mourir, mais il devait boire. Sa gorge était si sèche qu'il ne pouvait plus parler et que chaque inspiration répandait une poignée de braises dans sa poitrine. L'adolescent s'écarta sans bruit du groupe et se dirigea en silence vers la cascade dont l'eau formait un petit bassin avant de s'engouffrer dans une fissure vers d'autres galeries. Une goutte fraîche tomba sur sa peau, imbiba la poussière. Il retint un gémissement de plaisir, sa main se tendit, toucha le liquide frais... Ah ! boire, enfin, se remplir l'estomac de ce liquide tiède !... Un coup violent à la nuque le fit rouler sur le sol boueux. Boutineau, avec cette facilité qu'ont les mineurs, ce sixième sens qui leur permet de se déplacer dans l'obscurité totale, le repoussa vers les autres :

– Tu veux crever ?

Le garçon se mit à sangloter. Il ne pleurait pas vraiment puisque ses yeux n'avaient pas de larmes. Un bruit de râpe sortait de ses lèvres poussiéreuses et craquelées. L'envie de s'ouvrir une veine pour boire son sang l'effleura un instant. Boutineau, qui regrettait sa brutalité, lui dit d'une voix plus douce :

– Si tu bois cette eau, tu vas crever de la chiasse ou des furoncles.

Il s'en moquait bien de la chiasse et des furoncles ! Son cœur battait très fort et le garçon redoutait qu'il s'arrêtât d'un coup. Boutineau reprit sa place à côté de Winsky, près des tuyaux arrachés.

– Ce serait con, on sera libres dans deux heures !

Il avait parlé moins fort. Deux heures ! Savaient-ils encore le temps que cela représentait ?

Henri, plus résistant que son compagnon, supportait la brûlure de son estomac avec résignation. Il resta immobile, même si le bruit de la cascade le ramenait toujours à la même obsession, boire, se remplir d'eau comme une outre, s'en faire éclater l'estomac. Il savait maintenant qu'un seau de ce liquide si abondant était la chose la plus précieuse au monde, beaucoup plus que l'or et toutes les richesses.

Tout à coup, Winsky, qui s'était écarté du groupe, cria :

– Silence !

Personne n'avait parlé, personne n'avait bougé, il n'y avait que le gargouillis du filet d'eau sur les rochers. Ils tendirent l'oreille et plus ils écoutaient, plus ils entendaient ce bruit de papier froissé qui avivait le feu de leur corps.

– Silence ! répéta le Polonais.

Tous écarquillaient les yeux sur cette ombre intemporelle, comme si cela leur permettait de mieux percevoir le moindre son. Winsky dit d'une voix qui se voulait calme :

– Un marteau ! J'entends un marteau !

Ils plaquèrent tous l'oreille contre les rochers. Au bout d'un moment, Boutineau dit :

– Ils ont dû arrêter pour la portion ou pour changer les gars. Ça va recommencer.

Ils restèrent longtemps immobiles contre la roche humide, osant à peine respirer. Winsky répéta :

– Pas de doute. C'est un marteau. Ils arrivent.

Lenoble s'exclama :

– C'est les battements de ton cœur !

– Toi, tu es sourd comme un pot ! fit Boutineau d'une voix bourrue, car lui non plus n'avait rien entendu.

Écouter ainsi les occupa un moment, mais, très vite, leurs esprits fatigués recommencèrent à divaguer. Les images se succédaient dans leur tête pour revenir toujours à la même et ils revivaient vingt fois les mêmes événements de leur vie, heureux ou malheureux, mais obsédants. Henri se voyait à Plancheforte en train de fumer une cigarette sous le noyer avec le vieux Flandrin. Ce n'était qu'un détail sans importance de son passé, mais pourquoi, à cette heure, ce détail marquait-il sa mémoire ?

Enfin, le martèlement et les coups de masse des boiseurs furent nets. Marionnet riait, un rire nerveux qui n'était même pas gai. Lerris se recroquevillait, la tête sur ses genoux. Winsky priait de nouveau. Henri pensait à la douche qu'il allait prendre, à cette bonne eau qui ruissellerait sur son corps sans l'économiser. Ce fut alors que le temps leur parut long.

Cela n'avançait pas. Les bruits, parfois très proches, s'éloignaient jusqu'à devenir à peine perceptibles. Boutineau avait compris qu'ils travaillaient dans une minuscule galerie, où les piqueurs avançaient à genoux en se relayant. Il s'en voulait maintenant d'avoir rudoyé le jeune Lerris, aussi s'approcha-t-il de lui et dit :

– C'est le métier qui rentre. Demain, tu n'y penseras plus.

Enfin, une lueur passa entre des rochers qui roulèrent. La pointe d'un marteau piqueur scintilla ; une voix cria :

– Frères !

Un cri de joie éclata dans cette nuit enfin vaincue. Il était en eux, ce cri, depuis le début, prêt à jaillir comme une lumière, comme cette lampe qui arrivait et semblait plus belle que le soleil d'été. L'homme qui était dans la galerie tendit la main, serra celle de Boutineau, et aussitôt recula. Il fallait consolider le tout pour ne pas risquer un nouvel éboulement. Henri écoutait les scies mordre le bois de sapin, les marteaux frapper les étais, et c'était la plus belle musique qu'il eût jamais entendue. Lerris s'impatientait. Boutineau l'arrêta :

– Le blessé d'abord. Nous, on a le temps.

– Et si ça retombe ? s'écria l'adolescent.

– Eh bien, ça retombera.

Marrionnet disposa des lampes autour de l'ouverture. La lumière les éblouissait. Avec beaucoup de précautions, ils portèrent Marcillac à l'entrée de la galerie où d'autres hommes le récupérèrent.

Enfin, ils purent sortir en rampant dans la minuscule ouverture, les uns derrière les autres. Boutineau voulut être le dernier. Winsky l'obligea à passer devant.

– Je suis le chef ! dit Boutineau. Alors, je sors le dernier !

– Moi, j'ai Dieu ! reprit Winsky, alors j'ai tout mon temps.

On leur avait apporté des habits pour qu'ils ne remontent pas nus à la surface. Le gouverneur, M. Antoine, les attendait dans la galerie principale. Il avait les traits fatigués et une barbe grise salissait son menton :

– Quel jour on est ? demanda Boutineau tandis que

le jeune Lerris buvait avidement à la gourde qu'on lui avait tendue.

– Mercredi. Vous êtes restés deux jours et demi enfermés.

On aurait pu leur dire une semaine ! Ils avaient perdu la notion du temps. Henri put boire et, à chaque gorgée, il avait l'impression de reprendre possession de son corps. La vie coulait de nouveau en lui, ses bras meurtris étaient parcourus de picotements. Ses jambes lui faisaient mal. Boutineau vanta sa bonne tenue et son courage devant le gouverneur. Puis, posant une main sur l'épaule du jeune homme, il ajouta :

– Tu comprends, maintenant, pourquoi on l'aime, ce chien de métier ?

Henri ne répondit pas. Il lui semblait revenir de très loin, d'un autre monde sans lumière où les sensations étaient différentes. Non, il ne l'aimait pas, ce métier de taupe. Plus jamais il n'entrerait dans cette cage. Dès demain, il irait à Jonzieux chercher du travail dans la passementerie. Il irait à Lyon s'il le fallait, ou dans le nord de la France. Il prenait tout à coup conscience que les jours passés dans ces boyaux étaient un enfer, même s'il ne souffrait pas. Cette sensation d'être prisonnier, à la merci des forces sourdes de la terre, lui était, à cette heure, insupportable.

Quand ils arrivèrent à la surface, la lumière éblouissante leur brûla les yeux. Il leur fallut un bon moment avant de voir nettement les silhouettes qui s'agitaient autour d'eux. Le propriétaire de la mine ne s'était pas déplacé ; il avait délégué deux de ses ingénieurs pour féliciter les emmurés et les assurer que désormais on prendrait toutes les précautions afin que cela ne se reproduise pas.

– Pourtant, dit l'un d'eux, il y a tellement de galeries qu'on ne connaît pas dans le sous-sol de Saint-Étienne que ce genre d'accident est malheureusement difficile à éviter.

Le surveillant les pria de passer se nettoyer ; ensuite, un docteur les examinerait. On leur accordait quatre jours aux frais de la Compagnie pour se reposer. Patte d'Oie leur fit comprendre que c'était un cadeau :

– Ceux de la Chana, la semaine dernière, ont repris le lendemain ! précisa-t-il.

Une fois propre, Henri se sentit mieux. Le gouverneur fit servir un repas à l'infirmerie que les rescapés partagèrent avec leurs sauveteurs. Marcillac avait été transporté à l'hôpital. Son bras était brisé, mais la blessure de sa poitrine n'était pas profonde.

Henri put enfin rentrer chez lui. Il avait mangé et bu et pourtant son estomac lui faisait toujours autant mal. À la sortie de l'infirmerie, une femme vêtue de noir et portant son foulard de clapeuse l'attendait.

– Ah, te voilà ! dit Marie d'une voix fatiguée. Ils viennent de nous avertir que vous êtes sauvés.

– C'est rien ! fit Henri. Je vais aller dormir et, demain, je n'y penserai plus.

Henri s'éloigna. Il s'était fait mineur pour sa mère et toute la famille. Il se sacrifiait pour payer la dette, pour la cause commune et cela lui pesait de plus en plus. L'image lointaine de son père traversa son esprit, son père avec sa bosse blanche au milieu du crâne. Il la repoussa. La fatigue qui engourdissait son corps et son esprit ne lui laissait pas la force du moindre ressentiment.

Marie revint prendre sa place. Les morceaux de charbon défilaient sur le tapis. Elle les bousculait du bout des doigts et jetait les cailloux dans un panier derrière elle. Par moments, les yeux bleus de Waldeck s'imposaient à elle. Pourquoi ? Pour peupler sa solitude, pour se donner l'illusion d'une revanche ?

À la fin de la journée, elle s'en alla seule devant les autres ouvrières. Pierrette la rattrapa. Une voiture noire les croisa. Marie reconnut le conducteur. C'était l'homme qui l'avait emmenée quand elle était descendue de Plancheforte, le responsable des cycles Hirondelle à Manufrance, M. Le Couturier. L'homme croisa son regard, mais ne la reconnut pas. Marie n'en fut pas contrariée. Au contraire, quelque chose lui disait que cette rencontre inattendue allait lui porter chance.

À la maison, elle trouva Henri endormi. Elle tira la couverture sur les épaules du jeune homme et poussa doucement la porte de sa chambre. Pierrette préparait la soupe. Quand la jeune fille eut mangé, elle alla chercher ses livres et se mit à travailler à son examen. Marie savait bien qu'elle passait une partie de ses nuits à étudier et cela lui faisait mal.

– Clapeuse, c'est trop dur pour toi ! dit-elle en portant les assiettes dans l'évier. Il faut que tu trouves autre chose !

Pierrette tourna vers sa mère ses grands yeux noirs. Ses cheveux attachés en queue de cheval bondirent.

– Autre chose ? Mais quoi ?

– Pourquoi tu n'essaierais pas d'entrer à Manufrance ?

– Manufrance ? Mais il n'y a pas de place. Et puis, je ne connais personne !

– Moi si, je connais quelqu'un ! dit Marie d'une voix sûre.

Elle pensait à M. Le Couturier qui lui avait dit d'aller

la voir en cas de besoin. Eh bien, elle irait ! Peut-être était-il encore dans le quartier. Elle se décida :

– Je reviens.

Elle sortit. Quelques voitures étaient garées le long des trottoirs, mais elle ne trouva pas celle de M. Le Couturier. Un tram passa, s'arrêta. Des personnes en descendirent et s'éloignèrent. La vie était là, à portée de main, et Marie en était séparée par cette rupture qui était pire qu'une mort. Elle se mit à flâner dans les rues voisines quand elle entendit quelqu'un l'appeler. Elle se tourna vivement. C'était Waldeck. Son cœur bondit.

– Marie, je te cherchais..., dit l'homme de sa voix aux douces intonations.

– Tu me cherchais ? Pourquoi ?

Il plongea ses yeux dans les siens et ne dit rien.

– Qu'est-ce que tu me veux ?

– Ici, on peut pas parler ! reprit Waldeck d'une voix rapide. Tu connais l'endroit qu'on appelle La Grange aux Bœufs. Il y a des chemins tranquilles. Je t'attendrai demain après-midi vers quatre heures. Après la rue Claude-Martin.

– Mais pourquoi, Waldeck, pourquoi ?

Il ne répondit pas, mais elle n'attendait pas de réponse. Un groupe de femmes s'approchait en bavardant. Marie fit demi-tour et rentra chez elle en marchant très vite. À la maison, Pierrette lui demanda d'où elle venait.

– Mais de nulle part ! D'où veux-tu que je vienne ?

14

Jeanne se plaisait à la Marandinière. Le matin, elle aidait à la cuisine, et passait presque tous les après-midi avec Mme Angélique. C'était une femme gaie, légère, qui changeait d'avis à chaque instant. Elle n'avait aucune notion de l'argent et dépensait sans compter. L'imagination de Jeanne l'avait séduite :

– Tu pourras aller loin si tu sais t'en servir.

Elles se retiraient dans la garçonnière. Le rôle de Jeanne consistait surtout à écouter sa maîtresse. Parfois, celle-ci l'emmenait se promener en ville. La petite passementière était fière de marcher aux côtés de cette femme toujours impeccablement vêtue. Elle savait bien qu'elle vivait désormais au-dessus de sa condition de servante et que la protection d'Angélique pouvait cesser d'un jour à l'autre. Aussi évitait-elle de trop se livrer.

Il y avait toujours des visiteurs dans la maison aux deux tours carrées, les amis « artistes » d'Angélique, Bertrand Raynaud, l'associé de M. Charbet, de nombreux collaborateurs, des financiers... C'était un incessant défilé et Joseph rouspétait parce qu'il ne savait jamais pour combien de personnes il devait faire la cuisine.

Hubert et Pauline venaient chaque fin de semaine. Pauline courait embrasser Jeanne et, lui prenant la main, l'entraînait dans le parc. Là, tout en marchant entre les massifs, la petite fille racontait sa semaine et parlait de ses professeurs. Hubert ne mettait pas longtemps pour provoquer une catastrophe. Il courait dans ces immenses couloirs, semant le désordre derrière lui. Joseph devenait rouge de colère et menaçait le garnement qui allait chercher protection auprès de sa mère :

– Le pauvre chérubin, disait-elle. Il est plein de vie, alors, il faut bien qu'il remue.

Le dimanche soir, Minie regardait la petite Pauline s'éloigner, la tête basse, et murmurait : « Pauvres petits orphelins ! »

Pour le 3 mai, Jeanne avait demandé et obtenu la permission d'aller voir sa famille. Minie avait rouspété : c'était son jour de congé et elle ne voulait pas le passer à faire la vaisselle. Angélique ne l'avait pas écoutée et Jeanne put s'en aller. En partant, elle croisa Roselle qui lui fit un sourire et lui proposa de bavarder un peu :

– Nous travaillons ensemble depuis plus d'un mois et nous ne nous connaissons pas ! dit Roselle.

C'était une blonde assez épaisse au beau visage rond. Ses cheveux coupés court dégageaient sa nuque délicate.

– C'est vrai ! fit Jeanne. C'est le temps qui nous manque !

– Comme tu es belle ! reprit Roselle avec une

pointe d'envie dans la voix. Les garçons doivent te courir après !

Jeanne se mit à rire :

– À part Roland qui rougit jusqu'aux oreilles quand je le regarde, les autres font pas tellement attention à moi.

– Dis, tu as un petit ami ?

Jeanne baissa les yeux. Non, elle n'avait pas de petit ami, aucun de ceux qui l'approchaient ne lui plaisait.

Roselle eut un petit sourire :

– Moi, j'en ai un. Il travaille à Manufrance.

– Et tu le vois quand ?

– Pendant mes congés. Je dis que je vais chez mes parents, et je vais chez lui. Il a une chambre rue Francisque-Voytier. C'est à côté du cimetière de Valbenoite.

Jeanne prit un air étonné.

– Et tu restes avec lui toute la nuit ?

– Bien sûr. Il a un copain qui habite avec lui, mais quand j'y vais, Alban part chez sa mère.

– Comment il est, cet Alban ?

– Pas mal du tout. Plutôt mignon. Je te le présenterai.

Jeanne s'éloigna, troublée par l'idée que Roselle passait la nuit avec un garçon, mais aussi par l'envie de rencontrer Alban. Depuis quelle vivait éloignée de sa mère, elle se découvrait des envies nouvelles, le besoin d'une tendresse jusque-là ignorée.

La jeune fille contourna la maison par le parc, passa devant Roland qui travaillait à nettoyer les parterres. Le ciel était très clair, malgré quelques nuages qui s'amoncelaient à l'ouest. Au Rond-Point, elle se dirigea vers la station de tram. Elle se sentait heureuse, comme à la veille d'une nouvelle vie attendue. Tant de choses s'étaient passées en un mois. Venue ici dans sa robe fripée, elle repartait à Chavassieux vêtue comme Angélique. Les hommes se retournaient sur son passage et elle en était flattée.

La pensée de son père l'assombrit un moment. Son père ! L'avait-elle aimé, seulement ? Un homme plein de certitudes, qui pensait à la place des autres, de sa femme et de ses enfants. Quand il avait parlé, il ne restait plus qu'à se taire. Il avait été pour Jeanne un mur qui cachait la lumière. Si, quand elle était petite fille, sa protection lui permettait de dormir sans cauchemar, si sa présence la rassurait, à mesure qu'elle avait grandi il l'avait muselée, étranglée. Il n'aurait jamais accepté qu'elle travaille à la Marandinière chez des riches. Pour lui, une fille devait rester chez elle et attendre le mari que le père lui destinait.

À la maison, elle trouva sa tante Éléonore. Sa mère et Pierrette n'étaient pas rentrées du travail. Éléonore lui posa mille questions sur ces gens riches qu'elle voyait de loin et qu'elle enviait. Jeanne répondait avec assurance, comme si elle était chez eux depuis des années. Elle raconta ses promenades avec Angélique.

– Comme tu as de la chance ! dit Éléonore.

– C'est la fête tous les jours ; il y a des invités chaque soir !

– Des hommes bien habillés ?

– Oui, des hommes bien habillés et qui parlent bien.

Éléonore ramena ses cheveux vers l'arrière. Son chignon qu'elle faisait haut sur le crâne perdait des mèches bouclées. Le bout de ses doigts tremblait. Elle en rêvait, de ces hommes bien habillés et pleins d'esprit. Combien de fois, à côté de sa brute endormie, avait-elle espéré une rencontre ! Mais, dès que l'occasion se présentait, elle se drapait dans sa dignité et reculait, parce qu'on lui avait appris que ces choses-là ne se faisaient pas quand on était une femme honnête. Les riches pouvaient avoir des remords, les pauvres ne gardaient que des regrets.

Henri arriva et embrassa sa sœur. Pendant les quatre jours de congé que la Compagnie avait accordés à la suite de l'éboulement, il devait se rendre à l'infirmerie chaque matin. Le docteur Perrot redoutait une de ces terribles éruptions de furonculose, fréquentes chez les mineurs de fond, et qui coûtait très cher à la Caisse.

Le jeune homme s'assit à table. Il n'avait jamais été très proche de sa sœur et, comme il avait hérité des idées socialistes de son père, il demanda avec une pointe d'agressivité dans la voix :

– Alors, tes bourgeois, ils te font pas trop de misères ?

– Mais non, ils sont très gentils, au contraire ! répondit Jeanne.

Henri haussa les épaules :

– Ils sont tous pareils. Faire travailler les ouvriers et s'enrichir toujours plus... Tout ça changera un jour !

Le temps était très doux. Dans le terrain vague, les enfants se poursuivaient entre les touffes de genêts fleuris. Les gens sortaient devant leur porte pour bavarder. Quelque part, dans une de ces maisonnettes qui se ressemblaient toutes, le son pointu d'un hautbois écorchait une mélodie très légère.

Pierrette et Marie arrivèrent à leur tour. Les jumelles se retrouvèrent et Jeanne remarqua un pli amer aux lèvres de sa sœur.

– Comme tu es bien habillée ! dit Pierrette en détaillant du regard la robe de Jeanne.

– Mme Charbet trouve que je suis bien faite et, comme nous avons la même taille...

– Ça doit te faire drôle de parler avec nous qui sommes des ouvriers !

– Et moi, que crois-tu que je suis ?

Jeanne apprit que son frère était resté emmuré deux jours. Elle le pressa de questions auxquelles il répondait évasivement. Tout à coup, il s'anima :

– Tu vois comme ils sont, tes bourgeois. Quand on est sortis, les propriétaires ne se sont même pas déplacés !

– Moi je suis sûre que M. Charbet se serait déplacé ! protesta Jeanne.

– Tu leur fais trop confiance ! reprit Henri. Ils sont tous les mêmes et la vie d'un ouvrier n'a pas beaucoup d'importance pour eux !

Marie était de cet avis. À la fin du repas, elle dit :

– Je ne suis pas sûre que tu sois bien chez ces riches, Jeanne. Je préférerais que tu rentres dans une usine et que tu fréquentes des gens comme nous.

– Des gens comme nous... Mais maman, tu ne comprends pas, tu ne peux pas comprendre...

Marie soupira :

– Fais bien attention de ne pas te laisser entraîner.

– Me laisser entraîner, mais où ?

– Je te connais, Jeanne ! Tu aimes faire la coquette et plaire ! Tu as une cervelle d'oiseau.

Jeanne n'insista pas, mais elle était vexée et en voulait à sa mère de s'enfermer dans ses certitudes, les mêmes que celles de son père.

Henri voyait arriver avec terreur le jour où il faudrait reprendre le travail. Il était bien décidé à déserter, mais n'en parla pas devant sa mère et Pierrette.

Son plan était arrêté depuis longtemps. Il allait sortir avec sa musette, comme d'habitude mais, au lieu d'aller au puits, il partirait à Saint-Étienne chercher du travail dans la métallurgie où il serait moins payé, mais en sécurité.

Il travaillait l'après-midi. Le matin, il s'occupa au jardin, puis fit chauffer les haricots blancs que sa mère avait préparés la veille au soir. Il rangea son assiette dans l'évier, prit son gandot et sortit. Un orage avait nettoyé l'air. Le ciel était clair, très haut, comme à Plancheforte. Les cheminées noires des aciéries crachaient leur fumée que le soleil allumait de couleurs rares, ocre et violet qui s'entremêlaient, pourpre, bouquets de taches jaunes piquées d'étincelles.

D'autres hommes marchaient vers la mine ; tous avaient été emmurés un jour ou l'autre et tous repartaient vers le chevalement, la cage de fer, le trou vertigineux qui allait les engloutir. Henri s'arrêta. Sur sa droite, partait une rue vers le centre ville, la liberté, la vie, le soleil. Maintenant, il hésitait.

– Eh bien, Henri, voilà que tu veux te mettre en retard ?

Boutineau était à quelques pas de lui, sa veste posée sur une épaule. Il souriait, visiblement content de la reprise.

– Quand tu penses que des gars font macadam [1] ! Comment tu veux qu'il y ait des sous à la Caisse !

– J'ai encore mal aux bras et aux jambes ! dit Henri.

– C'est la jeunesse qui se révolte. Tu viens ?

Pierre Boutineau ne le quittait pas de ses petits yeux

---

1. Certains mineurs se blessaient volontairement pour bénéficier de congés payés par la Caisse.

sombres sous ses épais sourcils noirs. Il avait compris, l'ancien, que le jeune homme redoutait de descendre.

– Tu crois que tu pourras retourner voir ta petite amie si tu sais que la peur a été plus forte que toi ?

– La peur ? Mais j'ai pas peur !

– Si. Tu chies dans ton froc. Rappelle-toi, garçon, si tu la laisses gagner une fois, tu ne seras plus le patron.

Henri emboîta le pas au piqueur. En allant chercher les lampes, ils croisèrent Marie et Pierrette avec d'autres clapeuses qui rentraient chez elles. Le petit Lerris était là aussi, pâle, tremblant. Il ne parlait pas, ne répondait pas aux plaisanteries des autres. Quand le surveillant appela son numéro, il échappa sa lampe et s'écria :

– Je veux pas y aller !

– Comme tu veux, dit le surveillant, au suivant.

– Pas d'histoire, s'écria Boutineau. Il vient.

Ce fut au tour d'Henri. La peur coulait en lui comme un liquide lourd et froid. Il avait le sentiment d'avancer vers l'échafaud, vers la mort, qu'il ne reviendrait jamais à la surface. Le flot l'emporta et il se retrouva serré parmi les autres, tandis que la cage commençait sa descente vertigineuse.

Marie et Pierrette arrivèrent à la maison. La jeune fille gratta les cendres de la cuisinière du bout des pincettes. Quelques braises palpitaient encore, elle ajouta du charbon. Marie monta dans sa chambre. En passant devant la glace de l'armoire son image l'arrêta. Que restait-il de la belle brune de Plancheforte qui accompagnait les jumelles à l'école ? Ce visage d'une pâleur de papier, ces joues creuses étaient-ils encore les siens ?

Elle se sentait de plus en plus fatiguée. La poussière du tapis de triage, l'air malsain de la ville avaient avivé sa maladie de poitrine et elle devait s'asseoir fréquemment. Elle se coiffa, arrangea sa mèche blanche qui gagnait progressivement la largeur du front, chercha le panier des courses et sortit. Waldeck, qui devait la guetter, l'accosta dans la rue Chavassieux. Marie eut un moment d'hésitation, un égarement momentané, puis leva les yeux vers le Polonais.

– Ah, Marie, enfin je te retrouve ! Je t'ai attendue l'autre jour tout l'après-midi.

– Je n'ai pas pu venir. Et puis, cela n'aurait pas servi à grand-chose !

Ils marchèrent un moment côte à côte. Marie pensait au petit garçon qu'elle avait pris sous sa protection, autrefois. Le temps avait passé si vite !

– Voilà, dit-il, depuis l'autre jour où on s'est revus par hasard, je ne pense qu'à ça !

– C'est du passé, Waldeck, du lointain passé. Depuis, nous avons eu tous les deux une autre vie qui nous tient.

L'homme se tourna vers Marie. Ses cheveux gris formaient des boucles libres sur sa tête. Il ne portait pas de moustache et sa barbe épaisse bleuissait ses joues et son menton.

– C'est vrai, mais je suis seul, Marie, très seul. J'ai bien vu que tu l'étais aussi. Alors, on peut s'aider.

Elle fit quelques pas. Des moineaux piaillaient sur le marronnier.

– Tu es seul ? Tu m'as pourtant dit que ta femme...

– C'est toute une histoire. Dans la vie, les choses ne se passent jamais comme on le voudrait.

La vérité de cette banalité les rapprochait. Marie découvrait, comme si elle ne s'en était jamais doutée, qu'elle n'était pas la seule au monde à être malheureuse.

– Tu as raison ! dit-elle avec un léger sourire. On peut s'aider, tous les deux.

Waldeck ne savait pas que, depuis le départ de Damien, c'était la première fois que Marie souriait.

15

Marceau se réveilla en sursaut. Amélie l'avait conduit dans une sorte de réduit, qui jouxtait l'abattoir. Il régnait une odeur de vieux bois et de viande avariée. Aussitôt allongé sur le lit, l'enfant avait pourtant sombré dans un gouffre noir, hors du temps et de la vie. Le matin, Amélie était entrée avec fracas, avait poussé le manteau étalé devant la lucarne. Une lumière intense inondait la pièce.

– Allez, debout. Tu crois qu'on va te nourrir à rien faire ?

Marceau se dressa sur ses coudes. Il reprenait brutalement contact avec la réalité : la bagarre, les gendarmes, le cousin Jean emmené dans une rafle, la course dans la nuit et enfin son arrivée ici. Amélie voulut le rassurer :

– T'en fais pas, ton cousin va revenir. C'est pas la première fois qu'il passe la nuit en cabane.

L'enfant s'habilla rapidement et sortit. Dans l'arrière-boutique, Antoine dépeçait un agneau posé sur une table. Le tablier couvert de sang, l'homme manipulait avec agileté son grand couteau dont la lame brillait au soleil du matin. Malgré son embonpoint, il se déplaçait rapidement, ses gestes étaient vifs et précis. Marceau se tenait à l'écart. Il lui semblait que cette lame qui tranchait la chair sanglante s'enfonçait dans ses membres.

– C'est mon jour d'abattage ! dit Antoine. J'ai commencé par les agneaux parce que ça fait pas de bruit. Ça crève en te regardant, comme si ça te disait merci !

Il éclata d'un rire gras. Amélie rit aussi en voyant le regard terrifié de Marceau.

– C'est fait pour nourrir les hommes, pas vrai ?

Marceau tremblait. Cette viande encore frémissante de vie, ce sang qui se coagulait dans les seaux le choquaient. Antoine, d'un geste machinal, passa le fil de son couteau au fusil, s'essuya les mains sur son tablier et alluma une cigarette.

– On y va ! dit-il d'un air satisfait.

Il ouvrit en grand la porte du fond qui donnait sur une minuscule cour. Dans un réduit sombre, deux veaux étaient attachés par une corde à un piquet. Quand l'homme entra, ils ouvraient de grands yeux blancs, affolés.

– Tiens, tu vas m'aider à les tenir, dit le boucher à Marceau. C'est qu'ils ont compris, les bestiaux !

Antoine détacha un animal qui se mit à piétiner et refusa de sortir. Le boucher jurait en tirant de toutes ses forces sur la corde. Il cria à l'enfant :

– Tape sur le cul, tiens, prends la queue et tords-la. Rien de tel pour le faire avancer !

Marceau ne bronchait pas. Il s'imaginait à la place du veau, emmené par son bourreau ; un liquide froid coulait dans son ventre et il avait envie de s'enfuir.

Antoine réussit à traîner l'animal jusqu'à l'abattoir. Il l'attacha à une barre métallique, prit une massette à long manche. La cigarette collé au coin des lèvres, il leva la massette qui s'abattit avec un bruit sec. Le veau s'écroula, les jambes raidies. L'homme tira un crochet et le fixa aux jarrets de la bête dont le poil roux était parcouru de tremblements.

– Tourne la manivelle ! cria-t-il à Marceau qui était de marbre.

Comme le garçon ne bougeait pas, Antoine alla actionner le treuil et le veau fut suspendu par les pattes arrière. Le coup qu'il avait reçu ne devait plus faire grand effet puisqu'il tentait de lever la tête, la bouche ouverte, la langue pendante. Une bave blanche coulait jusqu'au sol. Antoine l'empoigna par une oreille et trancha l'artère du cou d'un geste rapide et précis. Le sang gicla avec un bruit de cascade, éclaboussant le boucher. Marceau ne pouvait détacher son regard des yeux affolés du veau qui tournaient dans leurs orbites.

– Au prochain !

– Non ! cria l'enfant, et il partit en courant.

Il traversa la boucherie où deux clientes bavardaient. Amélie n'eut pas la présence d'esprit de l'arrêter. Marceau courut longtemps, fuyant le massacre, et l'insensibilité d'Antoine. Le temps était clair et doux. L'enfant emprunta des rues au hasard, arriva au Rhône qui scintillait, immense et majestueux. La lumière éclatait sur les murs blancs et les toits de tuiles. Il s'arrêta. Les yeux affolés du veau qui agonisait le hantaient encore, et pourtant, pour retrouver le cousin Jean, il faudrait retourner chez le boucher, mais il préférait flâner un moment en attendant que le deuxième veau fût devenu de la viande.

Il se perdit dans un dédale de ruelles. La boucherie devait se trouver quelque part de l'autre côté du fleuve. Il marchait sur le trottoir. Par les fenêtres basses, il voyait des intérieurs bien rangés, des tables, des chaises astiquées, des meubles luisants, des fauteuils profonds. Marceau pensa à la maison de Saint-Étienne. Pourquoi avait-il accepté d'en partir ? L'image de son père s'imposa à son esprit. S'il le voyait surgir à l'instant, devant lui, son fusil Idéal sur l'épaule, son casque colonial réglementaire en millet de choix, que ferait-il ? Irait-il se précipiter dans ses bras ou prendrait-il ses jambes à son cou ? L'absence de réponse le fit s'arrêter devant une fenêtre grande ouverte.

Il regarda un moment les tableaux suspendus aux murs. Le soleil les éclairait et leur donnait des couleurs de paradis. Une femme, très belle, entra dans la pièce par la porte du fond. Une musique douce, un peu lente et maladroite, venait du couloir.

La femme aperçut Marceau et s'approcha de lui. Elle était brune, ses cheveux luisaient à la lumière comme des plumes de corbeau. Sa peau très blanche contrastait avec ses lèvres rouges. Elle sourit à l'enfant qui, timidement, baissa les yeux.

– Bonjour ! dit-elle.

Marceau trouva sa voix un peu semblable à celle de sa mère, mais beaucoup plus légère. Il eut la tentation de se confier à cette inconnue.

– Bonjour, madame.

Elle sourit de nouveau, passa la main dans ses cheveux. La musique s'était arrêtée.

– Tu es beau ! Tu as une tête ronde de Pierrot ! Et ces joues rouges comme des pommes... Je vois que tu n'es pas là par hasard. Allez, raconte-moi ton histoire.

Marceau avait très faim et mal aux jambes, le soleil pesait sur ses épaules... La musique reprit, des notes cristallines qui s'égrenaient, pures dans cet air lumineux.

– Faut que je rentre chez moi ! dit-il.

Il s'éloigna à regret. Pourquoi n'était-il pas capable de prendre de véritables décisions comme les grandes personnes ? Il butait contre un mur : l'envie d'aller à droite était aussi forte que celle d'aller à gauche. Il aurait voulu parler à cette femme, lui raconter la bagarre, l'arrestation du cousin Jean et sa matinée dans la boucherie, il aurait voulu parler de sa mère, de Saint-Étienne, et surtout de Plancheforte. De son père aussi...

Il marcha un long moment et crut reconnaître le carrefour. Il tourna dans une rue à droite. Un chien venait vers lui, un grand chien noir, avec une oreille droite et l'autre cassée.

– Frontal !

Il caressa l'animal qui, après avoir tourné autour de lui, s'éloigna de quelques pas et le regarda comme pour l'inviter à le suivre. Marceau se mit à courir. Ils repassèrent devant la fenêtre de la belle dame. La musique s'était tue et il n'y avait personne dans la pièce. Marceau obliqua dans une rue humide, puis longea un haut mur. Il s'arrêta devant une immense et lourde porte fermée, gardée par deux gendarmes. Marceau pensa que c'était la prison où devait se trouver Jean et resta en retrait. Il ne voulait pas être pris à son tour, enfermé dans une cellule froide et noire, pleine de cafards et de serpents !

Il s'assit à l'ombre d'un mur, et se laissa gagner par le désespoir. Reviendrait-il un jour près de sa mère, de ses sœurs et de son frère ? La vie à Plancheforte était dans un autre monde, un passé qui n'était plus le sien.

Frontal s'était couché sur le trottoir, entre les deux gendarmes qui ne s'occupaient pas de lui, et attendait, la langue pendante. Il ne quittait pas des yeux la porte fermée, barrière entre deux univers, celui de la liberté et l'autre que Marceau imaginait terrible, peuplé de bêtes immondes. Tout à coup, l'animal se dressa et se mit à remuer la queue. La porte s'ouvrit, Jean sortit, toujours aussi grand, aussi fier, aussi beau. Il passa entre les gendarmes à qui il s'adressa, leur serra la main comme s'ils étaient ses amis. Frontal gémissait. Jean regarda autour de lui. Marceau se montra.

– Te voilà, mauvaise troupe ! Bon, on a assez perdu de temps.

Marceau aurait voulu poser une foule de questions sur la prison, mais Jean marchait si vite que l'enfant devait courir pour le suivre. Ils arrivèrent à la boucherie où Antoine raconta ce qui s'était passé. Confus, Marceau rougit et ne refusa pas la tranche de viande grillée qu'Amélie lui servit. Tout le monde rit de sa peur, sauf lui. Il voyait toujours le regard du veau pendu, sa terreur face à cette mort programmée, nécessaire pour les hommes.

Antoine et Jean restèrent longtemps dans l'abattoir tandis que Marceau avait rejoint Amélie. La grosse femme lui parla de son fils devenu vétérinaire à Valence, de sa fille qui avait épousé le plus important boucher de Lyon :

– C'est pas comme ici ! dit-elle fièrement. Ils débitent six veaux et deux vaches par jour !

Jean arriva enfin et demanda à Marceau :

– Tu es prêt ?

Ils revinrent au camion qu'ils trouvèrent constellé de crottes d'oiseau. Jean fit le tour du véhicule, frappa les pneus de la pointe du pied pour s'assurer qu'ils étaient bien gonflés et ouvrit la portière.

– La prochaine pluie lavera tout ça ! dit-il.

Ils grimpèrent dans le véhicule qui refusa de démarrer. Jean jura, souleva le capot, bricola le carburateur et tira de nouveau sur le démarreur. Enfin, le moteur se lança et, tandis que Jean manœuvrait pour rejoindre la rue miroitante de soleil, Marceau posa une question qui lui brûlait les lèvres depuis la veille :

– C'est quoi, anarchiste ?

Jean se tourna lentement vers l'enfant. Ses yeux semblaient regarder, au-delà du monde, un paradis promis qui ne cessait de reculer devant la marche des hommes.

– L'anarchie... C'est le bonheur pour tous. Il n'y aura plus de lois qui musellent, plus d'argent qui fabrique les pauvres. L'homme de demain sera libre et tourné vers les autres. L'homme supérieur n'aura ni maîtres ni chaînes.

– Alors, sans maîtres, on pourra s'amuser tout le temps ?

– S'amuser, c'est bien ça ! Les travaux collectifs indispensables ne seront pas des corvées, mais un jeu. Il n'y aura plus de guerre et le monde sera plein de chansons.

– Alors, si c'est ça, je veux bien être anarchiste. Mais les autres, ceux qui sont venus vous taper dessus, hier, ils veulent pas être heureux ?

– Les Croix-de-Feu ! grogna Jean. Les chiens. Eux, ils sont pour les lois, l'ordre imposé. Faire des esclaves pour conserver les privilèges de quelques-uns.

– C'est quoi, les privilèges ?

Jean réfléchit un moment, puis se tourna vers Marceau :

– C'est comme s'il n'y avait des bonbons que pour trois enfants et que les autres soient condamnés à les regarder manger.

Le camion s'engagea dans la rue, passa à un croisement. Le grand soleil effaçait les collines dont les verts et les ocres se dissolvaient sous un ciel souverain. Marceau avait très chaud. Jean, les mains sur le volant, suait à grosses gouttes. L'enfant était préoccupé par ce qu'il venait d'entendre.

– Mais alors, osa-t-il, il n'y aurait plus d'école, plus de maîtres, on ferait ce qu'on voudrait ?

Jean alluma une cigarette. Il ne s'était pas peigné et ses cheveux ondulés tombaient en mèches grises sur son front.

– Tout ça ne peut pas se mettre en place d'un coup. La liberté, c'est quelque chose de sérieux et il faut un sacré apprentissage pour ne pas se laisser détruire par elle. Nous sommes encore dans la préhistoire de notre société. Ah, ils en inventent des choses nouvelles, nos savants ! Pour ça, ils sont pas mauvais, mais nous ne sommes pas plus avancés que des singes.

Le camion s'engagea dans une ruelle pavée et s'arrêta devant un porche envahi de pigeons. Jean klaxonna deux fois ; les pigeons s'envolèrent avec fracas et un petit homme bossu avec une casquette plate sortit d'une porte basse. Il porta un doigt à la casquette en guise de salut. Jean demanda à Marceau de donner un coup de main pour charger des caisses qui contenaient des rubans et des bobines de soie. Quand ce fut fini, il tendit une liasse de billets à l'homme qui les recompta lentement avant de les fourrer dans une poche de son large pantalon.

– Bon, dit le cousin, maintenant, fini de rigoler. L'Auvergne nous attend.

Il serra de nouveau la main de l'homme et lui dit qu'il repasserait dans le courant de l'automne. Enfin, le camion manœuvra dans la ruelle, puis rejoignit une vaste avenue.

– C'est surtout quand je roule seul avec Frontal à côté de moi que je réfléchis aux choses importantes ! dit-il tout à coup. Tu comprends, je suis parti à la guerre à dix-huit ans et j'en ai vu du malheur. Regarde ton père laissé pour mort avec son éclat d'obus planté dans la tête...

Le camion s'éloignait des faubourgs, les collines couvertes de vignes se reflétaient dans le métal du Rhône. Frontal haletait. Marceau se laissait aller à la chaleur et à la fatigue. Le bruit du moteur le berçait et il sombra dans un demi-sommeil. Des images défilaient devant ses yeux, sa mère qui rentrait de la mine, Henri qui avait un peu pris la place du père, son père laissé pour mort sur le champ de bataille... Il avait dû en tuer des lions, des tigres et même des crocodiles ! Était-il anarchiste, comme le cousin Jean ? Peut-être était-il en prison, dans une fosse sale, grouillant de salamandres et d'araignées ! Marceau ouvrit les yeux, mit un bon moment avant de pouvoir chasser cette vision. Jean tendit la main vers l'horizon.

– L'Auvergne... Comment te dire, garçon, c'est une planète ! C'est comme la terre, la lune et tout ce que tu voudras. C'est unique. Tu peux aller en Amérique, il n'y a pas d'Auvergne. Et Clermont-Ferrand, c'est aussi beau que Paris.

– Il y a des grands pachydermes ?

Jean tourna vers Marceau un regard interrogateur.

– Non, je crois pas ! dit-il en riant.

Marceau avait envie de pleurer.

16

Maintenant, Jeanne regrettait d'avoir suivi Roselle dans cette petite rue de Saint-Étienne à proximité de l'immense bâtisse de Manufrance. Que faisait-elle là ? Angélique s'était absentée pour quelques jours et la jeune fille, libre les après-midi, en profitait pour aller flâner.

Elle s'était arrêtée devant une vitrine où de superbes chemisiers étaient exposés sur des mannequins. Le grand soleil des jours précédents s'était un peu voilé, mais il faisait bon. Roselle s'impatientait :

– Dépêche-toi ! Nous sommes déjà en retard.

Roselle portait une robe légère qui bougeait autour de ses gros mollets. Sa démarche lourde était celle des paysannes du Pilat.

– Il y a une chose que je voulais te dire. Madame Angélique t'a prise comme secrétaire parce que tu es bien faite. Elle veut se servir de toi.

Jeanne sursauta. Roselle continua :

– Elle veut te mettre au service des bons plaisirs de ses amis artistes, dont le fameux Loïc Legall, un Breton. Pas riche, mais malin. Il a écrit quelques livres. En plus, c'est un ivrogne.

– Tu le connais ?

– Bien sûr, elle a essayé de faire la même chose avec moi, mais j'ai pas voulu.

Roselle marchait vite. Jeanne osa :

– Il est marié ?

Roselle eut un petit rire :

– Non. Il a vingt-cinq ans, peut-être. Tout ce qui porte jupon est bon pour lui.

– Et madame Angélique est d'accord ?

– Tu es vraiment naïve. Pourquoi crois-tu que Bertrand Raynaud, l'associé de monsieur Jacques et ami de la famille, passe autant de temps à la Marandinière ?

– Ben, parce que c'est l'associé de monsieur Jacques !

– Et l'amant de madame Angélique. Tu comprends, maintenant ?

– Non, je ne comprends pas !

Elles arrivèrent à un immeuble aux murs blancs, traversèrent un petit jardin planté d'œillets et de tulipes qui perdaient leurs lourds pétales rouges. Roselle poussa une porte ; elles montèrent un escalier sombre. Au palier éclairé par une lucarne, un jeune homme très brun de type espagnol qui avait dû les voir arriver les attendait. Sans un mot, il prit Roselle dans ses bras et la serra contre lui. La jeune fille se dégagea :

– Je te présente Jeanne. Elle travaille avec moi. Alban n'est pas là ?

– Il sera là d'un moment à l'autre.

Ils entrèrent dans une chambre très encombrée de vêtements en tas sur deux chaises, d'une valise ouverte au fond du lit qui prenait presque toute la place ; une armoire à glace était logée dans une espèce de niche à droite de la fenêtre cachée par un rideau rouge. Il y avait aussi une table et, dans un coin minuscule, une cuisinière à gaz encombrée d'une poêle et de deux casseroles. À côté, le lavabo s'écaillait... Laurent proposa une chaise à Jeanne et s'assit sur le lit près de Roselle qui se mit à lui parler à voix basse. La porte s'ouvrit et Alban entra. C'était un garçon grand, maigre, un peu voûté. Il avait la peau claire et des yeux bleus. Il n'était pas laid avec son visage étroit, sa moustache bien taillée. Le regard de la jeune fille s'attarda sur lui.

– Bon, dit Roselle en se tournant vers Alban, Jeanne trouve qu'il fait trop chaud ici. Si vous alliez faire une promenade ?

– Pourquoi pas ? fit le garçon d'une voix qui manquait d'assurance.

Jeanne accepta l'invitation. Elle descendit l'escalier devant le jeune homme. L'air était plein de l'odeur sirupeuse des marronniers. Elle se taisait et, pourtant, le silence lui pesait. Alban poussa vers l'arrière son chapeau fantaisie qui le vieillissait.

– Vous êtes de Saint-Étienne ? demanda-t-il pour lancer la conversation.

– De Saint-Jean-Bonnefonds, mais maintenant ma mère habite Chavassieux.

– Moi, je suis né à La Roche-la-Molière. Mon père était au puits Combes en 1928. Il a eu de la chance. Moi, j'ai pu entrer à Manufrance. Plus tard, je veux me mettre à mon compte. Et vous ?

– Moi ? Je ne sais pas encore !

Elle n'alla pas au bout de sa pensée. Jeanne savait que cette situation au service des Charbet n'était que provisoire. Depuis qu'elle était à la Marandinière, des idées s'étaient précisées dans son esprit. Un monde nouveau lui était apparu et elle savait que rien ne l'empêcherait d'y accéder. Elle n'était pas de la race des domestiques. Son destin ne pouvait être ordinaire ; une étoile brillait pour elle, là-haut, dans la multitude des autres étoiles.

Il faisait chaud. Alban emmena Jeanne dans un jardin public où les massifs d'arbustes donnaient un peu de fraîcheur. Il parlait beaucoup, comme pour cacher son trouble. Enfin, il osa prendre la main de la jeune fille et dit :

– Si vous vouliez, vous et moi, on pourrait être comme Laurent et Roselle.

– On ne se connaît pas ! dit Jeanne en retirant sa main.

Alban lui proposa de s'asseoir sur un banc en retrait de l'allée. Ils étaient seuls à cette heure ; des oiseaux s'égosillaient dans un massif d'arbustes. Jeanne respirait avec plaisir l'agréable odeur d'herbe sèche et de fleurs fânées. Elle était ailleurs. Elle pensait encore à ce fameux Loïc Legall qu'Angélique allait lui présenter. Alban se taisait, conscient de sa maladresse. Tout à coup, Jeanne se leva :

– Je rentre ! fit-elle. Vous le direz à Roselle !

– Mais pourquoi, voyons ?

– Parce qu'il faut que je rentre.

Elle s'éloigna d'un pas rapide, l'esprit plein de contradictions. Le contact de la main d'Alban avait éveillé en elle un vague désir caché jusque-là sous un comportement de petite fille. Elle fit un détour et passa devant Manufrance. Des camions entraient par le grand portail. Ils allaient probablement chercher les colis qui partaient dans le monde entier. Jeanne rêva un moment à ces destinations lointaines qui lui étaient interdites. Elle avait envie de tout. Tout lui plaisait sauf sa condition actuelle.

Elle rentra à la Marandinière. En traversant le parc, elle aperçut Roland en train de ratisser une allée. La jeune fille, mue par un sentiment dont elle ne connaissait pas bien les origines, s'approcha du jeune jardinier. Quand il la vit, Roland rougit. Son visage maigre était long, avec un nez assez fort et des yeux noirs. Ses lèvres molles s'écartèrent en un sourire timide.

– Bonjour, Roland ! dit Jeanne. Tu ne trouves pas qu'il fait trop chaud pour travailler. Viens donc t'asseoir un peu avec moi à l'ombre.

Le garçon hésita, regarda autour de lui. Il voulait bien suivre Jeanne, mais redoutait aussi de se trouver seul avec elle. Les regards espiègles de la jeune fille laissaient croire qu'elle savait beaucoup de ces choses dont la seule pensée suffisait à le faire rougir.

– Tu as peur de moi ?

Il hésita encore, posa son outil et rejoignit Jeanne qui l'attendait à l'ombre d'un if. L'abondante végétation les cachait de l'allée principale. Ils s'assirent sur l'herbe fraîche. Jeanne glissa près de lui, ouvrit son corsage qui montrait la naissance de ses seins. Elle avait besoin d'être méchante.

– Tu en as déjà vu ? demanda-t-elle.

Roland était rouge et n'osait pas poser les yeux sur ce qui, malgré lui, attirait son regard.

– Je te fais vraiment peur. Tu ne me trouves pas belle ?

Il ne bougeait pas, la tête baissée. Il regrettait de s'être laissé entraîner et de montrer sa maladresse.

– Tu es un mal dégourdi ! dit Jeanne en s'éloignant.

Angélique revint le lendemain. Bertrand Raynaud arrêta sa voiture grise devant la porte et sortit du coffre une volumineuse valise. Angélique descendit lentement du véhicule. Elle portait une superbe robe blanche que Jeanne ne lui connaissait pas et son chapeau avec des rubans roses. Elle dit quelques mots à Bertrand qui s'en alla, puis monta dans sa garçonnière sans parler à personne. Vers cinq heures, Jeanne qui était allée lire dans sa chambre l'entendit rouspéter à la cuisine. Elle sortit pour la saluer. Angélique avait les trait tirés. Ses joues sans fard donnaient à son visage une pâleur inhabituelle.

– Tout va mal, ma petite Jeanne, tout va mal !

Une ride s'était formée sur son front et au coin des yeux. Joseph avait dit qu'elle était partie se reposer quelques jours dans sa résidence de Saint-Chamond où, d'ordinaire, la famille Charbet passait l'été. Mais cette année, personne n'en parlait. M. Charbet partait tôt le matin et rentrait tard le soir. Joseph disait que l'aciérie était au bord de la faillite : la Manufacture nationale d'armes, son principal client, se détournait de la production locale pour acheter son acier en Lorraine. La crise n'épargnait personne, pas plus les riches que les pauvres.

– Viens. Nous allons bavarder, j'ai besoin de compagnie.

Elles allèrent s'asseoir sur un banc à l'ombre. Angélique soupira :

– Nous avons dû vendre la propriété de Saint-Chamond. L'aciérie aussi va peut-être se vendre ! Les temps sont durs.

Jeanne pensait à sa mère et à la dette énorme de la famille.

– Ils sont durs pour tout le monde ! dit-elle.

Angélique posa sa main sur l'épaule de sa servante et l'embrassa sur la joue.

– Comme ta peau est douce !

Jeanne osa :

– Vous connaissez M. Le Couturier, responsable des cycles Hirondelle ?

– Pourquoi cette question ? Tu l'as rencontré ?

– Non. Ma sœur voudrait entrer à Manufrance...

Angélique tourna vers Jeanne ses beaux yeux aux prunelles bleu-gris :

– Pourquoi ne l'as-tu pas dit plus tôt ? Je vais en parler à M. Mimart lui-même. Mais laissons cela. En ce moment, Jacques est d'humeur massacrante. Il faut restreindre notre train de vie. Et pourtant, il me faut recevoir mes amis ! Sans eux, que veux-tu que je fasse ? Où en est-tu ? As-tu écrit quelque chose durant mon absence ?

Jeanne baissa les yeux, rougit :

– Non. Sans vous, je n'ai pas d'idée.

Émue, Angélique l'embrassa de nouveau, puis s'en alla dans l'allée. Ses cheveux bouclés dépassaient de son chapeau. Sa robe longue et légère vivait autour de ses jambes, mais sa démarche était moins hautaine que d'habitude et ses chaussures traînaient sur le gravillon. Jeanne alla à la cuisine où Minie ne cessait de rouspéter. Depuis quelque temps, la vieille travaillait avec moins de vivacité et ses gestes lourds semblaient lui demander de plus en plus d'efforts. Joseph levait parfois la tête de ses fourneaux et la regardait longuement. Quel lien unissait ce gros homme bourru et finalement doux et cette petite femme sèche et rugueuse ? La complicité que procurent dix années de vie commune dans une cuisine ? Jeanne avait appris par Roselle que Joseph était veuf de guerre. En effet, sa femme, qui était infirmière, s'était engagée pour soigner les blessés sur le front où elle avait été tuée. Joseph, qui avait été blessé, recevait chaque trimestre une bonne pension qui le mettait à l'abri du besoin, mais il s'ennuyait chez lui et préférait faire la cuisine chez les Charbet pour de modestes gages plutôt que de passer des journées vides... Minie aussi avait une pension de guerre. La malchance s'était acharnée sur elle. Son mari, mort en 1917 d'une gangrène à la jambe droite, l'avait laissée avec ses trois enfants. Deux ans plus tard, son fils aîné se noya dans le Rhône en pêchant les écrevisses. Son deuxième fils mourut de la typhoïde. Il ne lui restait que sa fille qui, ayant épousé un Italien, vivait à Naples et ne venait jamais la voir...

Le soleil voilé faisait prévoir une période de pluie à Joseph.

– Ça ferait tant de bien aux jardins qui sont secs ! dit-il.

Mais il ne plut pas de la semaine. La chaleur dura jusqu'au samedi où le vent vira au nord, apportant un peu de fraîcheur, mais toujours pas d'eau.

Le soir, il y avait un dîner à la Marandinière. Jacques Charbet en était l'organisateur. Il était lui-même allé à la cuisine et avait minutieusement préparé le menu avec Joseph. Angélique s'était mise en colère :

– Tu me prives de tout et tu veux m'imposer tes banquiers qui ne savent que parler d'argent !

M. Charbet, très calmement, avait expliqué :

– C'est indispensable. Je veux sauver l'aciérie. Tu peux inviter quelques-uns de tes amis artistes.

– Bon, alors, je fais signe à Loïc Legall qui rentre de Paris.

M. Charbet fit la grimace. Il n'aimait pas ce journaliste qui se prenait pour un grand écrivain et qui, après avoir bu, devenait insolent. Il n'insista pourtant pas, car il tenait à ce qu'Angélique soit de bonne humeur.

Les invités arrivèrent à la tombée de la nuit. M. Charbet les accueillait lui-même et les conduisait dans le grand salon où Bertrand Raynaud leur proposait l'apéritif.

Vers sept heures, Angélique vint chercher Jeanne qui était occupée à essuyer des verres et la conduisit dans sa chambre. Roselle qui se sentait exclue de cette complicité fit une grimace de dépit.

– Ma secrétaire doit être correctement vêtue ! dit Angélique avec un sourire amusé.

Elle chercha une robe dans son immense armoire.

– Une chance que nous ayons la même taille ! S'il me fallait habiller cette pauvre Roselle !

Désormais, Jeanne prenait beaucoup de plaisir à ces séances d'essayage. La pudeur des premiers jours à la Marandinière qui la faisait rougir dès qu'elle découvrait sa poitrine avait disparu. Angélique arrêta son choix sur une robe longue de soie noire. Jeanne l'enfila devant la glace.

– On se demanderait qui est la servante ! dit Angélique. Maintenant assieds-toi, que j'arrange ton visage.

Jeanne pensa à ce que Roselle lui avait dit et l'oublia bien vite, c'était sans importance. À mesure qu'Angélique poudrait ses joues, cernait de noir ses yeux, l'image que la glace lui renvoyait ressemblait de moins en moins à la Jeanne de Plancheforte ou de Chavassieux et cela lui plaisait beaucoup, même si une voix aigrelette qui ressemblait à celle de sa mère lui criait que c'était mal.

– Un peu de rouge à lèvres et tu seras parfaite !

Le maquillage lui ajoutait quelques années. Angélique remarqua :

– Certaines sont complètement paralysées dès qu'elles se mettent un peu de poudre sur les joues. Toi, tu es faite pour ça.

Il y avait une pointe d'envie dans les paroles d'Angélique. Jeanne le comprit :

– À côté de vous, je suis une souillon !

Angélique se regarda dans la glace, fit quelques mimiques, approcha sa tête de celle de Jeanne et toutes les deux éclatèrent d'un rire joyeux.

– Ce soir, dit Angélique, tous les ennuyeux se sont donné rendez-vous ici. J'ai invité quelques artistes, le peintre Gustave Bonadieu dont la cote monte très fort, le dessinateur Louis Plaine –, tu verras, il est adorablement tourmenté –, et Loïc Legall !

Comme si elle cherchait à se protéger, Jeanne dit :

– Je ne suis qu'une fille de passementier bourré de dettes !

Angélique éclata de rire :

– L'élégance ne s'apprend pas. Regarde mon pauvre Jacques ! Toujours avec une veste trop courte ou trop longue, la cravate de travers...

Elle soupira, les yeux au plafond :

– Faut dire qu'il n'a jamais prêté attention à sa toilette. À la mort tragique de ses parents, il s'est retrouvé seul et bien jeune à la tête d'une importante affaire... Il se tue au travail, le pauvre, et n'en est pas récompensé. Allez, il nous faut descendre !

Les invités prenaient l'apéritif au salon d'où venait un brouhaha de voix. Pour le service, Joseph avait embauché des extra habitués à ce genre de réception. Jeanne prit un plateau de verres et entra dans la salle où les lustres brillaient de toutes leurs larmes de cristal. M. Charbet et Bertrand Raynaud bavardaient avec deux hommes dont l'un avait l'épaisse silhouette de Joseph. Jeanne se dirigea vers eux. Le regard surpris de M. Charbet ne lui échappa pas. Elle s'approcha ensuite d'un autre groupe où elle remarqua tout de suite un homme grand et fort, vêtu de sombre et portant une épaisse barbe noire qui cachait son visage. Ses petits yeux étaient ceux d'un animal sauvage, toujours en éveil, ne perdant aucun détail. Angélique s'exclama :

– Mon cher Gustave ! Quelle plaisir de vous recevoir ici !

Puis, se tournant vers Jeanne :

– Gustave Bonadieu, le grand peintre dont je t'ai parlé. Gustave, je vous présente Jeanne, ma secrétaire, une véritable nymphe, n'est-ce pas ?

L'homme sourit, visiblement mal à l'aise dans cette assemblée de gens à la parole facile. Ses abondants cheveux noirs tombaient sur son col et cachaient ses oreilles. Jeanne répondit à son sourire.

– Gustave est un ours ! dit Angélique en riant, mais les Américains s'arrachent ses tableaux impressionnistes.

– C'est une mode, dit le peintre de sa voix forte, bien timbrée, une mode dont je profite un peu, mais qui ne saurait durer.

Un jeune homme s'approcha d'eux et salua Angélique puis Gustave Bonadieu.

– Et voici Loïc Legall.

Il avait le front dégagé, large, le regard un peu triste, comme fatigué, le visage rasé, rond. Il souriait, mais semblait absent. Angélique s'exclama :

– Grâce à votre talent, nous serons bientôt fiers

d'être stéphanois. Je vous présente ma secrétaire, Jeanne, une fleur, encore en bouton, mais elle a tellement d'imagination...

Joseph fit appeler M. Charbet et dit que tout allait être brûlé et qu'il donnait sa démission sur-le-champ si le service ne commençait pas dans la minute. M. Charbet demanda donc aux invités de passer à table.

Jeanne et Roselle se retirèrent dans la cuisine où Minie avait mis le couvert. La vieille femme considérait que ces dépenses exorbitantes n'allaient pas arranger les affaires de M. Charbet. Elle s'en prit aussi à Jeanne qui était fardée comme une fille de rue.

À la fin du dîner, M. Charbet proposa à ses invités de passer au salon. Comme les extra avaient fini leur service, Joseph demanda à Roselle et à Jeanne de servir les cafés et les digestifs. Angélique attira Jeanne dans un coin :

– Tu as fait un gros effet sur Loïc. Je lui ai raconté ton histoire de nain. Il veut te parler en particulier. Sors par la petite porte de la cuisine et va l'attendre sous la charmille.

Jeanne eut une hésitation. Angélique la rassura :

– N'aie aucune crainte. Il a tellement bu qu'il ne tient pas debout ! Tu n'auras pas de mal à t'en débarrasser s'il dépasse les limites. Rappelle-toi : pour réussir, les hommes sont indispensables, mais il ne faut pas faire n'importe quoi. Tu promets beaucoup et tu donnes peu !

Jeanne alla poser son plateau à la cuisine et sortit. La nuit était douce. Un peu de vent frais courait au ras de l'herbe. Les grillons chantaient. La jeune fille n'était pas très rassurée : elle avait le sentiment de désobéir à une loi inscrite en elle depuis toujours. Elle vit Loïc Legall descendre l'escalier en titubant. Une chouette poussa son cri quelque part dans un sapin.

– C'est signe de mort ! dit Jeanne d'une voix grave.

– Voyons, reprit Legall, vous croyez ces balivernes ?

– Non, je ne les crois pas. Mais je n'aime pas que les chouettes chantent la nuit.

Il rit, la remercia d'avoir accepté de le rencontrer ici et lui proposa une petite promenade.

– Il fait bien sombre ! dit Jeanne en frissonnant d'une curieuse peur qui n'était pas exempte de plaisir.

L'homme butait sur chaque pierre. Il passa un bras sur l'épaule de la jeune fille.

– Comme ça, je vais vous protéger. Rien ne peut vous arriver.

Elle laissa faire. Mais ce bras la brûlait. L'haleine de l'écrivain empestait le vin. Une odeur de tabac froid flottait autour de lui. Sa veste tombait mollement sur ses épaules maigres. Il n'était pourtant pas repoussant. Jeanne pensait à ce que Roselle lui avait dit et restait sur ses gardes.

– Il ne faut pas avoir peur de moi, dit-il. Votre compagnie me comble de plaisir. Quel âge avez-vous ?

– Dix-huit ans, bientôt dix-neuf.

– Moi, j'en ai vingt-six et plein d'envies dans la tête. Des rêves de réussite, et je continue de faire les chiens écrasés à Saint-Étienne.

Il rit, un rire sec d'ivrogne triste. Un lourd oiseau de nuit s'envola devant eux. La belle maison brillait de toutes ses lampes.

– Mme Charbet dit que vous êtes un grand écrivain.

– Elle veut me faire plaisir, mais je connais mes défauts. Je ne suis rien qu'un homme ordinaire. Et vous, vous écrivez ?

Jeanne éclata de rire.

– Moi ? Certainement pas ! C'est Mme Charbet qui s'est mis ça dans la tête.

Ils firent quelques pas en silence. La fraîcheur de la nuit avait dégrisé Legall et son bras pesait moins sur l'épaule de la jeune fille. Tout à coup, il demanda :

– Vous vous plaisez à la Marandinière ?

– Oh oui, beaucoup. Mme Charbet est si bonne avec moi !

– C'est vrai, elle est adorable et loin de cet esprit de caste propre à la bourgeoisie stéphanoise. Pourtant, elle a de quoi parader beaucoup plus que la plupart de ceux que vous avez vus ce soir ! Elle est parente du baron de Rochetaillé.

Jeanne tourna son visage clair vers Legall :

– Oui, continua celui-ci. La parenté est ancienne, mais réelle. Angélique est originaire du Puy où vit encore sa mère. Son père, qui était officier de l'infanterie, a été tué pendant la guerre.

Jeanne osa :

– Et M. Charbet ?

– Jacques ? Il a perdu ses parents dans un accident de voiture alors qu'il avait quatorze ans. Un oncle a pris la direction de l'aciérie. À la fin de la guerre, il n'avait que dix-huit ans et on lui a annoncé sa ruine. C'est un homme de caractère. Il a tout abandonné, l'université où il étudiait le droit, son oncle et il est parti travailler dans l'Est. À son retour, en 1923, il a construit son premier haut-fourneau.

– Madame Angélique a dit que tout allait mal...

Maintenant, Jeanne se sentait en confiance avec ce garçon qui semblait inoffensif. Elle aurait voulu en savoir plus sur lui, mais il ne savait parler que des autres.

– C'est vrai, tout va mal, surtout à Saint-Étienne. D'un côté les syndicats, la CGTU qui étrangle les patrons et, de l'autre, les Polonais avec les curés qui cassent les prix. Nous allons au-devant de combats de rue ! Mais je ne me fais pas de bile pour Jacques et Bertrand. Ils sont francs-maçons.

Jeanne savait que les francs-maçons se réunissaient dans des loges et qu'ils étaient très nombreux à Saint-Étienne. Le vieux Flandrin ne les aimait pas et les accusait d'être à l'origine de la crise. Elle n'insista pas et laissa le silence s'installer. Ils firent le tour du parc sans un mot. La rumeur de la nuit les traversait, les unissait par-delà leurs différences. Jeanne était bien. Une douce chaleur se répandait dans son corps. Elle se sentait légère, dans l'attente d'un événement qui allait changer sa vie. Pourtant, après avoir quitté le jeune homme, elle courut dans sa chambre, se laissa tomber sur son lit et se mit à sangloter.

17

Le lendemain, Angélique ne fit aucune remarque. Elle était gaie et insouciante.

– Je vais essayer de voir Émile Mimart pour ta sœur, mais ce n'est pas certain, il est tellement occupé !

Angélique se rendit à la Manufacture où elle avait ses entrées. Émile Mimart était absent. Elle fut reçue par le chef des services comptables et administratifs, M. Bonthoux. Cet homme au visage long, aux joues creuses, lui expliqua que les affaires étaient difficiles. Manufrance échappait provisoirement à la crise, mais une gestion stricte était nécessaire pour maintenir à flot la grande entreprise. Il ferait cependant son possible pour sa jeune protégée qui devrait se présenter le lendemain à un des sous-directeurs du personnel. Le soir même, Jeanne apporta la nouvelle à Pierrette qui, deux jours plus tard, commençait son travail dans l'immense hall des bureaux. Son obstination à ne pas abandonner ses études avait intéressé le sous-directeur. Sa conversation calme et son regard profond avaient fait le reste. Pierrette sortait de sa condition d'ouvrière et savait qu'elle en serait digne.

Il lui fallut peu de temps pour s'adapter à son nouvel emploi. Son chef, M. Duriet, fut tout de suite satisfait de ses services et lui promit une belle carrière dans cette maison qui devait sa réussite au fait que chacun était traité en fonction de son mérite et de son travail. Pierrette s'inscrivit à des cours du soir et, comme elle finissait tard, chercha une chambre proche du cours Fauriel.

Ce changement rapprocha un moment les deux sœurs. Jeanne rendait visite à Pierrette dans sa chambre de bonne au sixième étage d'un immeuble situé au bas du cours Fauriel. La chambre appartenait à un couple de vieilles personnes. M. Lappeaux était un ancien ingénieur. Très distingué, cet homme de quatre-vingts ans sortait tous les matins chercher son journal et faire sa promenade qui le conduisait toujours au même endroit : l'entrée de l'École des mines. Ensuite, il traversait le marché, regardait les légumes et les fruits exposés et rentrait chez lui pour n'en sortir que le lendemain. Il écrivait un traité sur l'étayage des galeries qui prenait tout son temps et absorbait toute son énergie. Mme Lappeaux était plus jeune. Vive, alerte, elle s'ennuyait à la maison et sortait tous les après-midi. Pierrette se proposa pour faire le ménage pendant ses jours de congé. Mme Lappeaux s'empressa d'accepter autant pour profiter de la compagnie de cette jeune fille discrète et intelligente que pour s'éviter un travail qu'elle négligeait.

Le dimanche matin, Pierrette et Jeanne allaient souvent ensemble à Chavassieux. Jeanne racontait ses rencontres, le journaliste Loïc Legall qui était en train d'écrire son quatrième roman, le peintre Gustave Bonadieu qui vendait ses tableaux en Amérique... Pierrette n'avait pas le temps de s'occuper de frivolités. Elle travaillait tard le soir et cela ne se racontait pas. Un jour, elle annonça à sa mère :

– Désormais, je ne pourrai venir que le dimanche après-midi. M. et Mme Lappeaux m'ont demandé de les accompagner à la messe. Ils ne sont pas bien solides et c'est plus prudent.

– À la messe ? fit Jeanne en riant.

– Oui, à la messe.

Marie ne fit aucune remarque, pourtant son visage se contracta. La solitude grandissait autour d'elle, l'emprisonnait dans ses tentacules froids. Bien sûr, Marceau reviendrait à la fin de l'été, mais Henri parlait d'aller à Lyon pour apprendre le travail de la soie. Ce n'était qu'un projet pour fuir la mine, une vague envie dont elle ne savait pas grand-chose, Henri se confiait si peu ! Les dimanches, il allait tirer à la sarbacane avec Piotr et Andréi. Il fréquentait beaucoup les Polonais, ce qui ne plaisait pas à Marionnet, militant actif de la CGTU :

– T'es français ou quoi ? Ils viennent casser les prix !

Marionnet ne comprenait pas qu'Henri était un déraciné, qu'il se sentait étranger à Saint-Étienne, comme les Polonais.

En août, la chaleur fut insupportable. La poussière tassée sur la ville brûlait les poumons. Les gens des cités surveillaient le ciel et les nuages en souhaitant un orage pour purifier l'air.

Comme chaque mois, le 1er septembre, Armel Leroux arrêta sa voiture devant la maison de Marie. Tout avait changé depuis l'installation au printemps : au potager, les rangées de légumes avaient remplacé les touffes de ronces et d'orties. La clôture et le portail avaient été réparés. Leroux en fut satisfait. En patron avisé, il voulait le bien de ceux qu'il faisait travailler et qui lui devaient de l'argent. Depuis le départ de Damien, la famille Chaumiet s'était organisée et il s'étonnait encore de la manière dont Marie surmontait l'épreuve : il sentait dans cette femme une grande fragilité, une faille ouverte, prête à engloutir sa raison. Jusque-là, elle avait tenu et la dette était régulièrement remboursée.

M. Leroux suait abondamment. Sa chemise était trempée sur son dos. Il frappa à la porte qui s'ouvrit presque aussitôt. Il trouva Marie très pâle et amaigrie. Il la salua, s'épongea le front avec son mouchoir de soie.

– Ah, monsieur Leroux ! dit Marie. J'attendais votre visite. Vous n'êtes jamais en retard !

Le fabricant esquissa une protestation, mais ne voulut pas faire de familiarités. Les affaires d'argent devaient se régler en dehors de la moindre sensiblerie.

– J'ai le plaisir de constater que tout va bien ! dit M. Leroux en souriant.

– En effet, tout va bien !

– Et Pierrette ?

– Elle travaille à Manufrance.

La voix aussi de Marie avait changé. Ce n'était plus cette voix douce de Plancheforte qui ne savait que dire des gentillesses. Désormais, elle était rayée d'une aigreur qui dominait à chaque intonation.

– Pierrette a toujours été hors du commun ! ajouta-t-elle.

Elle évoquait Manufrance pour le plaisir, en pensant à cet homme aux cheveux gris, ce M. Le Couturier, responsable des cycles Hirondelle.

– Et Henri ?
– Il travaille. Il rentrera à dix heures ce soir.
– Un bon ouvrier..., dit l'homme entre ses dents.
Il prit les billets que Marie avait posés sur la table et les fourra dans la poche intérieure de sa veste, sans les compter.
– Bon, c'est bien. On va avoir un orage pour laver toute cette poussière. C'est qu'on respire plus dans ces bas quartiers !
Il sortit. Marie le regarda s'éloigner. Cette dette épuisait tout le monde. À Manufrance, Pierrette était aussi bien payée qu'à la mine, mais elle devait garder de l'argent pour sa chambre et sa contribution était moins élevée que par le passé. Quant à Jeanne... Ses besoins personnels ne cessaient d'augmenter. Marie voyait sa fille se transformer au fil des mois. Désormais, elle se fardait comme une fille de rue. Elle fréquentait des gens peu recommandables qui n'étaient pas de son monde. Jeanne, c'était certain, dérivait vers la vie facile et les plaisirs interdits...

Quand la voiture de M. Leroux eut tourné à droite au carrefour, Marie prit son chapeau, car elle craignait le grand soleil, et sortit. Souvent, les après-midi, elle retrouvait Waldeck. Ils s'asseyaient sur un banc et bavardaient. Waldeck parlait de sa famille restée en Pologne, des frères de son père qu'il aurait voulu aider tant la misère était grande là-bas. Marie se hasardait parfois à ouvrir son cœur et parlait de Damien. Qu'avait-elle fait, ou plutôt que n'avait-elle pas fait pour le retenir ? Waldeck tentait de la rassurer :
– Tu n'y es pour rien.
– De 1916 à 1918, je suis restée sans aucune nouvelle et, pas un instant, j'ai pensé qu'il pourrait ne

pas revenir. Alors, je sais qu'il reviendra cette fois encore ! Demain, dans six mois, dans deux ans, mais il reviendra !

– Laisse faire le temps.

Elle poussait sa mèche blanche qui roulait sur son front :

– Oui, mais le temps me détruit ! Il me prend mes enfants et ma santé !

Elle toussait toujours autant. Elle avait beau boire de la tisane de verveine que l'on disait bonne pour les bronches, cela n'y faisait rien.

– Aie confiance, continuait Waldeck. Dieu n'abandonne jamais les siens.

– Alors, je ne fais pas partie des siens. Ton Dieu m'a tout pris.

Il y avait du ressentiment dans sa voix. La foi tenace de son ami l'exaspérait. Alors, Waldeck prenait sa main qu'elle lui abandonnait, car il n'y avait dans ce geste aucune équivoque :

– Mon Dieu est aussi le tien et celui de tous. Fais-lui confiance et il te chauffera le cœur. Marie, je t'en conjure, suis-moi un jour à l'église.

Ces conversations avec Waldeck, tout en la rattachant à un lointain passé, lui donnaient un peu de force pour supporter le présent. Et le feu de ses poumons la brûlait moins. Elle rentrait chez elle et trouvait alors la force de préparer les repas, mais le silence de la maison lui pesait. Elle essayait de lancer la conversation avec Henri qui se contentait de lui répondre par des gestes évasifs, des mots brefs. Le travail à la mine avait renforcé le caractère taciturne du jeune homme. Son chef, Boutineau, était pourtant content de lui, et Patte d'Oie parlait de le faire passer à la taille. Il gagnerait presque le double, ce qui arrangerait bien les affaires de la famille.

Henri allait voir Florence deux fois par semaine, mais là aussi le temps avait changé pas mal de choses. La jeune fille mettait moins d'ardeur à se blottir contre lui, et ne faisait plus de projets d'avenir. Elle arrivait en retard à leurs rendez-vous et il la sentait préoccupée.

– Il me semble que tu t'éloignes ! constata-t-il un jour.

– Mais non, Henri, mais non ! disait-elle d'une voix qui se voulait rassurante.

Ils en étaient restés là, butant contre le vide. La poussière de Saint-Étienne avait-elle estompé l'ardeur de leurs sentiments ? Henri s'étonnait parfois de ne pas en être plus malheureux. Il aurait voulu exploser.

À partir du mois de septembre, il ne monta plus qu'une fois par semaine à Plancheforte. Il s'était découvert une passion pour le tir à la sarbacane, sport très populaire chez les mineurs et était devenu Membre de l'équipe du puits Cécile. Les dimanches se passaient en rencontres mouvementées entre jeunes gens de différentes cités. Après les matchs, Henri allait souvent avec Piotr chez Zofia, une jeune veuve dont le mari avait été tué par un coup de gaz. On disait pas mal de choses sur cette belle femme autour de laquelle papillonnait toute une jeunesse turbulente. Henri aimait sa voix un peu grave, son sourire et sa démarche de chat.

18

Le bel été ! Marceau était heureux, même si parfois il pensait à sa mère restée à Saint-Étienne et dont il n'avait aucune nouvelle. Il avait appris à aimer cette vie itinérante, d'une ville à l'autre, d'une fête à l'autre. Marceau et Jean dormaient sur la banquette du camion blanc ou dans une auberge au bord de la route. Ils ne mangeaient jamais deux fois à la même table ; les gens, les maisons, les villages défilaient... Chaque matin, très tôt, ils s'arrêtaient sur une place où d'autres commerçants préparaient la foire et le travail commençait. Jean garait le camion à l'endroit qui lui semblait le meilleur, le côté droit s'ouvrait en présentoir. Marceau savait maintenant disposer les étoffes, les rubans, les bobines de soie. Quand ils étaient prêts, Jean prenait son banjo, jouait une mélodie dont les notes claquaient dans l'air comme des balles de fusil. Les curieux s'approchaient et il les interpellait de sa voix pleine de musique ; il racontait une histoire, deux si c'était nécessaire. Marceau proposait les marchandises de sa voix fluette d'enfant qui attendrissait. Il avait appris à forcer la main aux indécis qu'il remarquait du premier coup d'œil. La bonne paire qu'ils faisaient ! Frontal dormait sous le camion et soulevait la tête de temps en temps comme pour s'assurer que tout allait bien. Quand l'attention tombait, quelques notes de banjo, une histoire drôle et les curieux se massaient de nouveau autour du camion blanc.

Il y avait les habitués, ceux que Jean voyait d'année en année et qui avaient fini par devenir des amis. Quand ils allaient boire un verre, Marceau était fier de tenir le banc seul.

L'enfant n'aimait pas les grandes villes, Clermont-Ferrand en particulier. Jean s'était absenté deux nuits « pour affaires privées », avait-il précisé avec un clin d'œil que Marceau n'avait pas compris. Il était resté avec Frontal pour garder le camion et avait peu dormi, surveillant les ombres qui passaient sur le trottoir...

Ils abordèrent le Limousin par la Xaintrie et s'arrêtèrent deux jours à Argentat. Les gens du bord de la Dordogne aimaient particulièrement les soieries lyonnaises, et les rubans de Saint-Étienne. La crise économique avait moins touché ces campagnes que les villes industrielles et Jean pratiquait des prix défiant toute concurrence.

– Ici, dit Jean avec solennité, commence un pays rude où les hommes ont de l'or dans le cœur.

Marceau regardait ces collines couvertes de forêts, ces maisons grises écrasées par de lourdes toitures, la silhouette d'un paysan surpris dans son champ. Ils commencèrent par la basse Corrèze, passèrent Branceilles, Curemonte, Turenne, Ayen, remontèrent par Saint-Libéral où ils restèrent une journée, non pas à cause de l'importance du bourg mais parce que Jean y avait un copain, un certain Pierre-Édouard Vialhe, un paysan rude, parfois mal embouché. Jean n'expliqua pas à Marceau où ils s'étaient rencontrés et l'enfant s'étonna d'une telle amitié entre deux hommes aussi différents.

Ils traversèrent Brive sans s'arrêter, puis allèrent de village en village jusqu'à Tulle.

– Il y a une manufacture nationale d'armes, comme à Saint-Étienne ! précisa Jean.

Ils arrivèrent par la route qui suit la rivière. Marceau trouvait cette région moins accueillante que celles qu'ils avaient visitées jusque-là. Les collines se dressaient comme des murs, la ville semblait écrasée, tassée dans sa vallée. Les maisons grises s'alignaient le long de la rivière où le soleil n'arrivait pas.

– Ici, on ne fabrique pas de rubans, mais de la dentelle au point de Tulle ! dit Jean. On va en acheter pour la revendre à Lyon.

Ils suivirent une rue étroite qui montait et s'arrêtèrent à une porte cochère. Le trottoir était encombré de paquets. Un homme maigre et bossu sortit de sa boutique pour accueillir le marchand.

Quand le chargement fut terminé, Jean paya l'homme et le camion ; après un dédale de ruelles, il s'engagea sur la route d'Ussel.

– Et maintenant, le plateau de Millevaches, la Haute-Vienne, la Creuse, le Bourbonnais. J'ai mes habitudes dans ce pays et les gens les connaissent. S'ils m'attendent pour la foire du 30, c'est pas le 29 ou le 31 !

Le camion arriva au bas d'une côte interminable aux tournants en épingle. Le chien haletait. Le temps se couvrait et attendait un orage. Jean chantait. Tout à coup, il se tourna vers Marceau :

– Tu sais qu'avec ton père on était de drôles de

garnements. Un jour, on a enfermé les poules du père Rondieux dans l'église de Saint-Jean. Je peux te dire qu'on en a ramassé une bonne !

Ils s'arrêtèrent pour manger à Treignac dans une petite auberge. La femme qui les servit connaissait Jean. Elle était énorme et se déplaçait lentement entre les tables. Elle embrassa Marceau sur les deux joues et le serra si fort contre son énorme poitrine qu'il crut étouffer.

Depuis qu'ils étaient sur les hautes terres du Limousin, Jean ne s'était pas absenté une seule fois pour « affaires privées ». Les jours passaient, identiques, d'un village à l'autre, la route l'après-midi, un dîner dans une auberge et la nuit dans le camion. Le matin, Jean déployait le battant, Marceau disposait les marchandises, quelques notes de banjo...

Ils traversèrent Limoges, Montluçon, Moulins. Après le 15 août, le temps se gâta. Une suite d'orages rafraîchit l'air. Le matin, Marceau se réveillait en frissonnant. La nuit tombait plus tôt et la lumière du matin n'avait pas cette intensité triomphante du début du voyage.

Les stocks s'épuisaient. L'étalage était de moins en moins fourni et il ne restait qu'un seul carton de broderies de Tulle que Jean gardait pour ses clients de Lyon. Un soir de brume où une première feuille morte tournoyait au-dessous d'un immense tilleul, il dit :

– On fera le plein demain, à Roanne.

Ils y arrivèrent en fin d'après-midi. Le camion s'arrêta sur une place, près de l'église. Le soleil était revenu, mais le temps était encore à l'orage et il faisait une chaleur moite.

– Jusque-là, on a fait un beau voyage. Tu te

débrouilles bien, je suis content de toi ! dit Jean à Marceau.

Il ouvrit la portière, Frontal sauta à terre. L'air était suffocant.

– Cette nuit, j'ai une affaire privée, dit-il.

Il n'avait pas sa voix habituelle et cherchait ses mots. Marceau s'en aperçut, mais ne fit aucune remarque.

– Au fait, poursuivit Jean. C'est pas par hasard si on finit la tournée à Roanne et si on a garé le camion sur cette place.

– Ah bon ? Et pourquoi ?

L'homme eut un grand geste des bras, puis toucha sa belle moustache du bout des doigts.

– Ben... Je voulais que tu voies la Loire, c'est le plus grand fleuve français !

Jean s'était ressaisi à temps : il avait failli dire à ce jeune garçon qui avait su si bien gagner sa confiance jour après jour ce qu'il savait sur Damien. Il s'éloigna, Frontal sur ses talons. Du bout des doigts, il toucha machinalement une enveloppe dans la poche de sa veste, la lettre que le père de Marceau lui avait envoyée quelques jours après son départ. Cette lettre ne le quittait jamais, car il ne se reconnaissait pas le droit de révéler à qui que ce soit le secret, le terrible secret de son cousin...

Marceau resta un long moment immobile sur le trottoir, près de la portière ouverte. Il hésitait entre l'envie de s'enfermer dans le camion et d'aller se promener dans cette ville inconnue. Il finit par s'enfermer.

Le temps ne passait pas. L'enfant ne voyait de la ville que cette place, cette église et les maisons voisines. Il étouffait bien que le soleil soit passé derrière les collines. Les gens profitaient des dernières chaleurs pour se promener. Marceau avait faim. Il sortit, le cœur battant, en regardant autour de lui comme un voleur et se dirigea vers la rivière. L'eau très basse coulait sur un tapis de galets sombres. De gros poissons nageaient dans le courant. Le garçon les regarda un moment, puis s'en alla. Des tables avaient été sorties devant les cafés et des gens buvaient de la bière en prenant l'air. Marceau avait soif, mais continua son chemin.

La nuit tombait lentement. À la gare, le petit garçon regarda un moment des wagons qui manœuvraient. Le spectacle l'ennuya vite et il fit demi-tour, remonta une longue avenue où les commerçants avaient baissé leurs grilles. Il marchait, en proie à des sentiments contradictoires. Le ciel encore clair pesait en une chaleur moite qui collait les habits à la peau. À un café, derrière une petite place, quatre hommes bavardaient assis autour d'une table de fer. L'un d'eux leva la tête. Marceau, comme s'il redoutait d'être pris en faute, eut le réflexe de se cacher derrière le mur. Il sursauta et retint sa respiration. Ce visage rasé, cette moustache, cette casquette grise légèrement penchée sur le côté... Il resta un bon moment de plâtre, incapable de faire un pas, la respiration difficile. L'envie d'appeler cet homme, de courir vers lui le poussait à se montrer et pourtant, sans qu'il sache vraiment pourquoi, il glissa le long du mur et s'éloigna. Il se sentait tout à coup triste et sans but. Un sanglot éclata dans sa gorge, puis un autre. Il se mit à pleurer sans retenue. Les passants se retournaient et s'étonnaient de cet enfant si malheureux qui marchait en traînant ses chaussures. Une femme aux cheveux gris se pencha vers lui :

– Tu as ramassé la fessée ? Eh bien, ça t'apprendra à être sage !

Il arriva au camion, s'enferma. Là, dans l'odeur familière des tissus, il retrouva ses esprits. Onze heures sonnèrent au clocher, remplissant toute la vallée du son cristallin de la cloche, souverain dans la nuit silencieuse. Maintenant, il doutait. L'homme aperçu l'instant d'un éclair ne pouvait pas être son père ! Il regrettait pourtant de s'être enfui et repartit de nouveau vers le bistrot, mais le trottoir était vide. On avait rentré les chaises et les tables. Les portes étaient fermées et, à l'intérieur, la lumière éteinte. Il se mordit la lèvre inférieure jusqu'au sang pour ne pas crier. Il marcha un moment dans une rue mal éclairée, mais la nuit était trop épaisse. Il fit demi-tour, revint au camion et se laissa tomber sur la banquette en pleurant de nouveau, sans raison précise. Le sommeil finit par l'emporter.

Quand il se réveilla, Jean était là, Frontal dormait à ses pieds. Il frotta ses paupières collées par les larmes sèches. L'image de cet homme qu'il avait pris pour son père s'imposa encore à son esprit. Il tremblait, comme s'il avait froid. Jean lui caressa le front :

– Alors, mauvaise troupe ! On a fait un cauchemar ?

Marceau claquait des dents. Ses cheveux partaient en épis sur sa tête ronde. Le soleil allumait les collines et les toits de tuiles.

– Je veux partir d'ici ! dit-il.

– D'abord, charger la marchandise !

Jean démarra le moteur qui se mit à hoqueter tandis que les tôles vibraient.

Ils s'arrêtèrent devant un entrepôt où deux hommes en blouse grise s'affairaient à ranger des caisses. Le chargement commença. Quand ce fut fini, Jean appela son chien :

– Maintenant, à la maison !

Le camion était tellement chargé qu'il montait les côtes au pas. Le moteur chauffait et il fallut s'arrêter plusieurs fois.

Il faisait nuit quand ils arrivèrent à Saint-Étienne. Une petite pluie fine et froide rappelait que l'automne était proche. Le camion s'arrêta à Chavassieux. La porte de la maison s'ouvrit et Marie, vêtue de noir, sortit. Marceau courut l'embrasser. Sa mère avait beaucoup maigri ; la mèche blanche barrait son front... Elle invita à dîner Jean qui refusa.

– Faut que je fasse mes comptes ! dit-il.

Marceau entra dans la maison qu'il ne reconnaissait pas. Avant son départ, le bahut était-il près de la fenêtre ? Et la table, pourquoi l'avait-on déplacée ? Il lui semblait revenir de très loin, après une absence de plusieurs années. Marie s'activait près de la cuisinière à charbon. Par moments, elle tournait vers l'enfant sa figure pâle. Tout à coup, elle se mit à tousser, se plia en deux avant de reprendre son souffle. Elle s'essuya la figure, puis demanda :

– Alors, ça s'est bien passé ?

– Oh, très bien ! s'exclama Marceau. On a vendu beaucoup de choses !

– Tu t'es bien entendu avec le cousin Jean ?

– Oh oui, il joue du banjo et les gens se rassemblent pour écouter la musique. Après, il vend ses marchandises.

Le silence retomba entre eux. Lourd, plein de sous-entendus. Marceau sentait que sa mère pensait à autre chose.

– Tu sais, quand je serai grand, je veux être anarchiste !

– Qu'est-ce que tu me racontes, là ?

– Le cousin Jean est anarchiste et il m'a dit que c'était le paradis. Pas de chefs, pas de maîtres d'école...

Marie fronça les sourcils :

– Voilà que Jean n'a pas pu résister à l'envie de te raconter ses bêtises !

– C'est pas des bêtises !

Il pensa à la bagarre avec les Croix-de-Feu, mais n'en dit rien. Marie semblait préoccupée. Elle demanda :

– Et vous êtes allés jusqu'où ?

– On est allés jusqu'à Limoges, répondit l'enfant qui éprouvait le besoin de dire un peu de vérité parce qu'il voulait cacher l'essentiel.

– Ah bon ?

– Oui, on est partis ce matin de Roanne, au lever du soleil.

Encore un temps de silence que le réveil ponctuait de son tictac métallique. Marie toussa de nouveau, puis resta un moment appuyée d'une main sur la table. Des larmes pleines de lumière roulaient sur ses joues. Marceau, assis sur une chaise, regardait les carreaux rouges et blancs de la nappe. Sa mère demanda encore :

– Et qu'est-ce que tu as vu dans ton voyage ?

– Bof, beaucoup de villes, beaucoup de gens.

Il n'avait pas envie de raconter les péripéties de ces trois mois de tournée. C'étaient ses souvenirs à lui, qu'il voulait garder pour pouvoir s'y réfugier.

– Jean dit que, quand il sera vieux, c'est moi qui conduirai le camion.

Marie sortit trois assiettes du placard dont la porte grinçait toujours et les posa sur la table. Marceau remarqua que ses doigts tremblaient :

– Alors, comme ça, tu n'as vu personne ?

Marceau regarda sa mère prendre la soupière sur

la cuisinière et la poser sur la table. Elle n'était pas plus grosse que grand-mère Augustine et semblait presque aussi vieille. Il pensa à l'homme de Roanne qui ressemblait tant à son père. Maintenant, dans cette maison, assis les coudes sur cette nappe aux carreaux rouges et blancs, il était persuadé que ce n'était pas lui.

– Qui voulais-tu que je voie ?

Une nouvelle crise de toux plia Marie en deux. Quand il vit sa mère, sans souffle, appuyée contre une chaise, Marceau la prit dans ses bras et l'aida à se tenir debout en la serrant contre lui, comme une toute petite fille. La toux se calma, mais un filet de sang qu'elle essuya avec son mouchoir avait coulé au coin de ses lèvres.

– C'est rien ! dit-elle.

Henri arriva. Lui aussi avait changé. Son visage avait perdu ses rondeurs. Les joues s'étaient creusées. Il embrassa Marceau et se tourna vers sa mère, vit ses yeux rouges et une goutte de sang sec sur le menton.

– Maman est malade ! dit-il. Il faut qu'elle se fasse soigner.

– Tu sais bien qu'on guérit pas de ce que j'ai ! dit-elle d'une voix faible.

19

Après les pluies des premiers jours du mois de septembre, le beau temps revint. Il faisait encore chaud, même si, le matin, la rosée restait plus longtemps sur l'herbe du terrain vague. Marceau avait retrouvé ses copains auprès de qui il s'inventa quelques prouesses pendant son voyage. Il découvrit sa nouvelle école et souvent, pendant les cours, rêvait au camion blanc, à des routes pleines de soleil et une place de marché où quelques notes de banjo rassemblaient les curieux. Parfois, le matin, il se réveillait en sursaut, croyant avoir entendu la belle voix de Jean qui lui disait : « Alors, mauvaise troupe, on refuse de se lever ! »

Le souvenir de l'homme de Roanne qu'il avait pris pour son père le tracassait toujours. Il avait essayé d'en parler à son frère en profitant d'un soir où sa mère était à la mine. Ils étaient tous les deux assis à table, en face l'un de l'autre. Henri mangeait en silence, en regardant son assiette. Marceau cherchait ses mots et ne les trouvait pas :

– Dis, tu sais...

Henri leva sur le petit garçon ses petits yeux clairs.

– Oui, avec le cousin Jean...

Décidément, c'était trop difficile à dire. Les mots ne passaient pas. Un étau compressait ses poumons.

– Eh bien quoi, avec le cousin Jean...

– Rien, rien !

– Si tu n'as que ça à me dire...

Henri s'enferma de nouveau dans son mutisme habituel. Marceau en voulait à son frère de jouer aux grandes personnes et de le prendre pour un tout petit enfant. Il ne cessait de le rudoyer et ne croyait jamais ce qu'il lui disait...

La dette pesait toujours. Pierrette et Jeanne apportaient une partie de leur paie mais cela ne suffisait pas. Aussi Marceau était-il retourné en classe avec ses chaussures usées de l'année précédente.

À la mine, on parlait de ne travailler que trois jours par semaine. Avec la baisse des salaires, ce serait très dur pour tout le monde. Marie savait qu'elle ne pourrait plus payer sa dette et n'avait pas la force de faire des ménages pendant ses jours de congé forcé. Pourtant, elle accomplissait sa tâche sans se plaindre. Sa maladie progressait. Elle était de plus en plus maigre et pâle. Chaque jour, malgré ses quatre-vingt-deux ans, Augustine parcourait les six cents mètres qui séparaient les deux maisons pour faire la cuisine et laver le linge. Un jour, Albert se mit en colère :

– Mais pourquoi vous n'allez pas voir le médecin de la Compagnie, belle-sœur ? Il vous mettrait à la Caisse !

Marie ne voulait pas s'arrêter de travailler. Être payée à ne rien faire lui semblait anormal et cet avantage qu'avaient les mineurs sur les autres ouvriers lui paraissait excessif.

– Je veux pas me faire nourrir par les autres.

– Mais, nom de Dieu, ce ne sont pas les autres qui vous nourrissent, c'est vous, en cotisant chaque semaine ! C'est votre argent !

Albert parcourut des yeux ce corps décharné, enveloppé d'un tablier noir comme d'un linceul. Désormais, c'était une petite vieille, au visage fripé ; elle ne se battait plus pour vivre, elle se laissait aller à la maladie qui l'emportait.

– Vous n'êtes qu'une tête de mule ! conclut Albert, et il partit.

Les après-midi, quand elle ne travaillait pas, Marie allait jusqu'au parc. La verdure, l'herbe fraîche agissaient sur ses poumons et elle respirait mieux. Elle restait là assise une heure ou deux à rêver, à regarder passer les gens. Waldeck la rejoignait aussi souvent qu'il le pouvait. Ils s'asseyaient sur un banc et bavardaient. C'était pour la malade des heures agréables qui lui redonnaient quelque force.

Éléonore pensa qu'elle devait intervenir. Elle en parla à Henri qui, lorsqu'il s'agissait de sa mère, ne savait que hausser les épaules en signe d'impuissance. Elle alla donc trouver le docteur Perrot qui soignait les mineurs de la Compagnie et délivrait les certificats nécessaires pour être payé par la Caisse. Le docteur Perrot était un homme chaleureux, au visage rouge de bon père de famille. Il avait ce côté paternaliste qu'adoptaient volontiers les gouverneurs et les ingénieurs. Éléonore expliqua que sa sœur ne voulait pas venir le voir et qu'il devrait se déplacer, ce qu'il accepta. L'air était si doux cet après-midi de septembre qu'il décida d'aller à pied. Il n'habitait pas près des puits, dans les fonds où la poussière stagnait, mais sur la hauteur du crêt de Montaud. Il prit donc sa canne et son chapeau car le soleil était encore chaud et s'éloigna en direction de Chavassieux. Il en profiterait, au retour, pour rendre visite à son collègue de la compagnie concurrente qui exploitait le vieux puits de la Chana.

Éléonore s'était arrangée pour retenir Marie qui, comme chaque après-midi, avait envie d'aller au parc. L'arrivée du docteur la surprit, mais elle ne protesta pas quand il annonça son intention de l'examiner. Elle passa dans sa chambre, suivie de l'homme qui posa sa serviette sur la table de nuit. Éléonore attendit, près de la porte fermée, tendant l'oreille au moindre bruit. Le docteur sortit au bout d'un quart d'heure et prit Éléonore à part.

– Il faut qu'elle se soigne ! dit-il d'une voix sûre.

– Voyons, docteur, c'est si grave, cette bronchite ! Ma grand-mère a vécu cent ans et a passé sa vie à tousser. C'est le mal des mineurs et de ceux qui vivent dans ces fonds malsains. Marie toussait déjà à quinze ans.

Marie apparut. Elle replaça le peigne qui tenait ses cheveux.

– Repos absolu ! continua le médecin. Une cure au bord de la mer serait plus bénéfique, mais on n'a pas les moyens. Plus de poussière ni de courants d'air pendant deux semaines. Oser travailler dans cet état ! Et puis vous allez prendre les médicaments et suivre le régime que je vais vous donner ! Vous voulez mourir ?

Elle tourna vers lui son regard triste. Le docteur fronça les sourcils comme un père en colère :

– Je sais ce que vous allez me dire. Vous me dites tous la même chose, mais nom de Dieu, la Caisse, c'est pas pour les chiens ! Et la santé, ça vaut plus que tout le reste.

Marie soupira :

– Il n'y a pas beaucoup de travail, alors si je suis malade, ils vont me mettre à la porte !

– Justement, ça arrange tout le monde que vous soyez malade. C'est la Caisse qui vous paie. Vous faites pas de souci pour ça.

Le docteur écrivit son ordonnance qu'il donna à Éléonore. Celle-ci l'accompagna devant la porte :

– Dites-moi, docteur, c'est la tuberculose ?

– Ça y ressemble en tout cas. Et la poussière n'arrange rien !

– Alors, elle va...

– Elle va quoi ? fit le docteur Perrot bourru. Moi je soigne, c'est le bon Dieu qui guérit ou qui tue !

Il s'éloigna d'un pas rapide. Atterrée, Éléonore se sentait atteinte elle-même. Ses frivolités, ses désirs inavoués, ses envies de femme avaient bien peu d'importance à côté de cette terrible certitude : Marie allait mourir !

Elle revint à la maison. Marie s'était assise à sa place, derrière la fenêtre, et regardait la rue. La peau fripée de son visage était si fine que les veines bleues se voyaient à travers.

– Bon, je vais chercher tes médicaments ! dit Éléonore.

Pierrette ne venait à la maison que le dimanche après-midi et souvent ne restait qu'une heure ou deux, le temps de prendre des nouvelles de tout le monde, de donner un peu d'argent à sa mère qui l'acceptait avec toujours plus de réticence et elle repartait. Les journées n'étaient pas assez grandes pour la jeune fille. Elle travaillait d'abord à Manufrance puis, à la sortie, allait rue de la Libération, derrière le Parc municipal des sports. Elle y suivait ses cours jusqu'à huit heures et là, le temps passait trop vite à côté d'Alain Loiseau, un ouvrier de la Manufacture nationale d'armes qui voulait devenir ingénieur et passait ses nuits à étudier. Pour se rendre aux cours, Alain avait un long chemin à parcourir à pied et arrivait chaque soir avec quelques minutes de retard. Le premier jour, il s'était naturellement assis à la seule place restée libre, à côté de Pierrette. Leurs regards s'étaient croisés et ils s'étaient souri. À la fin du cours, ils avaient naturellement bavardé de leurs études et de leur travail... Depuis, chaque soir, Alain attendait Pierrette à l'entrée du parc municipal. Près de lui, la jeune fille se sentait bien. Il fumait des cigarettes blondes et l'odeur du tabac qui imprégnait ses habits flottait autour de lui, cette odeur qu'elle recherchait après, sur ses propres vêtements. Alain était originaire de La Récamarie où ses parents avaient une ferme. Il était le sixième enfant et avait dû très tôt chercher du travail dans l'industrie. Il était brun, ses cheveux faisaient de petites boucles autour de ses tempes. Ses yeux pleins de lumière s'animaient quand il parlait de sa chimère :

– Je veux devenir ingénieur pour fabriquer des avions. J'ai déjà dessiné mon premier modèle. Ce sera le Loiseau 1. Avec un nom pareil, il ne pourra que voler !

Pierrette qui avait le sens de la réalité opposait un argument qui lui semblait évident :

– Il faut de l'argent, des locaux, et puis tu ne pourras pas le fabriquer tout seul !

Alain s'animait :

– Ce que je veux faire, c'est l'avion de tout le monde. Dans cinquante ans, les gens se déplaceront en avion aussi facilement qu'en voiture. Il y aura des terrains partout. Alors je veux fabriquer un avion qui soit facile à piloter et qui puisse se poser dans un jardin !

Près de lui, Pierrette était heureuse. Elle pensait constamment à lui et attendait avec impatience le soir qui les réunissait dans l'étude. S'il était en retard à leur rendez-vous, la jeune fille avait le corps parcouru de frémissements gelés. L'idée qu'Alain pût être amoureux d'une autre qu'elle lui donnait envie de pleurer ; pourtant, ils n'en avaient jamais parlé. Jamais, non plus, Alain n'avait osé prendre sa main. Ils n'étaient que des copains et Pierrette en était chaque jour plus triste.

Le soir, en rentrant, elle rendait visite à ses logeurs, M. et Mme Lappeaux. Ils l'attendaient avec impatience et si un soir elle oubliait, le lendemain, M. Lappeaux lui en faisait la remarque. Le mois dernier, le vieil ingénieur avait refusé qu'elle paie sa chambre. Il avait dit :

– Que ferions-nous de cet argent ? À notre âge, l'argent ne sert à rien. Gardez-le, vous en avez certainement plus besoin que nous !

Ce refus avait gêné la jeune fille, car il lui créait des obligations et il y avait Alain qu'elle devait quitter après les cours pour se rendre chez les deux vieux que le sommeil tenait déjà. Le dimanche matin, elle les accompagnait à la messe. C'était là, dans cette église froide, que les remords l'assaillaient. Dès qu'elle levait les yeux vers l'autel, quelque chose se mettait en marche dans sa tête, comme une autre personne qui serait brusquement réveillée et lui reprocherait de délaisser sa mère et ses frères pour ce garçon. Pourtant, Pierrette et Alain ne faisaient pas de mal, même quand, le dimanche, ils allaient tous deux manger des frites et boire un verre de vin rosé dans une auberge des Rochettes. Ils s'asseyaient dans un coin, en face l'un de l'autre et ils se regardaient. Alain parlait parfois de ses avions, souvent de son enfance, de son père qui le frappait, de sa mère qui pleurait souvent. Une enfance d'ennui, dans un village qu'il n'aimait pas, au milieu de gens qui lui étaient étrangers par bien des aspects. Il se sentait fait pour une autre vie et attendait l'heure du départ, même s'il ne connaissait pas sa destination.

Pierrette l'écoutait. Comme Henri, elle avait hérité du silence de Damien. Parfois, elle osait une question ; souvent, elle faisait une confidence qui était déjà un début de déclaration :

– Ma mère est malade et je ne vais pas la voir assez souvent !

Une fois sortie de l'église, les remords s'envolaient bien vite. Elle raccompagnait ses vieux et partait prendre le tramway pour aller à Chavassieux. Le chemin lui semblait toujours plus long, l'attente interminable sur les quais. Elle n'était pas arrivée qu'elle pensait déjà à repartir. Le silence et la tristesse de cette maison sombre lui étaient insupportables. Elle avait tant envie de vivre ! Après un repas rapide, en regrettant d'avoir beaucoup de travail, elle embrassait sa mère et s'en allait. Alain l'attendait dans une rue voisine.

Comment se retrouvèrent-ils serrés l'un contre l'autre, ce dimanche après-midi, près de la table encombrée de papiers et de livres ? Qui avait fait le premier geste ? Ils étaient restés ainsi un long moment, puis ils se séparèrent, n'osant pas se regarder, honteux. Pierrette prit son sac et s'en alla, sans dire au revoir, sans se tourner vers le jeune homme qui baissait la tête et cherchait ses cigarettes pour se donner une contenance. Ce soir-là, elle fut très gaie et réussit à faire rire aux larmes M. Lappeaux. Lui aussi découvrait une autre Pierrette.

Jeanne, non plus, ne se rendait pas souvent à Chavassieux. En août, elle avait suivi les Charbet à Nice où ils possédaient un appartement. Ils y étaient restés quinze jours dont une semaine d'enfer pour la jeune fille. Les enfants, Hubert et Pauline, accompagnaient leurs parents et elle avait pour mission de les conduire à la plage et dans les jardins publics.

La deuxième semaine fut plus calme. Angélique, qui n'en pouvait plus de supporter les bêtises d'Hubert, trouva une pension spécialisée dans les devoirs de vacances et les deux « orphelins » y furent expédiés. Enfin, on respira.

Ce ne fut pas mieux, Angélique s'ennuyait et communiquait sa mauvaise humeur à tout le monde. Jacques s'enfermait dans son bureau ou partait très tôt en mer avec un pêcheur. Angélique entraînait Jeanne dans de longues promenades à travers la ville puis sur la plage. La jeune fille découvrit la mer et le ciel bleu du Midi.

Minie et Jeanne s'occupaient du ménage et de la cuisine puisque Joseph était resté à Saint-Étienne. Ce séjour les rapprocha. Loin de la cuisine et de Joseph, Minie était moins grincheuse. Elle parla à Jeanne de sa fille mariée à cet Italien qu'elle n'aimait pas, de ses trois petits-enfants qu'elle n'avait jamais vus :

– Un jour, dit-elle, je prendrai le train et j'irai là-bas. J'ai l'argent dans une enveloppe chez moi. Oui, j'irai parce que je veux pas mourir sans les avoir vus !

Quand Angélique lui en laissait le temps, la jeune

fille accompagnait Minie à la promenade. La vieille lui prenait le bras et se mettait à parler :

– Je ne souhaite à personne d'endurer ce que j'ai enduré. Mon pauvre Louis... Je revois sa tête quand ils me l'ont ramené noyé ! Pourquoi le bon Dieu m'a fait autant souffrir, dis, tu le sais ?

Jeanne haussait les épaules. La vieille qui croyait aux signes, dit :

– Toi, tu es marquée par le destin. Tu vois, cette petite fente au milieu du menton, c'est sa marque.

Minie trottinait ainsi, s'attardait devant une boutique pour regarder les robes et critiquer les modes nouvelles. Ce n'était pas la même femme qu'à la Marandinière et Jeanne se sentait bien auprès d'elle.

Au début du mois de septembre, M. Charbet, qui avait réussi à décrocher des commandes d'acier pour une entreprise de ponts métalliques, s'absenta plusieurs jours. Il devait, avec les ingénieurs, aller quelque part en Bretagne définir les qualités d'acier à produire. Cela laissait une grande semaine de liberté à Angélique qui en profita pour recevoir ses amis artistes. Joseph ne se gêna pas pour protester, mais elle le fit taire en disant que c'était Jacques lui-même qui l'avait proposé. Joseph fit le repas à contrecœur et Angélique, en découvrant que le rôti de veau n'était pas salé, se jura de le faire payer au cuisinier.

Jeanne retrouva Loïc Legall, Gustave Bonadieu qui ne la quittait pas des yeux. L'absence de M. Charbet allégeait l'atmosphère de cette maison ; Jeanne et Roselle furent invitées à prendre l'apéritif. Loïc, sous le regard approbateur d'Angélique, demanda à Jeanne de lui montrer la nouvelle qu'elle était en train d'écrire. Le thème en était banal : un petit garçon très turbulent qui multipliait les frasques pour que les grandes personnes s'occupent de lui : Hubert avait été son modèle.

Jeanne refusa. Ce qu'elle avait écrit n'avait aucune valeur ; c'était maladroit et scolaire. D'ailleurs, elle ne se sentait pas attirée par l'écriture, et cherchait seulement à faire plaisir à Angélique.

– Je garde un excellent souvenir de notre première rencontre ! dit Loïc Legall.

Elle aussi, mais ne le dit pas. Il avait la tête ronde, les cheveux peu épais et son large front dégagé était plein de lumière. Il but une gorgée de champagne, posa son verre et ajouta :

– Avec votre corps, votre beauté, vous deviendrez plus facilement célèbre qu'avec votre plume. L'écriture est l'art de ceux qui n'ont rien d'autre. Et c'est du passé. Maintenant, c'est la photo, le cinéma, l'image...

Jeanne vida sa coupe de champagne. Une très légère ivresse s'emparait d'elle.

– Pourquoi vous moquez-vous de moi ?

– Je ne me moque pas de vous ! Je connais un photographe qui cherche une belle fille pour des photos de magazine. Vous gagneriez dix fois ce que vous gagnez ici et sans vous fatiguer.

Jeanne ne répondit pas. Elle flottait sur des ailes blanches. Elle n'avait plus de poids et le monde s'arrêtait aux murs de cette maison. Derrière ces vitres, la nuit avait avalé l'univers. Il n'y avait pas une seule étoile dans le ciel. Même Dieu ne la regardait pas. Elle vida une deuxième coupe pour finir de s'étourdir.

La suite, Jeanne ne s'en souvint pas. Elle se réveilla le lendemain, vers neuf heures, dans sa chambre avec un terrible mal de tête. Elle sauta hors de son lit, s'habilla rapidement. Que s'était-il passé ? C'était le trou noir, le néant. Elle se souvenait seulement d'avoir bu du champagne, d'avoir parlé, d'avoir beaucoup ri avec Loïc, mais le reste ?

Minie l'accueillit avec des reproches. Roselle qui était venue donner un coup de main à la cuisine la regarda curieusement.

– Alban t'attend ! lui dit-elle à l'oreille.

– Je viendrai avec toi dimanche ! répondit Jeanne.

Elle émergeait lentement des vapeurs de l'alcool. Ce qu'elle venait de dire à Roselle la surprit.

20

Henri s'était réveillé en sursaut. Cela lui arrivait de temps en temps depuis l'accident dans la mine. Il éprouvait une sensation d'étouffement, ses poumons se bloquaient. Il se demanda s'il n'avait pas crié. Non, tout le monde dormait, Marceau, dans le lit voisin, n'avait pas bougé. Depuis son retour, le petit frère était bizarre, moins joyeux qu'avant, réservé, parfois grave... Sa mère devait aussi dormir dans la chambre du haut. Les médicaments du docteur Perrot lui faisaient du bien. Ah, si elle pouvait guérir !

Il évitait de penser à son père. Des sentiments contradictoires l'assaillaient et lui faisaient si mal qu'il se dépêchait de les oublier. La haine du début avait cédé la place à une douleur aiguë, un tiraillement qui l'écartelait.

Il passa dans la cuisine, appuya sur le bouton de la lumière, craqua une allumette sur les brindilles sèches que Marie avait disposées la veille sous le charbon et plaça sa casserole de café sur les flammes. Le jeune homme était anxieux. Ce matin, il cessait d'être un galibot et allait travailler comme piqueur à la place de Marionnet.

Il prit sa musette et sortit. La nuit était encore complète et il faisait frais, ce matin d'automne. Des groupes d'ouvriers se dirigeaient vers le puits. Henri rejoignit Boutineau à la salle des pendus. L'équipe des boisiers de nuit revenait de la douche. Dans cette pièce surchauffée, il régnait une odeur particulière de savon, de sueur et de charbon mêlés, une odeur de mine. Henri avait mis bien longtemps à s'y habituer ; désormais, il se surprenait, le dimanche, à la rechercher sur ses habits.

Les piqueurs passèrent prendre leur outil au magasin. Henri souleva fièrement le lourd marteau, muni d'un tuyau qu'il fallait raccorder à l'arrivée d'air comprimé. Boutineau le regardait d'un air amusé.

– Tu vas voir comme ça casse les épaules !

Les sifflements de l'air qui se détendait ressemblaient à des cris de bêtes. Puis, le martèlement infernal des pointes attaquant la roche commençait. Une lueur jaunâtre éclairait des nuages de poussière qui noyaient tout. Henri se mit au travail. La pointe d'acier s'enfonçait dans la roche qui volait en éclats. Son corps tout entier était secoué, comme pénétré par l'outil. Le halo de sa lampe pendue à une flandre révélait un miroitement de paillettes noires. Il fallait travailler au jugé, mais très vite ; à la résistance de la roche, le mineur savait s'il taillait du charbon ou du grès. Avant la portion, des coups frappés sur la canalisation annoncèrent l'arrivée de Patte d'Oie. L'homme en gilet de flanelle s'approcha d'Henri :

– Alors, ça va ?

Boutineau s'extasia :

– Il est fait pour être mineur. Pas trop grand, ce qui

évite d'être cassé en deux dans les petites tailles et des épaules de Polonais. Pour un premier jour, il a passé son rendement !

Henri sourit. Ce corps à corps, ce viol de la terre lui plaisaient plus que le pelletage. Ici, il n'était pas Henri Chaumiet, mais un homme nu comme les autres, couvert du même charbon, simple élément d'une machine à extraire le précieux combustible enfoui là dans l'enfance du monde.

Après la portion, le travail reprit. Henri souffrait de la chaleur et allait remplir sa bouteille au tonneau d'eau fraîche. Boutineau écoutait les craquements du bois qui annonçaient un éboulement, surveillait les lampes de sécurité qui indiquaient la teneur de l'air en grisou... À la fin de la journée, Henri était exténué, les bras et les jambes broyés. À la salle des pendus, il croisa son oncle Albert qui prenait son service. L'homme lui claqua le dos d'un plat de main.

– Alors, le neveu ? C'est pas enfiler des fils de soie sur un ruban !

Après la douche, il s'habilla tranquillement et sortit avec les autres. Le soleil d'automne tombait sur les collines de Saint-Étienne. Le vent avait éparpillé la poussière et la ville paraissait propre malgré les murs gris. Henri était presque heureux. Cette première journée à la taille l'avait réconcilié avec lui-même. Il était un homme ! La fatigue agissait sur lui comme un alcool et il se sentait capable de toutes les audaces. Sa mère lui avait préparé à manger. Il s'assit à sa place et mordit à belles dents dans le pain frais qu'elle était allée chercher. Par moments, il levait les yeux sur la silhouette noire qui allait et venait dans cet intérieur devenu familier avec le temps, mais sur lequel il ne pouvait s'empêcher de projeter les images d'un passé encore trop présent. Tout au fond de lui, à cette heure de la pleine journée, le bruit régulier des métiers cliquetait encore.

Quand il eut mangé, le jeune homme sortit sans un mot, prit son vélo et s'en alla. Il longea les hauts bâtiments de la Manufacture d'armes, le cimetière du Soleil, laissa sur sa droite le bois de Méon et le puits de l'Éparre. Quand il arriva à Saint-Jean-Bonnefonds, trois heures sonnaient au clocher. Une lumière épaisse baignait les collines. L'air était plein de l'odeur des feuilles mortes. À Plancheforte, le père Flandrin, assis sous son noyer, sourit au jeune homme.

– Toi, tu peux pas te passer du pays ! Bah, tu finiras bien par revenir !

Il faisait allusion à Florence et fit un clin d'œil coquin. Henri remarqua que la toiture de la maison avait été réparée, les vitres de l'atelier remplacées. Il alla ensuite à la grange où rien n'avait changé. On disait que M. Leroux voulait vendre la terre pour ne garder que le bâtiment qui lui servirait de dépôt.

Flandrin abaissa sa casquette sur ses yeux :

– C'est la petite Florence que tu es venu voir, mais elle n'est pas là. Je l'ai vue partir tout à l'heure vers Saint-Jean.

Vaguement dépité, Henri prit son vélo et repartit. Il trouva Florence au bas de la descente. Elle était accompagnée d'un garçon qu'Henri connaissait un peu. C'était Lucien Lemerre, le fils du mécanicien de Rochetaillée. Florence marqua sa surprise et rougit.

– Je t'attendais pas aujourd'hui, dit-elle en s'approchant et en l'embrassant légèrement sur la joue.

Henri venait de comprendre. Une boule de colère grossissait en lui. Il dit d'une voix hachée :

– J'étais seulement venu voir la maison.

Lucien Lemerre avait une tête de plus qu'Henri, mais il était plus maigre, plus étroit d'épaules. Son visage était long, son nez osseux, ses lèvres épaisses. Quand Henri leva les yeux sur lui, il ne broncha pas. Il avait même dans le regard un air de défi et s'approcha de Florence.

– Je ne vous dérangerai pas plus longtemps ! dit Henri en s'éloignant.

– Henri, je... Laisse-moi t'expliquer.

Florence voulut le rejoindre, mais Lucien la retint avec fermeté. Henri, la vue brouillée de dépit, monta sur son vélo et s'éloigna. Il fuyait au lieu de faire face. La mine n'avait rien changé : il restait un garçon solide, capable de tailler le charbon aussi bien que les adultes, mais faible, lâche devant ceux de son âge. Florence l'avait compris et ne voulait pas de cette coquille vide, ce garçon sans personnalité. L'apparence ne suffisait pas pour être un homme, il fallait de la détermination. Henri était capable de se battre contre les rochers, contre les choses inertes et sans regard, mais il baissait les yeux devant le moindre gigolo qui criait plus fort que lui.

En arrivant aux Sagnes par la rue Saint-Simon, il vit Piotr qui lui fit signe. Les Polonais se rassemblaient dans un bistrot de la rue Renaudot où un des leurs servait de la véritable vodka glacée avec deux brins d'herbe aux bisons. Ils buvaient énormément et cela se terminait parfois par des bagarres, surtout avec les Italiens querelleurs et bruyants. Piotr était un garçon doux, serviable et plein d'attentions. Près de lui, Henri, parce qu'il était français, éprouvait un sentiment de supériorité dont il ne profitait pas, mais qui le confortait.

– Eh bien l'Henri, fit Piotr, je te trouve bien triste !

Triste ? Non, ce n'était pas le mot. Il était mortifié. Une douleur sombre courait dans ses membres. Vaincu, inférieur, pourrait-il un jour lever la tête ?

– Viens donc boire un verre ! Tu verras, après, tout ira bien.

Henri posa son vélo et entra dans le bistrot. Il y avait là des mineurs qu'il connaissait, boiseurs et boutefeux de la Chana. Ils parlaient de l'ouverture prochaine du puits Pigeot à la Ricamarie. La Compagnie proposait de bons salaires à ceux qui acceptaient d'aller faire les premiers travaux de forage et percer les premières galeries.

– Tu devrais demander ! dit Piotr. Il faudra des surveillants et tu es jeune !

– Et pourquoi tu ne demandes pas, toi ?

– Tu as déjà vu un Polonais devenir surveillant ?

Il eut un sourire désabusé. Puis, demandant une bouteille de vodka à l'homme qui était derrière le comptoir, il continua :

– Vous les Français, vous ne savez pas faire la différence entre une bonne vodka et du pipi d'alambic. Et puis, vous savez pas la servir. Pour être bonne, la vodka demande surtout de l'amitié, et tu la trouveras ici, frère.

Henri s'assit à côté de Piotr. Un homme au visage basané vint leur proposer une partie de dés qu'ils refusèrent. Le brouhaha des voix berçait Henri qui se laissait aller à la douce chaleur de cette pièce où une forte odeur de sueur chaude et de tabac engluait l'air. Piotr tendit un verre à Henri :

– Bois, après tu verras le soleil en pleine nuit.

Il porta le liquide glacé à ses lèvres. La première gorgée embrasa sa bouche, la deuxième illumina sa tête. Une douce torpeur s'emparait de lui. Quand le verre fut vide, Piotr en versa un autre :

– Il n'y a rien de meilleur pour oublier ce qui fait mal.

La nuit était tombée sur la ville. Les vitres du bistrot s'embuaient. Henri avait envie de pleurer. Une journée aussi bien commencée se terminait dans ce bistrot, l'esprit englué de lourds sentiments et de vagues regrets. Piotr s'était assis en face de lui. Il avait, comme ceux de son pays, ce sens des autres qui permet de comprendre la douleur sans en parler.

– Tu en as gros sur le cœur, ami. Une fille ?

Henri avala d'un trait son troisième verre de vodka. Il flottait sur ce banc. Les gens dansaient autour de lui. Il se décida enfin à parler, par bouts désordonnés. Il évoqua son père parti sans laisser d'adresse, la dette de sa mère malade, Florence qu'il avait trouvée en compagnie de Lucien Lemerre. Tout allait mal ! Il but un quatrième verre, puis un cinquième. Avec l'alcool, il trouvait plus facilement les mots de son désarroi.

Les heures passèrent. Ivre, Henri ne savait plus où il était. La ville, la maison de Chavassieux, le monde entier avaient disparu. Il avait même oublié que, le lendemain matin, il devrait se lever tôt. Piotr l'écoutait. Au bout d'un moment, il dit :

– Toi, tu as besoin d'un remontant. J'ai un remède polonais !

Il se leva de sa chaise et, malgré les verres de vodka, se tenait très bien debout. Henri eut plus de mal à trouver son équilibre. Ils sortirent. La nuit froide leur fit du bien.

– Viens, dit Piotr. Laisse ton vélo. Tu le retrouveras tout à l'heure. Il n'y a pas de voleur ici. Zofia va te guérir.

– Zofia ?

– Oui, Zofia que tu connais, la veuve de Perti. Elle a des secrets de chez nous, elle te posera les mains et te fera boire une tisane qu'elle fait avec des herbes de là-bas. Demain, tu seras guéri dans ton cœur et dans ta tête.

21

Henri se réveilla en sursaut. Machinalement sa main chercha le bouton de la lumière et ne le trouva pas. Ses doigts touchaient une cloison inconnue. Quelqu'un bougea dans le lit, une main chaude et douce se posa sur son épaule nue.

Il se souvenait maintenant : la soirée avec Piotr, les vodkas et Zofia, Zofia qui était à côté de lui, nue dans ce lit. Une douleur violente éclatait dans sa tête. Quelle heure était-il ?

– Laisse..., dit Zofia en se serrant contre lui. Tu as tout le temps.

Non, il n'avait pas le temps. C'était l'heure d'aller au travail. Il sauta du lit, ses jambes étaient molles. Il avait fait l'amour pour la première fois de sa vie et c'était avec cette femme de six ans son aînée. L'envie revenait en lui, mais, à cette heure, il ne pensait qu'à prendre sa place dans l'équipe du matin. Il s'habilla rapidement et chercha la porte dans le noir.

– Tu reviendras me voir ?

– C'est promis ! dit Henri en sortant.

Zofia se roula à la place chaude du jeune homme.

Quelle folie l'avait poussée à se donner à ce garçon, encore un enfant, elle qui se refusait à tous ? Il était arrivé hier au soir, ivre à ne pas tenir debout. Elle l'avait allongé sur son lit et s'était assise à côté. La suite ? Non, elle ne le regrettait pas ; un grand soleil brillait dans son corps.

La nuit était froide et humide. Henri courut chercher son vélo et rentra chez lui. Sa mère attendait assise près de la fenêtre en regardant la rue. Elle était décoiffée, ses yeux rouges montraient qu'elle n'avait pas dormi. Elle poussa un soupir :

– Te voilà, enfin !

Il prit sa musette posée sur la table et, sans un mot, partit en courant vers le puits Cécile. Il avait la tête lourde ; une douleur lancinante battait ses tempes. La soif le tenaillait. Il chercha sa bouteille d'eau teintée de vin et but longuement. Le liquide froid apaisa un moment le feu de son corps. Les souvenirs de la nuit passée revenaient par bribes. Un seul lui manquait : comment s'était-il retrouvé au lit avec cette femme ? Cela n'avait pas d'importance ; ses rancœurs et sa tristesse s'étaient envolées. Il se sentait fort et capable de vaincre le monde entier. Il aimait Zofia, c'était certain ; il l'aimait à se faire tuer pour elle et ce sentiment de quelques heures le rendait léger. Il se mit à siffloter tandis que Boutineau le rejoignait.

– Te voilà de bien bonne humeur ! Ça change des autres jours !

Henri eut envie de tout raconter, mais finalement préféra se taire. C'était son secret, en parler aurait atténué l'intensité de son bonheur.

À partir de la Toussaint, Jean prit ses quartiers d'hiver. Les routes de montagne n'étaient plus assez sûres pour le camion blanc. Il descendait à Chavassieux le dimanche matin et ne se faisait pas prier pour rester à déjeuner. L'habitude s'installa vite et son assiette l'attendait au bout de la table, à côté de Marceau. Éléonore ne manquait pas l'occasion de venir rôder dans les parages. Elle trouvait toujours un prétexte pour s'approcher du beau cousin, pour lui parler et faire des mimiques.

L'oncle Albert et Jean ne s'entendaient pas. Le premier était trop rustre, le second trop fin. Après quelques verres, Albert ramenait toujours la conversation à des grossièretés qui choquaient Marie. Jean lui disait de se taire, mais il n'écoutait pas.

Éléonore réussit pourtant à attirer tout le monde chez elle le troisième dimanche de novembre. Albert rentra vers midi de sa tournée des bistrots. Il était déjà ivre et quelques verres de plus à table l'achevèrent. Il s'endormit sur sa chaise et laissa tout le monde tranquille. Éléonore put se rapprocher de Jean et lui parler. Marie en fut agacée. Elle n'aurait su dire pourquoi puisque cela ne la concernait pas, mais les minauderies, les sous-entendus de sa sœur lui montraient un aspect d'elle-même qu'elle aurait voulu cacher. Sa solitude amère la rendait jalouse de tout.

Elle voulait reprendre le travail. Loin de la poussière de charbon, du tapis et des terribles courants d'air gelés, elle toussait moins et avait retrouvé des forces. Elle insista tellement auprès du docteur Perrot qu'il finit par accepter. La marchande de rubans reprit sa place auprès de ses collègues qui ne comprenaient pas cette obstination à vouloir travailler.

Elle souhaitait réunir tout le monde à Chavassieux pour Noël. Elle en avait parlé à Jeanne et à Pierrette. Jeanne promit de demander sa soirée ; Pierrette serait là aussi, mais devrait partir le lendemain par le premier tram pour aider Mme Lappeaux à faire la toilette de son mari qui s'était cassé le col du fémur. Elle mentait : elle voulait rejoindre Alain et n'irait chez les Lappeaux qu'à la nuit tombée.

Marie avait bien compris que Pierrette n'était plus la petite fille modèle devenue clapeuse par devoir familial. Moins aguicheuse que sa sœur, elle avait, depuis peu, un visage rayonnant de jeune fille heureuse. Et ce bonheur dont il était facile de deviner la cause faisait mal à Marie, mais comment en parler ? Il y avait entre elles des choses qui ne se disaient pas.

Le beau temps presque estival du début novembre céda la place à la pluie et à la grisaille. Les averses se succédaient et nettoyaient la ville noire qui retrouvait un bout de ciel bleu dans les rares moments d'accalmie. Le Furan était monté, mais ne menaçait pas les rues ni les caves. Les arbres du cours Fauriel avaient perdu leurs feuilles...

Henri oubliait ses angoisses. Le marteau lui convenait mieux que la pelle et il était toujours volontaire pour aller dans des galeries minuscules où l'étayage était difficile. En pleine action, il n'avait pas peur. Ce n'était qu'après qu'il mesurait ses imprudences. Les deux jours passés emmuré n'étaient qu'un lointain souvenir. Nu contre la paroi noire, le fer du marteau était le prolongement de lui-même. Près des autres, à l'heure de la portion, il avait le sentiment d'être très important, utile au monde entier. Il ne parlait plus d'aller chercher du travail dans la soie à Lyon.

À la fin de la journée, il rentrait chez lui, mangeait rapidement et s'en allait au bistrot polonais. Comme le potager lui laissait du temps, il buvait une vodka glacée avec Piotr et allait rendre visite à Zofia. La veuve travaillait aussi en équipe, ce qui facilitait les rencontres. Henri la retrouvait dans son petit appartement de la rue de la Roche-du-Geai. Zofia était une superbe blonde, un peu ronde, à la peau très blanche. Henri était au paradis quand elle déboutonnait lentement sa chemise. Le sang battait fort à ses tempes et le monde cessait d'exister. Zofia, qui n'était pas dupe, riait de tant d'empressement.

– Henri, je sais que tu viens prendre ce dont tu as besoin, mais quand tu le trouveras ailleurs, je n'existerai plus.

Il protestait. Il jurait de l'aimer toujours et envisageait de l'épouser. Sa mère ne serait pas d'accord, mais tant pis.

– Je te veux pour moi seul ! disait-il d'une voix pleine de jalousie. Si je vois un autre homme avec toi, je le tue !

Zofia haussait les épaules :

– Tu n'es qu'un enfant !

Il rentrait chez lui vers sept heures du soir, fatigué d'amour, mais heureux. Une semaine sur deux, sa mère n'était pas là et Marceau l'attendait pour dîner. Le gamin, qui l'avait espionné plusieurs soirs de suite, fit quelques remarques qui, en d'autres temps, lui auraient valu une gifle. Henri faisait chauffer les restes du repas de midi que sa mère avait préparé et ils mangeaient tous les deux.

Quand il était de l'équipe du soir, Henri voyait peu Zofia. Elle acceptait parfois qu'il passe après onze heures, mais pas aussi souvent qu'il le souhaitait. Elle se disait fatiguée, argument qui excitait la jalousie du jeune homme. Un soir, il alla la rejoindre sans l'avertir et la trouva seule, ce qui le rassura, mais elle lui fit promettre de ne jamais recommencer.

Au bout de trois semaines de travail, Marie sentit ses forces diminuer de nouveau. Le docteur Perrot avait bien compris que le contact du minerai ne lui valait rien. Il aurait fallu trouver autre chose, mais les places restaient rares. Le docteur était un homme simple qui considérait les mineurs comme des enfants. Il voulait leur bien et savait donner de bons conseils. Sa clientèle était considérable. Il était le médecin attitré de plusieurs puits, et son cabinet de Bel-Air ne désemplissait pas. On le croyait capable de miracles et, pourtant, il ne cessait de répéter :

– Moi je soigne, Dieu guérit ou tue.

Une chose était sûre, Marie ne pourrait pas rester à la mine. La mettre encore à la Caisse n'était qu'une façon de reculer la décision et puis la Caisse n'était pas riche, il fallait ménager les fonds pour que le plus grand nombre puisse en bénéficier à bon escient. Marie devait être recasée ailleurs, même si elle gagnait moins. Il en parla à Claude Antoine, le gouverneur du puits Cécile. M. Antoine était beaucoup moins humain que le docteur Perrot et répondit que s'il devait régler les problèmes personnels des mineurs, il ne lui resterait pas beaucoup de temps pour ses affaires.

Marie savait que le docteur avait raison puisque le feu de ses poumons avait repris, mais comment faire autrement ? Elle se sentait prisonnière, écrasée dans les mâchoires d'un étau. Elle était seule en face de sa maladie, seule en face de la dette. La présence attentive de Waldeck ne la réchauffait que superficiellement. Son cœur restait gelé, ses pensées tournées vers un seul désir, une seule volonté, le retour de Damien.

Une nuit, elle fit un rêve. Il y avait de la neige. Des traces de pas faisaient le tour de la maison, seules marques dans l'étendue blanche. Elle s'était mise à courir, en posant ses pieds dans ces pas, mais l'homme qui marchait devant lui échappait toujours. Dans son esprit, c'était Henri ; pourtant, la silhouette était plus grande que son fils. Alors, fatiguée, elle s'était arrêtée. L'homme lui avait pris la main, et elle avait reconnu Damien.

Elle se réveilla avec une certitude : son mari allait revenir le jour de Noël. Il arriverait par le tramway, tandis que toute la famille serait réunie. Et quelle fête ce serait ! Marie achèterait une bouteille de champagne, c'était une folie, mais un tel événement devait être marqué d'un geste démesuré. Damien entrerait, embrasserait Éléonore, et les enfants, serrerait la main d'Albert et de Jean, puis la prendrait dans ses bras. Ensuite, il s'assiérait à table et on pourrait commencer à manger. Les explications viendraient les jours suivants ou ne viendraient pas, c'était sans importance ! Quand Marie imaginait cette scène, des frissons de bonheur parcouraient son corps. Alors, elle retrouvait la force de prendre son balai et son chiffon, de nettoyer l'escalier et le plancher : la maison devait être parfaitement propre pour ce grand jour...

Pour rêver ce retour, pour être heureuse le temps d'y penser, elle restait chez elle, fermait les yeux et le cinéma commençait. Chaque fois, un détail nouveau lui apparaissait et la comblait. La veste de Damien, qu'elle ne connaissait pas, était froissée dans le dos, il avait encore mis ses chaussettes à l'envers, comme il le faisait à Plancheforte quand il se levait sans allumer pour ne pas la réveiller. Et sa casquette, pourquoi ne la penchait-il plus sur le côté, comme avant ?

Marceau arrivait toujours à ce moment, essouflé d'avoir couru avec ses copains de la cité. Il trouvait sa mère en train de sourire aux anges et s'étonnait :

– Maman, qu'est-ce qu'il t'arrive ?

– Rien, les nouveaux médicaments du docteur me font du bien !

22

Décidément, Alban n'avait pas eu de chance. Jeanne lui avait fait dire par Roselle qu'elle allait venir le voir. Elle partit dans cette intention au lieu de rendez-vous qui était un bar de la rue Émile, près du Parc municipal des sports. Comme la jeune fille était en avance, elle décida de marcher au hasard des trottoirs. Il faisait doux. La pluie des jours derniers avait cessé et Joseph en déduisait que la neige allait arriver. Il en était tombé dix centimètres au crêt de la Perdrix la semaine précédente. Joseph, qui savait toujours reconnaître le bon côté des événements, disait que la pluie était une chance. Combien de fois avait-il vu Saint-Étienne tout blanc dès la mi-octobre ?

Jeanne marchait, les pensées ailleurs. Pourquoi se rendait-elle à ce rendez-vous ? Alban lui était totalement indifférent, mais elle s'était engagée auprès de Roselle, mue par un curieux sentiment de désir et de répulsion.

Elle s'en voulait de n'aller à Chavassieux qu'un dimanche sur deux, mais elle s'y ennuyait et les reproches de sa mère l'agaçaient. Depuis que ses filles ne vivaient plus sous son toit, Marie les voyait exposées à tous les dangers :

– Tu ressembles à une fille de rue ! disait-elle à Jeanne avec un air de dégoût.

Jeanne faisait un effort pour ne pas répondre. Pierrette non plus n'était pas épargnée :

– Ce garçon qu'elle fréquente, j'ai bien compris que c'est un profiteur !

– Tu ne le connais pas ! s'insurgeait alors Jeanne. Comment peux-tu parler ainsi ?

– Je connais ta sœur et je sais qu'elle suit n'importe qui !

Jeanne retenait sa colère. Elle avait le caractère vif, mais ne voulait pas risquer une dispute. Elle avait promis de passer la soirée de Noël à Chavassieux et ne reviendrait pas sur sa parole. Angélique lui avait demandé de rentrer le lendemain matin assez tôt pour accompagner la famille à Nice où elle passerait les fêtes du nouvel an. Bertrand Raynaud et sa femme seraient du voyage. Ils possédaient aussi un appartement dans le vieux Nice.

– On verra Gustave Bonadieu, le peintre, qui passe tous ses hivers sur la Croisette.

Gustave Bonadieu et sa barbe noire aussi fournie qu'une toison d'animal sauvage... Jeanne redoutait son regard perçant, posé sur elle, qui semblait deviner ses moindres pensées. Il la fascinait à la manière du serpent qui hypnotise un oiseau...

Emportée par ses pensées, Jeanne s'aperçut qu'elle s'était beaucoup éloignée du cours Fauriel et décida de faire demi-tour. Un jeune homme s'était arrêté sur le trottoir voisin et la regardait. Elle répondit à son sourire ; un peu de rouge apparut sous la poudre de ses joues. Le jeune homme la salua ; sa voix était agréable. D'un geste machinal, elle serra le col de son manteau beige sur sa poitrine. Le vent agaçait les boucles noires du garçon.

– Je vous ai vue marcher seule, alors je me suis dit...

Jeanne n'avait entendu que la musique de sa voix. Il s'approcha.

– Pardonnez-moi de vous avoir abordée dans la rue, mais comment pouvais-je faire ? Vous suivre jusque chez vous ?

Elle sourit de nouveau.

– J'ai rendez-vous avec un ami, rue Émile, dit-elle. J'étais en avance, alors j'ai marché un peu et maintenant, je suis en retard.

– Alors je vous laisse.

– Cela n'a aucune importance. Je pense que je ne vais pas aller au rendez-vous...

– Alors, si nous allions boire un chocolat chaud ?

– Pourquoi pas ?

Jeanne avait les jambes molles, un frisson gelé au bas du dos. L'idée qu'elle aurait pu refuser de suivre cet inconnu ne lui était pas venue à l'esprit. Ce regard profond posé sur elle, ces yeux gris, pleins de la lumière de l'hiver, accéléraient son cœur.

– Je m'appelle Salvatore Berruti. Je suis étudiant en mathématiques.

– Et vous habitez dans le quartier ?

Il rit. Jeanne marchait près de lui, le regard sur ses chaussures. Maintenant, une chaleur douce coulait dans ses membres. Le sang tapait à ses tempes. Il lui semblait qu'elle allait mourir.

– Le hasard ! Peut-on dire qu'il existe ou bien...

Ils arrivèrent à un bar. Salvatore ouvrit la porte vitrée pleine de buée et s'effaça pour laisser passer la jeune fille. La pièce était sombre et sentait le tabac.

Deux hommes accoudés au comptoir bavardaient avec le serveur. Jeanne et Salvatore s'assirent à une table du fond, l'un en face de l'autre. Ils restèrent quelques instants silencieux à se regarder, à se découvrir. Salvatore était très brun, ce qui mettait en valeur ses yeux gris. Ses cheveux bouclés, coupés avec soin, se détachaient par plumes pour tomber sur son front.

– Moi, je m'appelle Jeanne. Jeanne Chaumiet, mon père était passementier à Plancheforte.

Salvatore crut comprendre que son père était mort et ne posa pas de questions.

– Le mien vient d'Italie. Il travaille à la Manufacture nationale d'armes. Vous êtes étudiante, aussi ?

Jeanne baissa les yeux tandis que le garçon de café s'approchait.

– Non.

Le chocolat fumait devant eux. Ils se mirent à bavarder de tout et de rien, de ces petites choses du quotidien qui montraient un peu d'eux-mêmes. Jeanne dit qu'elle était la secrétaire d'Angélique Charbet et, pour se mettre en valeur, parla de ce qu'elle écrivait. Elle raconta la soirée où elle s'était soûlée au champagne avec l'écrivain Loïc Legall. Salvatore parla de sa famille, du Piémont dont il était originaire, du départ vers la France et des premières années misérables à Saint-Étienne. Pour payer ses études, il faisait des petits travaux d'entretien, mais le travail était rare. Il espérait finir sa licence pour devenir professeur de mathématiques.

Jeanne évoqua de vagues projets. Loïc Legall lui avait proposé de faire des photos pour de la réclame. C'était bien payé et elle avait envie d'accepter. Une chose était certaine : elle ne resterait pas chez les Charbet très longtemps, mais attendait le moment opportun. Paris l'attirait... Elle s'étonnait de parler aussi librement à cet inconnu. Elle s'étourdissait de paroles pour échapper au présent, pour oublier ce trouble profond que Salvatore venait de faire naître dans son cœur. Quand ils eurent bu le chocolat, ils sortirent. La nuit tombait. Jeanne se souvint qu'elle devait rejoindre Roselle et Alban ; tant pis, c'était l'heure de rentrer à la Marandinière.

– Je vais être en retard ! s'excusa Jeanne. Il faut que je parte.

Salvatore demanda :

– Quand aurais-je le plaisir de vous revoir ? Demain ?

– Demain, à la même heure et au même endroit !

Elle partit en courant. Roselle l'attendait à la cuisine et donna libre cours à sa mauvaise humeur :

– Tout l'après-midi qu'on t'a attendue ! Mais nous ne sommes pas des gens assez bien pour mademoiselle ! Il lui faut des riches...

Jeanne ne répondit pas. Les reproches de Roselle n'avaient pas d'importance. Seule comptait sa rencontre. Son esprit en était tout illuminé. Par moments, elle se disait que c'était trop beau, mais d'y croire lui faisait un bien immense.

Elle ne fut pas très efficace au travail. Elle passait de longues minutes, la tête levée, le regard absent, un sourire aux lèvres. Elle arrivait dans une pièce sans savoir ce qu'il fallait y faire. Une fois dans sa chambre, elle s'allongea sur le lit et se laissa aller à son rêve, à cette image du jeune homme dont elle n'arrivait pas à retrouver les traits précis, à cette brusque flambée qui embrasait son corps.

Des doutes l'assaillaient. Pourquoi rêver à ce mirage qui n'avait aucune chance de se réaliser. Salvatore était étudiant, futur professeur de mathématiques, et elle n'était qu'une servante. Et puis, Salvatore ne l'attendait pas. Beau comme il était, les conquêtes ne devaient pas lui manquer ! Cette pensée glaçait la jeune fille.

Le lendemain matin, elle ne travailla pas mieux. Minie lui en fit la remarque de sa voix aigre, mais Jeanne ne l'entendit pas. Le temps ne passait pas ; les heures paraissaient des siècles. Enfin, en début d'après-midi, évitant Angélique qui l'aurait gardée, Jeanne s'éloigna. Elle courait en descendant le cours Fauriel.

Salvatore était en avance, lui aussi. Ils retournèrent boire un chocolat chaud dans le même bar, comme pour retrouver le charme de la veille. Puis le jeune homme proposa à Jeanne une promenade dans la ville. Il faisait doux. Jeanne rougit de plaisir quand le bras de son compagnon se posa sur son épaule...

Marie apprit la liaison d'Henri par sa collègue Georgine Mériale et n'y crut pas. Ce n'était pas possible ! Henri était trop jeune pour avoir une femme dans sa vie. Avec Florence, c'était bien différent, une amitié d'enfants qui n'était pas allée au-delà de promenades tendres, main dans la main. Pourtant, ses absences de plus en plus fréquentes et prolongées avaient bien une raison ! Elle voulut en avoir le cœur net.

Un soir, quand il rentra de la mine, elle le dévisagea longuement et le trouva comme d'habitude : elle en fut rassurée et attendit qu'il se servît de soupe pour parler.

– Tu sais ce qu'on raconte ?

– Et qu'est-ce qu'on raconte ? s'étonna Henri avec

une pointe de défi dans la voix, car il avait bien compris où sa mère voulait en venir.

– On raconte que tu vas voir cette veuve polonaise.

Henri eut un rapide battement des paupières. Les muscles de sa mâchoire se contractèrent.

– Eh bien, c'est vrai ! dit-il.

Marie sentit le sol se dérober sous ses pieds. Elle chancela, s'appuya contre la table où la soupière découverte fumait.

– Tu veux dire que...

Elle n'attendit pas la réponse, monta dans sa chambre et se laissa tomber sur son lit. Marceau, la morve au nez, regardait les morceaux de pain trempés dans son assiette. Ce soir, il ne les comparait pas à des îles ou à des continents au milieu d'une mer en furie ; sa cuiller restait immobile au lieu de faire des vagues.

Marie resta longtemps prostrée, puis se dressa, vit son image hirsute dans la glace de l'armoire, ses yeux rouges égarés. La vérité était simple : cette Polonaise de mauvaise vie voulait lui prendre Henri ! Encore une profiteuse ! Elle arrangea ses cheveux et descendit à la cuisine. Henri, qui avait fini de manger, fumait une cigarette assis en travers de sa chaise. Marceau feuilletait le *Tarif-album.* Marie porta les assiettes dans l'évier, passa un coup d'éponge sur la table. Elle dit, d'une voix blanche qui se voulait calme :

– Voyons, Henri, cette veuve n'est pas une femme pour toi...

Henri tira sur sa cigarette et lâcha un panache de fumée.

– Et puis, une Polonaise..., continua Marie. Ce sont pas des gens comme nous !

Henri blêmit, écrasa sa cigarette dans le cendrier,

se dressa sur ses jambes courtes et regarda sa mère bien en face :

– Tu répètes une fois encore ce genre de chose et je ne mets plus les pieds dans cette maison !

Marie chancela de nouveau et fut prise d'un accès de toux. Dehors, la nuit était fraîche. Le vent du nord soufflait et, de son appartement, boulevard Karl-Marx, Joseph prévoyait de la neige.

Marie ne ferma pas les yeux de la nuit. À mesure que la fatigue agissait sur ses pensées, elle avait conscience que de nouveaux malheurs se préparaient. Ah, mourir, ne plus penser, ne plus avoir mal à l'idée que ses enfants suivaient de mauvais chemins : Pierrette avec ce gigolo, Jeanne tombée dans la pire des déchéances et maintenant Henri et cette Polonaise ! Il ne restait que Marceau, et elle ne serait pas étonnée d'apprendre qu'il faisait des bêtises avec sa bande de voyous.

Elle était du matin et se leva très tôt, la tête lourde, chaque battement de paupières lui était douloureux. Elle trempa ses mains dans l'eau glacée et les appliqua sur son front brûlant. Au travail, elle baissait la tête. Ses collègues étaient au courant de la liaison d'Henri et y faisaient allusion. La marchande de rubans, comme on l'appelait encore, laissa ce jour-là passer beaucoup de grès et dut à la protection du docteur Perrot de n'avoir aucune remarque du surveillant.

L'après-midi, elle s'allongea sur son lit, mais ne réussit pas à dormir. Alors, elle prit son manteau, son châle et sortit se promener. Elle avait l'intention de profiter de l'absence d'Éléonore pour rendre visite à sa mère. En chemin, elle changea d'avis et partit vers le parc en espérant retrouver Waldeck.

Il y était en effet, qui devait l'attendre. Waldeck était d'équipe de nuit à l'aciérie, ce qui lui laissait ses après-midi libres. Marie lui fit part de ses soucis :

– Je crois que je vais aller la trouver, cette femme, et je lui arracherai les yeux si elle veut pas m'écouter !

– Écoute, Marie, répondit Waldeck, nous les Polonais, on se connaît tous... Cette Zofia est une honnête femme, je te l'assure.

C'était probablement pour entendre de telles paroles que Marie avait renoncé à aller voir sa mère et espéré retrouver son ami.

– Mais ce qu'on dit sur elle ?

– Elle est veuve, elle a vingt-six ans, alors, bien sûr, les gens imaginent...

– Et s'ils se marient ?

– Eh bien, ils se marieront ! Henri pourrait tomber beaucoup plus mal avec une fille de son âge !

– Mais c'est une Polonaise, tu te rends compte !

Marie se mordit la lèvre.

– Excuse-moi, Waldeck !

– Ce n'est rien. Vous, les Français, pensez que vous êtes supérieurs au restant du monde. Ça vous jouera des tours.

Waldeck n'en voulait pas à Marie d'avoir parlé de la sorte. Il savait qu'elle éprouvait pour ses enfants un sentiment tellement fort qu'aucun de ceux qui les approchaient ne lui semblait convenable.

Un accès de toux la prit au coin de la rue Chavassieux. Waldeck la soutint. Quand la toux s'arrêta, Marie, hors d'haleine, posa sa tête contre l'épaule de l'homme. À ce moment-là, elle se dit que, si elle l'avait épousé, ils seraient heureux, et c'était pourtant un Polonais !

– Seul Dieu connaît notre avenir et nos pensées les plus secrètes ! dit Waldeck qui avait compris son silence.

Dieu ! Elle se rappela des moments heureux de son enfance et le feu de sa poitrine s'apaisa. Pourquoi avait-elle laissé Damien tout gouverner dans la maison de Plancheforte ? Elle s'en voulait de ne pas avoir eu le courage de prier...

Le soir, une averse avait dégagé le ciel et les étoiles scintillaient au-dessus de la ville avec une clarté que Marie ne leur avait jamais vue. Dieu était là-haut, dans le firmament, il était là, aussi, et tout près de Damien. Il était un lien entre eux. Elle s'agenouilla devant le petit crucifix qu'elle avait rapporté de Plancheforte et qui lui venait de sa grand-mère. Elle joignit les mains et dit :

– Vous qui le voyez et me voyez, dites-lui que je l'attends. C'est moi qui ai tort ! C'est de ma faute s'il est parti. Je l'aimais trop. Je voulais tout de lui, chaque battement de son cœur. Après l'avoir perdu pendant deux ans, j'étais comme folle s'il disparaissait pendant une heure. J'allais le chercher au bistrot, quand il s'asseyait au milieu des autres et qu'il restait là, sans rien dire, à rêver. Je n'aimais pas son silence qui l'emportait ailleurs...

Le dimanche suivant, elle alla à la messe avec sa mère qui en fut heureuse. Au moment de la Consécration, un accès de toux la prit et elle dut sortir. Elle passa le restant de la journée à regarder la rue de sa fenêtre. Les filles ne vinrent pas, Marceau était parti voir le cousin Jean. Henri oubliait souvent les heures des repas et ne couchait pas toujours à la maison. Marie passait son temps à attendre.

Le jour de la Sainte-Barbe, le 4 décembre, toute la ville de Saint-Étienne était en effervescence. C'était la fête. Les enfants de mineurs n'allaient pas à l'école. Dans chaque puits, la statue de la sainte protectrice était sortie au grand jour, conduite en procession à l'église où était dite une grand-messe. Tout le monde y assistait, les gouverneurs, les ingénieurs, les responsables de la Compagnie qui, ce jour-là, coiffaient un casque et descendaient trinquer avec les mineurs. Les syndicalistes, les communistes et tous ceux qui ne portaient jamais les pieds à l'église montraient autant de ferveur que les autres. Les visites au fond étaient autorisées et, le lendemain, il régnait dans la cage une forte odeur d'eau de Cologne, de sueur et de vomissure.

Marie redoutait sa solitude pendant ces heures de liesse et de solidarité dont elle serait exclue. Tout s'annonçait mal : Pierrette avait déjà prévenu qu'elle ne pouvait pas rater ses cours ; Jeanne devait rester à la Marandinière. Il ne fallait pas compter sur Henri qui passait tout son temps chez sa veuve. Marceau demanda la permission d'aller manger avec un copain et ses parents au puits des Rosiers.

Quand l'enfant se fut éloigné en courant, le silence retomba sur la maison. Des bâtiments du puits Cécile venaient des airs d'accordéon. Il y avait beaucoup de monde dans les rues, des gens endimanchés qui riaient...

Albert et Éléonore passèrent vers trois heures de l'après-midi. Ils avaient mangé avec d'autres mineurs. Albert avait déjà beaucoup bu et parlait fort.

– Allez, venez avec nous ! dit-il. On descend !

Elle suivit, l'esprit ailleurs. Il faisait gris et doux ; une cohue de gens se pressaient autour du chevalement. Des troupeaux d'enfants couraient dans tous les sens. Marie monta dans la cage au milieu des dizaines de personnes costumées, déjà égayées par le vin blanc. Elle retrouva avec un certain plaisir le bruit infernal des câbles et des poulies, des plaques de fer qui frottaient contre le rail et, au fond, la lourdeur de l'air, cette odeur de terre pourrie, de sueur et d'homme...

Dans le hall central bien éclairé, à côté des écuries, les gens s'étaient assis par groupes autour d'un panier repas. Les éclats de voix s'amplifiaient d'une galerie à l'autre. Albert marchait devant Marie et Éléonore qui se donnaient le bras, saluait des collègues, prenait un verre au passage, trinquait. Il s'arrêta avec ceux de son équipe. Un sous-surveillant, déjà ivre, fit signe à Marie et Éléonore de s'asseoir près de lui et leur tendit un verre de vin mousseux. Il fallut trinquer. Là, sous plusieurs centaines de mètres de terre, les soucis de l'extérieur avaient disparu. Les quatre jours de travail, la baisse possible des salaires étaient oubliés pour quelques heures, ces heures de camaraderie et d'ivresse. La chaleur moite mettait en tête des idées de caresses.

Après deux verres de mousseux, Marie se sentit mieux. Henri passait avec d'autres jeunes et donnait la main à Zofia. Albert invita son neveu à trinquer. Il refusa en montrant ses copains, dont Piotr, Andréi et le jeune Lerris qui titubait beaucoup et riait pour un rien. Il fit un petit signe à sa mère, mais ne vint pas l'embrasser. Éléonore remarqua :

– Toujours aussi timide, ton Henri !

Albert remplit de nouveau les verres et Marie ne refusa pas.

23

Henri passait souvent la nuit chez Zofia, ce qui avait valu à la jeune femme de se brouiller avec sa famille qui n'acceptait pas cette union libre avec un Français. Il lui arrivait de rester plusieurs jours sans rendre visite à sa mère et à son petit frère. Il s'en voulait un peu, mais oubliait bien vite ses remords dans les bras de sa belle veuve. Un après-midi, en quittant la mine, il trouva au coin de la rue Chavassieux et de la rue Renaudot une jeune fille qui grelottait dans son manteau beige. Il s'arrêta, surpris. C'était Florence. Un foulard sombre cachait ses cheveux ; ses yeux noirs étaient immenses.

– Je t'attendais ! dit-elle simplement. Je voulais te dire que... que...

Il ne savait pas quelle attitude prendre. Ce visage qu'il avait cru aimer n'avait laissé aucune trace en lui. À cet instant, c'était celui de Zofia qu'il voyait et aucun autre. Florence s'approcha :

– Je regrette ce qui s'est passé... Henri, je voulais pas, je te jure...

Il baissa la tête :

– C'est trop tard. Tout a basculé. On n'y peut rien.

– Mais c'est pas possible que ça s'arrête comme ça !

Elle voulut lui prendre la main. Au contact de cette peau, Henri eut un geste de répulsion et recula vivement.

– Allez, au revoir ! dit-il en s'éloignant.

– Henri !

Florence avait crié, mais cela ne le touchait pas. Sa peine le laissait dans une totale indifférence. En quelques mois, il était devenu un autre. Ce n'était pas lui qui avait vécu à Plancheforte.

Jeanne retrouvait Salvatore tous les après-midi. Sitôt son travail terminé, elle passait un long moment devant sa glace. Roselle, qui lui en voulait, racontait à tout le monde qu'elle était tombée amoureuse d'un voyou, ce qui lui valut quelques remarques acerbes de Minie. Angélique ne lui dit rien, mais elle n'appréciait pas ces absences répétées. Jeanne, qui voyait arriver avec effarement la fin de l'année, ne voulait plus aller à Nice et essaya de parler à sa maîtresse qui refusa de revenir sur ce sujet :

– C'est comme ça. Si ça ne te plaît pas, tu peux aller ailleurs !

On était loin des minauderies du début. Jeanne, qui était vive, aurait aimé prendre Angélique au mot, mais elle préféra se taire et demanda à sa sœur de voir s'il n'y aurait pas quelque chose pour elle à Manufrance.

– Réfléchis, avait dit Pierrette. Tu n'es pas faite pour ça. Tu dois rester où tu es ou chercher une autre maison. Le luxe te va bien.

– Mais Salvatore...

Pierrette, qui était incapable du moindre jugement

lorsqu'il s'agissait d'Alain, fut très clairvoyante pour sa jumelle :

– Salvatore... Tu le connais depuis un mois, alors laisse passer le temps. Après, tu verras.

Il neigea la semaine avant Noël. Tout était blanc dans cette ville noire, sauf les crassiers qui fumaient. À Chavassieux, le terrain vague se transforma en un vaste champ de bataille où des groupes d'enfants se poursuivaient en poussant des cris de guerre. Marceau rentrait à la nuit, trempé, et heureux. Marie se fâchait pour la forme, mais n'insistait pas. Marceau était tout ce qui lui restait depuis que chacun était parti de son côté. Elle s'accrochait à lui comme à une branche au-dessus du vide.

Il faisait très froid, ce qui n'arrangeait pas sa maladie. Le docteur Perrot voulut la mettre de nouveau à la Caisse pour la soustraire aux courants d'air glacés du triage. Elle refusa et il n'insista pas : le cas de Marie était sérieux, mais il savait qu'on ne soignait pas les gens contre leur gré.

Henri rapportait du charbon que la Compagnie fournissait gratuitement à ses employés. La cuisinière et le poêle à l'étage maintenaient dans la petite maison une chaleur agréable. Marie s'asseyait derrière la fenêtre et oubliait un peu son mal de poitrine et sa toux persistante. Comme il faisait trop froid pour aller se promener, Waldeck vint la voir un après-midi. Elle en fut heureuse et lui proposa une chaise. Ils se mirent à bavarder et le temps passa plus vite que d'habitude.

À mesure que Noël approchait, l'impatience gagnait Marie. L'avant-veille, malgré le froid, elle prit le tramway et partit en ville acheter quelques cadeaux pour les enfants, un couteau suisse pour Marceau, une pipe en bruyère pour Henri et un livre pour chacune de ses filles. Elle revint exténuée, la poitrine en feu, les jambes en coton. Dans le tram, tandis que les maisons défilaient, elle imagina pour la millième fois le retour de Damien, mais, à force de rêver cet événement, la joie et l'émotion s'émoussaient. Cela n'avait pas d'importance : la réalité serait différente et pleine de surprises. Éléonore avait souhaité que la soirée de Noël se passât chez elle. Marie s'y était opposée et tout le monde avait cédé.

La veille, Éléonore et Augustine, vêtue d'un énorme manteau qui la transformait en une boule noire surmontée d'une touffe de cheveux blancs, étaient venues chez Marie pour préparer le réveillon. Les filles devaient arriver dans la soirée et Henri, pour une fois, était resté à la maison. Marie était dans un tel état de surexcitation que le moindre bruit extérieur la faisait sursauter. Elle parlait beaucoup, ce qui n'était pas dans ses habitudes. Elle ne cessait d'aller et venir sans but, oubliait d'un instant à l'autre ce qu'elle devait faire. Augustine soupirait : pourquoi Dieu, avec sa grande bonté, avait-il mis une idée aussi folle dans la tête de sa fille ? Damien ne reviendrait pas plus ce soir qu'un autre, la vieille femme en était bien certaine. Damien était un Chaumiet et, comme tous les Chaumiet, il avait les fourmis dans les jambes. Le père de Marie, le pauvre Téteph, comme on l'appelait à la mine, avait su comme tout le monde ce qui se disait sur cette famille, mais il avait quand même préféré un Chaumiet à un Polonais !

– Il faut que tout soit prêt quand il va arriver, qu'il n'ait qu'à s'asseoir à sa place ! répétait Marie.

Agacée, Éléonore, qui préparait de la pâte à tarte, leva sa main droite pleine de farine :

– Marie, pourquoi tu te fais du mal ?

Marie tourna vers sa sœur des yeux dont l'éclat brisé montrait une fêlure profonde, une logique qui échappait aux autres :

– C'est obligé que ce soit comme ça ! On a vécu vingt et un ans ensemble, sans se quitter plus de deux heures de suite. Alors, on pense la même chose. Et je sais qu'il pense revenir ce soir, qu'il a attendu ce jour, parce que c'est Noël et que tout va recommencer.

– Sans se quitter ? Et la guerre ?

– La distance n'empêche pas ceux qui se comprennent de se parler.

Henri fumait sa cigarette et se taisait. Ces paroles le révoltaient. D'ailleurs, il ne souhaitait pas le retour de son père.

Le jour faible se tassait sur la neige. Dès trois heures de l'après-midi, la cendre du ciel englua les toits. Marceau qui était parti avec les autres enfants de la rue rentra plus tôt que d'habitude. Cette nuit qui s'installait doucement n'était pas comme les autres. Des groupes se croisaient et s'interpellaient joyeusement. En rentrant chez lui, l'enfant regarda le ciel noir. Il lui avait semblé entendre une musique très douce à travers la brume.

Dans la maison, il faisait très chaud. Une bonne odeur de tarte mettait un air de fête. Les meubles, les murs n'avaient pas leur aspect ordinaire. La magie de Noël était partout et cette chaleur torride qui collait les habits à la peau rendait heureux.

Avant de monter se préparer dans sa chambre, Marie avait dit :

– Il arrivera à Châteaucreux vers cinq heures et prendra le tram de 5 h 12. Il sera ici au plus tard à six heures et demie.

Personne ne la contraria. Éléonore ne leva même pas la tête de sa tarte. Augustine soupira de nouveau. Marceau plongea le nez dans son livre ; lui seul était persuadé que sa mère avait raison et cela le dérangeait.

Marie passa plus d'une heure à l'étage. D'en bas, on l'entendit ouvrir et fermer l'armoire. Enfin, elle descendit, vêtue d'un ensemble clair que personne ne lui avait jamais vu. Elle l'avait acheté quelques jours auparavant, une dépense exorbitante qui finit de persuader Augustine que sa fille avait perdu la raison. Éléonore s'exclama :

– Comme tu es belle !

Marceau n'avait jamais vu sa mère aussi élégante. Elle avait attaché ses cheveux et la mèche blanche se voyait moins que d'habitude. Ah, comme l'enfant serait fier de marcher à côté d'elle tout à l'heure en allant à l'église !

Les filles arrivèrent ensemble vers six heures. Elles se retrouvèrent au tramway et bavardèrent jusqu'à Chavassieux d'Alain et de Salvatore. Elles se complaisaient dans des comparaisons naïves. Alain était friand de fromage, Salvatore, lui, préférait les fruits. Alain avait une mémoire prodigieuse et rien ne lui échappait. Salvatore était distrait et avait toujours perdu quelque chose... Cette façon de parler occupait le temps et leur permettait d'oublier qu'elles n'avaient plus rien à se dire.

À la maison, elles poussèrent un petit cri de surprise en voyant leur mère, toute en blanc. Marie les embrassa avec effusion et reprit son travail. Elle ne cessait de regarder la rue par la fenêtre. Six heures et demie venaient de sonner au carillon et Damien ne devait pas être très loin. Éléonore, qui ne supportait plus l'attitude de sa sœur, s'écria :

– Comment saurait-il que vous habitez ici ?

Marie prit un air énigmatique et sourit :

– Il le sait !

À sept heures une silhouette se découpa sous les réverbères dans la rue déserte.

– Le voilà ! dit Marie qui se mit à trembler.

Elle colla son visage à la vitre couverte de buée. La silhouette sombre approchait, le chapeau baissé. On l'entendit taper ses chaussures. Trois coups à la porte éclatèrent dans le silence.

Marie poussa un cri. Incrédules, les autres étaient restés immobiles. La porte s'ouvrit. C'était Piotr qui venait chercher Henri pour boire un verre. Personne jusque-là n'avait remarqué qu'il avait la même démarche claudicante, et la même taille que Damien. Marie éclata :

– Ah, vous !

Henri prit rapidement sa canadienne et sortit avec son ami. Quand la porte fut fermée, Marie tourna vers sa sœur un regard éperdu. Sans un mot, Éléonore la serra dans ses bras. À cet instant, elle comprenait sa détresse et son espoir. Éléonore l'avait tant enviée, cette belle entente qui unissait Marie et Damien, cet amour qui semblait plus solide que les rochers du Pilat, elle qui n'avait que du vent dans le cœur, des désirs d'ailleurs !

Albert arriva. Marie reconnut tout de suite sa démarche hésitante et lourde, ses épaules larges et sa silhouette trapue. Il entra en poussant la porte du pied. Il trébucha, faillit tomber sur la table et s'assit. On attendait le cousin Jean, c'était une chance : devant lui, Albert se tiendrait tranquille.

L'homme tendit ses grosses mains craquelées au feu, puis se tournant vers Marie, son visage s'éclaira, il sourit :

– Vous vous mariez, belle-sœur ?

Marie répondit sans quitter des yeux la rue déserte :

– Oui, je me marie aujourd'hui.

– Ah bon ! Et avec qui ?

– Avec Damien qui revient ce soir !

Albert éclata d'un rire gras.

– Et vous croyez ça ? Allez le dire à un cheval de bois et il vous foutra un coup de pied. Tenez, servez-moi un verre de vin !

Henri revint. Albert voulut trinquer avec lui. Le jeune homme avait bu plusieurs vodkas avec les Polonais, ce qui gommait son manque d'assurance et sa timidité naturelle.

Albert vida son verre d'un trait et dit d'un air entendu :

– Et ta veuve, l'Henri ? Paraît qu'elle a fait lever plus de queues que de lièvres !

Cette parole cingla le jeune homme comme un coup de fouet. Il se dressa, face à son oncle, menaçant.

– C'est que tu as mis la tête près du bonnet ! Allez, on trinque !

Ils levèrent leurs verres. Pierrette et Jeanne découvraient leur frère. Quelques mois dans la mine avaient fait de lui un homme robuste. Ses épaules étaient larges, son visage carré avait perdu ses rondeurs d'enfant. Il était beau, même s'il n'était pas aussi grand qu'Alain ou Salvatore.

Par moments, Marie montait dans sa chambre pour se regarder dans la glace. Elle redescendait quelques instants plus tard et, sans un mot, se plaçait de nouveau derrière la fenêtre.

Le cousin Jean arriva vers huit heures. Il gara son camion près de la porte et, comme il bouchait la vue, Marie lui demanda de le déplacer. Frontal qui tremblait de froid vint se coucher près de la cuisinière.

L'arrivée du cousin détendit l'atmosphère. On ne pouvait qu'être de bonne humeur en sa présence. Sa voix était si douce, son sourire si gracieux ! Il s'assit près d'Albert et accepta de trinquer. Marceau s'était placé à côté de lui et se laissait bercer par ses paroles. Éléonore minaudait, riait pour un rien comme une petite fille.

L'obsession de Marie, son regard insistant rivé à la fenêtre maintenaient une atmosphère lourde. Sa silhouette inhabituelle attirait tous les regards qui se croisaient pleins d'une impuissance résignée. Jean, qui n'avait fait aucune remarque, parlait avec Albert du fonçage du puits Pigeot [1] à La Ricamarie commencé en novembre. On prévoyait le plein rendement dans deux ou trois ans, les belles couches de charbon n'étant pas profondes. Albert s'étonnait surtout du projet de chevalement en béton armé. Il n'y croyait pas :

– Moi, j'aurais pas confiance. Ça va se casser la figure. Tu crois que c'est par hasard que les vieux puits sont en bonnes poutrelles d'acier. Regarde Curiot, le Marais ou Flottard, regarde Cécile, ça c'est du solide !

Le cousin opinait.

– Ouais... Moi, je fais confiance aux ingénieurs !

Les filles tentaient de distraire leur mère. Pierrette parlait de Manufrance, des cinq mille employés qui,

1. C'est dans ce puits que fut extrait en 1980 le dernier charbon stéphanois.

chaque matin et chaque soir, transformaient le cours Fauriel en une marée humaine, du *Tarif-Album,* tiré à cinq cent mille exemplaires, de M. Le Couturier des cycles Hirondelle... Marie n'écoutait pas :

– Maintenant il est à la gare de Châteaucreux. À moins qu'il vienne de la Terrasse. Dans ce cas, il faut bien une demi-heure de plus.

Jean la fit asseoir à côté de lui et se mit à raconter des aventures un peu arrangées de l'été dernier avec Marceau. L'enfant en rajoutait un peu, inventait quelques détails et souriait à Jean qui lui faisait un clin d'œil. Il y avait tant de secrets entre eux !

Seule Marie restait insensible au charme du beau cousin. Elle se levait à tout instant et allait à la fenêtre.

Henri était de mauvaise humeur. Cela se voyait à sa manière de serrer les lèvres et de se taire. Il refusa de jouer aux cartes, passe-temps amusant que proposa Jean en attendant l'heure de la messe de minuit.

– La messe ? c'est pour les femmes ! dit Albert. Nous, on a autre chose à faire !

Jean allait au bistrot avec les autres, mais buvait très peu. Comme Damien, il écoutait, mais en plus il racontait des histoires. Tout le monde le voulait à sa table. Albert en était fier et disait toujours « le cousin Jean », bien qu'aucun lien de parenté n'existât entre eux.

Marceau remplaça Henri aux cartes. Éléonore, Augustine et les filles s'étaient assises en retrait et bavardaient. Éléonore s'entendait bien avec ses nièces. Elle les considérait désormais comme de jeunes copines avec qui elle pouvait aborder ces choses qu'on évitait ordinairement entre sœurs ou entre mère et fille.

La partie de cartes était bien engagée. Marceau était fier de jouer avec les hommes et n'aurait pas donné sa place pour un empire. Parfois, il regardait sa mère, toujours assise derrière la fenêtre et ses yeux se voilaient. Tout à coup, Marie s'exclama :

– Cette fois, c'est lui !

– Vous nous l'avez déjà fait ! dit Albert sans lever les yeux de son jeu.

En effet, la silhouette qu'elle avait prise pour Damien passa devant la porte et poursuivit son chemin en traînant les pieds dans la neige. Marie ne dit rien, mais Éléonore vit sa tête basculer vers l'avant. Augustine alla s'asseoir près d'elle :

– Marie, faut pas te mettre dans cet état. S'il ne revient pas aujourd'hui, il reviendra un autre jour, puisque tu sais qu'il reviendra...

– Il va revenir ce soir !

Ce fut l'heure d'aller à la messe. Tout le monde s'habilla. L'oncle Albert avait la démarche hésitante de quelqu'un qui a trop bu. Henri aussi avait un peu bu, mais marchait encore droit. Marie hésita un moment avant de prendre son manteau :

– De toute façon, il sera là après la messe ! dit-elle.

Pierrette remarqua que sa mère n'avait pas toussé une seule fois depuis son arrivée. Elle en parla à Éléonore qui dit :

– Tiens, c'est vrai !

Les femmes partirent devant en se donnant le bras. En chemin, elles furent rejointes par d'autres groupes. Jean, Henri et Albert passèrent devant l'église et continuèrent jusqu'au bistrot. Marie en fut rassurée : Damien irait certainement boire quelque chose et il les trouverait.

L'église était gelée. Les gens se serraient dans l'ombre sur les bancs. Marie s'était placée entre sa mère et sa sœur. Elle flottait, les yeux rivés sur la lumière de l'autel. Les paroles et les chants la berçaient. Tout son esprit était tourné vers ce Dieu à naître, ce sauveur des hommes. La pensée de Damien, la certitude de son retour étaient amplifiées par la ferveur générale. À la fin de l'office, quand les gens commencèrent à sortir, il lui sembla qu'elle revenait de très loin, qu'elle reprenait possession de son corps et ce n'était pas désagréable.

Personne ne s'attarda sur la petite place. Marceau courut chercher les hommes et ils se dépêchèrent de rentrer. Marie ouvrit la porte de la maison, regarda autour d'elle comme si Damien allait apparaître, mais il n'était pas là. Elle n'en fut convaincue que lorsqu'elle eut fouillé toutes les pièces et fait plusieurs fois le tour du potager gelé, étincelant de paillettes de neige.

– C'est normal. Il se sera arrêté pour manger un morceau et dire bonjour aux anciens copains. Il sera là dans moins d'une heure ! dit-elle avec cette assurance qui en imposait à tous.

On se mit à table. Les plats avaient été gardés au chaud sur la cuisinière et Jean commença à raconter des histoires. Éléonore s'était arrangée pour être à côté de lui et frémissait quand son coude touchait le sien. Marie avait insisté pour qu'on mette l'assiette de Damien à côté de la sienne. Personne ne l'avait contrariée, mais la chaise vide à sa droite narguait tout le monde. Pendant tout le dîner, les histoires du cousin ne faisaient pas oublier le bruit des fourchettes et les rires forcés. Chacun cherchait quelque chose à dire. Jeanne expliqua comment M. Charbet avait sauvé son aciérie en trouvant des commandes dans l'Est. Pierrette dit qu'il n'y avait pas au monde une usine semblable à Manufrance. Tous les regards finissaient leur course circulaire sur l'assiette et la chaise... À la fin du repas, Marie dit en allant à la fenêtre :

– Il va arriver dans la nuit.

Cette fois, c'en était trop, Henri se dressa :

– Tu sais que tu nous casses les pieds !

Le visage de Marie se crispa. Les poings serrés, elle poussa un cri aigu et se mit à trépigner. Un accès de toux l'obligea à s'asseoir. Quand elle reprit son souffle, elle leva sa figure mouillée vers sa mère. Un filet de sang coulait au coin de ses lèvres.

Éléonore et les filles s'étaient approchées de la malade. Augustine lui fit boire une tisane qui la calma. Marie monta se reposer sur son lit, soutenue par Pierrette. Henri était tellement contrarié qu'il sortit marcher dans la nuit. Marceau était atterré, comme chaque fois que les grandes personnes avaient des comportements d'enfants. La main de Jean se posa sur ses cheveux et le rassura.

Henri rentra et passa directement dans sa chambre sans dire bonsoir à personne. Jean salua, appela son chien et partit à son camion. Albert et Éléonore s'en allèrent à pied. Augustine décida de rester pour la nuit : elle ne voulait pas laisser les enfants seuls avec leur mère et serait très bien sur le fauteuil. Pierrette et Jeanne allèrent se coucher. L'une comme l'autre n'avaient qu'une hâte : être au lendemain pour fuir cette maison où l'air était devenu irrespirable.

Le jour se leva sur une ville déserte. Les chevalements se taisaient ; les cheminées des aciéries ne fumaient pas. Cours Fauriel, le Palais de l'Industrie était désert. Chez Mimart, comme partout, c'était la pause de Noël. Un ciel de neige pesait sur les maisons.

Marie se leva la première. Elle portait son tablier noir. Sa mèche blanche de nouveau libre semblait avoir épaissi dans la nuit. Son visage ridé et triste était celui d'une vieille femme. Elle ne dit pas un mot et se mit au travail comme tous les matins où elle n'allait pas à la mine. Les jumelles qui avaient mal dormi furent vite prêtes. Elles burent à la hâte une tasse de café, embrassèrent leur mère, leur grand-mère, et partirent par le premier tram.

24

Roselle jalousait Jeanne d'avoir été choisie pour partir à Nice alors que Jeanne aurait volontiers cédé sa place. Elle allait être séparée de Salvatore pendant dix jours, une éternité. Elle dut cependant faire bonne figure et laisser parler sa collègue qui, depuis le rendez-vous raté avec Alban, ne cessait de lui faire des remarques acerbes. Angélique demanda à Jeanne de l'aider à préparer les valises. Elle emporta plusieurs robes pour la jeune fille :

– Nous allons recevoir des gens importants pour les affaires de mon mari. Tu devras être élégante.

Le départ était prévu le surlendemain de Noël et on faillit ne pas partir. Hubert avait réussi à soulever le capot de la voiture et s'étais mis à jouer au mécanicien. Il fallut aller chercher un véritable garagiste, de l'autre côté de la ville, qui mit deux heures pour trouver la panne. Bertrand Raynaud tentait de faire patienter sa femme, Rose, mais, n'y parvenant pas, il décida de partir devant avec la petite Camille.

Il était encore tombé de la neige, le Pilat était couvert d'une épaisse brume, et M. Charbet redoutait les routes glissantes. Jeanne ne pouvait s'empêcher de penser à sa mère et à la triste soirée de Noël. Elle prenait conscience maintenant combien ils avaient été oppressés et elle s'en voulait de ne pas s'occuper plus de sa famille. Dès le retour de Nice, elle irait passer une journée entière à Chavassieux.

Elle retrouva le grand appartement duplex des Charbet dont les hautes fenêtres donnaient sur la mer. Comme durant le séjour de l'été, elle logeait dans la chambre de bonne au sixième étage de l'immeuble, ce qui lui avait déplu lors du premier séjour, et l'enchantait, cet hiver. Elle était indépendante et pouvait lire tard ou penser à Salvatore. Le premier soir, elle lui écrivit une longue lettre passionnée qu'elle relut le lendemain et jugea si naïve que ces pages enflammées finirent en confettis à la poubelle.

Comme Minie était restée à Saint-Étienne, quand les Charbet n'avaient pas d'invités, Angélique demanda à Jeanne de faire la cuisine. La jeune fille s'appliqua à préparer les plats simples que sa mère lui avait appris. M. Charbet se régalait. Il levait son regard voilé et s'extasiait :

– Une merveille, votre ragoût, Jeanne ! Joseph ne saurait en réussir un aussi bien !

Jeanne souriait, sincèrement flattée. Ce travail lui laissait du temps pour flâner. Elle découvrit Nice en hiver et fut surprise de la douceur de l'air. Il faisait bon, les gens se promenaient en petite tenue. Comme la vie devait être agréable dans cette ville ! Angélique avait embauché un répétiteur qui faisait travailler les enfants toute la journée. Angélique qui se délectait dans le mensonge présenta Jeanne comme sa cousine. Elle raconta que Jeanne, orpheline à la suite d'un tragique accident, avait été placée chez les sœurs.

Lorsqu'elle mentait, Angélique savait ajouter ces détails inattendus qui font vrai. M. Charbet laissait parler sa femme avec un petit air amusé.

Le peintre Gustave Bonadieu passait l'hiver « sur la Côte » comme il disait, dans l'appartement que lui avait légué son père. Il vint saluer Angélique et s'extasia sur la qualité de la lumière méditerranéenne :

– C'est elle qui nourrit mes pinceaux ! dit-il. Même quand je travaille à l'intérieur.

Il s'isola un moment avec Angélique qui appela Jeanne quelques instants plus tard :

– Voilà ! dit-elle, Gustave te trouve très belle. Il souhaite te peindre !

Jeanne rougit.

– Me peindre ?

– Oui, il voudrait que tu poses pour lui. Imagine, Jeanne, tu vas entrer dans l'histoire de l'art. Quelle chance !

Pour Angélique, il n'était pas pensable que Jeanne refusât. Aussi fut-il convenu que la jeune fille irait à l'atelier tous les après-midi. Jeanne n'osa pas faire la moindre remarque, mais la seule idée de se mettre nue devant cet homme la terrorisait. Plusieurs fois, elle eut la tentation d'aller trouver Angélique pour lui dire qu'elle ne voulait pas, mais quelque chose la retenait au dernier moment, comme une envie secrète que sa morale réprouvait.

Le lendemain après-midi, Angélique décida de l'accompagner. Jeanne en fut satisfaite et angoissée en même temps. Satisfaite parce que seule elle n'aurait jamais osé frapper à la porte du peintre, mais elle redoutait que sa maîtresse la pousse à faire ce qu'elle réprouvait : près d'Angélique, elle perdait toute volonté, toute détermination.

Quand elles arrivèrent, Gustave était dans son atelier, une vaste pièce très éclairée par de larges baies. Des dizaines de cadres et de tableaux étaient posés contre le mur. Le peintre remercia Jeanne de sa voix profonde, pleine de notes graves. Toujours vêtu de noir, il était imposant avec ses gestes tranquilles, cette nonchalance des hommes forts. Jeanne se sentait minuscule, comme soumise à ce colosse au regard perçant qui lui rappelait le cousin Jean bien qu'il fût moins grand et plus épais. Angélique lui ordonna de se déshabiller.

Comme Jeanne hésitait, elle déboutonna elle-même les boutons de la jupe qui tomba par terre. Jeanne était médusée, incapable de faire un mouvement. Gustave s'exclama :

– La perfection, ma chère ! Vous avez le talent de découvrir les oiseaux rares !

– Ne fais pas ta sainte nitouche ! s'exclama Angélique en voyant la honte de Jeanne. Gustave te regarde en artiste, pas comme tu le penses.

– Bon, au travail ! dit-il. Nous allons étudier la pose !

– Je vous laisse ! fit Angélique en se dirigeant vers la porte.

Quand elle fut seule, nue devant cet homme, Jeanne se dit qu'elle avait dépassé les limites de ce qui était permis à une jeune fille honnête. N'était-elle pas en train de glisser vers la déchéance de celles qui n'avaient aucun respect pour elles-mêmes et se donnaient pour de l'argent ? Elle eut envie de se précipiter sur ses habits et de fuir. Mais la voix douce et grave apaisa ses scrupules :

– Il n'y a pas de honte à montrer ce qui est beau ! C'est rendre grâces à Dieu de le faire.

Il fit allonger Jeanne sur un canapé avec des gestes doux qui effleuraient sa peau, aussi légèrement qu'une plume.

– Vous savez, une belle fille comme vous peut gagner de l'argent en posant pour les élèves des Beaux-Arts.

Un léger sourire anima le visage de Jeanne.

– Devant autant de monde, je n'oserais jamais ! dit-elle d'une voix faible.

Il rit en montrant ses petites dents blanches au milieu de sa barbe noire. Maintenant, Jeanne se sentait un peu plus en confiance et se prenait au jeu. Il alla chercher un drap rouge qu'il disposa sur le dossier du canapé et en couvrit l'épaule gauche de la jeune fille.

– Le drapé ! dit-il avec un air gourmand. C'est tout l'art de la peinture.

Il passa derrière son chevalet. Pour Jeanne, la pose, immobile, était difficile, une torture. Au bout d'une heure, le peintre dit :

– Ça suffit pour aujourd'hui. J'ai ce qu'il faut pour travailler. Je vous propose une petite promenade sur la Croisette avant de rentrer.

Ils déambulèrent sur la Croisette puis sur la plage. Le soleil d'hiver était doux. Le vent frais de la mer fouettait le visage. Jeanne se laissait traverser par le bruit du ressac. En compagnie de cet homme silencieux, elle avait le sentiment que rien de mal ne pouvait lui arriver, qu'il n'y avait pas d'interdits et qu'elle pouvait lui confier ses pensées les plus intimes.

Les jours suivants, elle se rendit chez lui tous les après-midi. Ils travaillaient une heure ou deux et allaient faire de longues promenades. Un soir, il lui prit la main. Ce contact était doux, chaud, agréable. Ils se parlaient peu, mais le silence entre eux n'était pas lourd. Jeanne se sentait heureuse, calme, comme en compagnie d'un grand frère, d'un père, d'un protecteur. L'image de Salvatore traversait parfois son esprit et elle s'en voulait alors d'aimer la chaleur de cette main qui tenait la sienne, de regarder avec plaisir ce visage, de rire quand le peintre faisait une remarque drôle.

À la fin du séjour, Gustave paya Jeanne qui rougit en voyant la liasse de billets qu'il lui tendait. Elle ne voulut pas les accepter, comme si cet argent allait casser leur bonne entente.

– C'est beaucoup trop ! dit-elle.

Ces séances de pose lui avaient procuré plus de plaisir qu'elle ne l'avouait et la servante qu'elle était restée trouvait immoral de gagner de l'argent sans peine, surtout en se mettant nue devant un homme, même si c'était pour de l'art.

– Garde cet argent, Jeanne. L'intelligence se vend cher, c'est la même chose pour la beauté qui est un cadeau du bon Dieu.

Les dix jours avaient passé comme un enchantement et Jeanne s'étonna de ne pas être particulièrement heureuse de rentrer. M. Charbet partit directement en train de Nice pour Longwy. Bertrand Raynaud ramena la famille.

À Saint-Etienne, la neige recouvrait toujours les trottoirs. Joseph accueillit tout le monde sur le pas de la porte et vint donner un coup de main pour décharger les bagages. Roselle fit plein de compliments à Angélique qui avait un teint superbe. Quand elle passa près de Jeanne, elle dit :

– Tu as réussi à le caser, ton petit cul ?

Jeanne ne répondit pas ; pourtant, l'animosité de Roselle la mettait en face de la réalité : elle était à Saint-Étienne ; la vie reprenait son cours ordinaire. Elle n'avait écrit qu'une fois à Salvatore et redoutait de le revoir, comme si ce séjour à Nice l'avait radicalement transformée.

Le soir même, Loïc Legall monta à la Marandinière. Il salua tout le monde, bavarda un moment avec Angélique et demanda à voir Jeanne.

– Et ces photos pour les magazines ? Quand voulez-vous que je vous présente Honoré Leblanc ? Il a vraiment besoin de quelqu'un comme vous pour exprimer son immense talent.

Jeanne pensa à la liasse de billets gagnée si facilement dans l'atelier de Gustave. Et puis, elle aimait ce jeu de la belle fille qui prend des positions étudiées pour mettre en valeur ses formes et sa grâce, qui est regardée pour sa beauté comme si elle était le centre du monde.

– Des photos, mais quelles photos ?

– Pour de la réclame. L'avenir de cette société qui ne cherche qu'à paraître est dans la réclame.

– Eh bien, demain après-midi.

Elle regretta presque aussitôt d'avoir accepté aussi vite. Il lui semblait que prêter son visage, son corps à d'autres fins que la peinture de Gustave était une infidélité.

Le lendemain elle passa très vite voir Salvatore, s'excusa de n'avoir pas beaucoup de temps et promit de rester tout l'après-midi du lendemain. Salvatore en fut contrarié, mais ne le montra pas. Il demanda à Jeanne de lui raconter ses vacances, ce qu'elle fit : la mer était superbe, les collines autour de Nice resplendissantes de soleil. Elle oublia les séances de pose et les promenades main dans la main avec Gustave.

– Et tu n'as pas rencontré de beau garçon ?

– Cesse donc de dire des bêtises ! Bon, je file, à demain, nous aurons plus de temps.

– Mais où vas-tu ?

Elle hésita un instant, puis dit :

– Mme Charbet veut que je l'accompagne chez son couturier.

Elle courut à l'adresse que lui avait indiquée Legall. Honoré Leblanc était très maigre et un peu voûté. Sa tête aux cheveux raides semblait trop lourde pour son cou. Son assistant, Gérard Bourdon, portait les cheveux longs. Sa démarche et sa voix de femme étonnèrent Jeanne. Il la conduisit dans une immense salle où se trouvaient des décors, cocotiers en carton, plages peintes sur un drap, silhouette de voiture en bois sur une route en tissu. Leblanc expliqua qu'il faisait des photos pour des magazines et des « réclames ». Elle devait porter des décolletés un peu osés, montrer ses mollets et parfois ses cuisses. Jeanne eut envie de s'en aller. Leblanc dut le comprendre et proposa :

– Ce sera trois cents francs par séance.

– Non, dit Jeanne, ce sera trois cents francs la photo.

L'autre réfléchit un moment, la tête penchée sur son épaule gauche.

– D'accord ! dit-il en glissant une plaque dans un énorme appareil à soufflet.

Durant les premiers jours de janvier, le temps se radoucit un peu, vira à la pluie puis, après un nouveau refroidissement, ramena une couche de neige poudreuse. Rien n'avait changé à Chavassieux. Marie allait à son travail malgré les accès de toux de plus en plus fréquents. Le docteur Perrot n'avait pas insisté quand elle avait une fois de plus refusé de se mettre à la Caisse.

– Et dire que tant font macadam ! s'écria-t-il.

Le 10 janvier, le cousin Jean descendit chercher Marceau pour l'emmener à la foire du Puy qui allait durer une semaine. L'enfant qui redoutait les soirées chez lui laissa éclater sa joie. Ici, le silence de sa mère, la mauvaise humeur constante d'Henri rendaient l'air irrespirable.

Marie ne parlait plus du retour de Damien. Elle allait à la mine, préparait les repas pour Henri qui ne rentrait pas toujours. Augustine venait tous les deux jours pour laver le linge et faire le ménage. La vieille femme voyait bien que la maladie progressait, mais Marie ne voulait rien entendre.

Waldeck passait la voir deux fois par semaine. Il s'asseyait à côté d'elle et lui parlait avec cette patience, cette tendre sollicitude qui faisait l'admiration d'Éléonore. Il était le seul à qui Marie parlait avec franchise, osait exprimer ses désirs ou ses peurs. La générosité était naturelle chez cet homme. Ses cheveux gris aux reflets d'argent rehaussaient l'éclat de ses yeux très bleus. Avec l'âge, son visage s'était épaissi, mais sa voix grave avait toujours ce timbre jeune qui plaisait tant à Marie, autrefois.

– Au fond, j'ai eu tort de croire que Damien reviendrait à Noël ! dit-elle un jour. C'est pas une bonne saison pour revenir. Non, il reviendra au printemps, le jour de Pâques. Il y aura un grand soleil, tout chaud, tout neuf. Les pâquerettes feront des points blancs dans l'herbe devant la porte. Et j'aurai cueilli un bouquet de violettes minuscules, mais dans son verre sur la fenêtre il répandra une odeur de renouveau.

Waldeck n'insistait pas. Cette espérance insensée était nécessaire à Marie. Il s'en voulait d'avoir cherché, au début, à profiter de sa solitude pour reprendre une vieille histoire et salir avec de sordides pulsions adultes des sentiments purs d'enfant et d'adolescent.

Henri et sa mère n'échangeaient pas dix mots par jour. Le jeune homme rentrait à l'heure des repas, repartait souvent le soir et elle ne le voyait plus jusqu'au lendemain.

Zofia occupait toutes ses pensées. Près d'elle, il devenait un autre, oubliait ses lâchetés et son passé. Il osait parler, ouvrir les plaies douloureuses qu'il cachait à tous et en vider le pus. Son père était le centre de ces confidences. Il aurait voulu croire, comme Marceau, qu'il était parti chasser les grands fauves en Afrique.

– Je le déteste ! dit-il un soir, d'une voix sèche.

Zofia posa l'index sur ses lèvres :

– Ne parle pas ainsi. Tu sais que ce n'est pas vrai.

Non, ce n'était pas vrai. C'était beaucoup plus compliqué qu'un simple ressentiment. Zofia le réconfortait :

– Que sais-tu de ton père ? Rien, sinon qu'il est ton père. Alors, attends...

– Peut-être, mais faire ce qu'il a fait...

Zofia passait sa main dans ses cheveux blonds qu'elle attachait en un chignon brillant comme un lingot d'or. Son visage était rond. Quand elle riait, deux fossettes entaillaient la bordure de ses joues.

– Rappelle-toi, disait-elle, Dieu t'ordonne de pardonner à ceux qui t'ont fait du mal.

Henri s'énervait. Il fronçait ses épais sourcils, plus sombres que ses cheveux courts :

– Ton bon Dieu, les riches l'ont inventé pour que les pauvres acceptent de rester pauvres. La religion est inutile aux hommes d'aujourd'hui.

– Non, mon Henri, elle est plus que jamais nécessaire. Ce n'est pas la richesse ni le bien-être matériel qui vont empêcher les hommes de se poser des questions. Rappelle-toi, seuls les imbéciles savent tout et ont toujours raison !

À la mine, tout le monde connaissait la liaison d'Henri. On en riait, sauf Boutineau qui ne lui avait pas caché ses pensées :

– Dis-moi, ta veuve, tu veux la marier ?

Ils étaient à la portion, assis l'un près de l'autre. Boutineau avait coupé une tranche de pain de la pointe de son couteau et avait continué :

– C'est pas les filles qui manquent !

Lui aussi, donc, désapprouvait cet amour plus fort que les barrières ordinaires ! Zofia était polonaise, c'était son plus grave défaut aux yeux de tous !

Le mois de janvier passa dans un climat empoisonné. À la mine comme dans la rue, la tension montait. Depuis le scandale des faux bons du Crédit municipal de Bayonne, la méfiance ne cessait d'augmenter envers le pouvoir politique. La mort de Stavisky dans un chalet de Haute-Savoie, la démission de Daladier, la chute du ministre Chautemps, accusé d'escroquerie, étaient peu favorables aux affaires. Pourtant, le syndicaliste Marionnet comme le patron Charbet étaient du même avis : il fallait rétablir l'ordre ! La journée du 6 février, meurtrière à Paris, n'avait vu que des petites manifestations à Saint-Étienne.

Pour le fabricant Armel Leroux, les affaires ne se rétabliraient pas tant qu'un régime parlementaire serait au pouvoir. Comme beaucoup de gens aisés, il était membre de l'Action française aussi bien implantée dans la ville noire que la SFIO ou le parti communiste.

Il était d'une régularité exemplaire. Chaque mois, il arrivait à Chavassieux vers trois heures de l'après-midi. Le 1er février, Marie l'attendait donc et il ne vint pas. Elle en parla à Henri qui ne trouva pas ça très grave. M. Leroux avait eu un empêchement, il viendrait le lendemain et, s'il ne voulait pas son argent, Henri n'irait pas le chercher !

Marie en fut quand même tracassée car elle redoutait un nouveau coup du mauvais sort. Elle attendit toute une semaine, et n'y tenant plus, un après-midi qu'elle était libre, se rendit rue de la Bourse. M. Leroux la reçut avec un beau sourire qui éclaira sa large figure sanguine. Il la pria de s'asseoir.

– Je suis venue vous apporter votre argent..., dit-elle.

L'homme prit un air surpris :

– Mais quel argent ?

Ce fut au tour de Marie d'être étonnée.

– Mais l'argent que je vous dois, le premier de chaque mois.

– Voyons, dit M. Leroux, votre dette est payée ! Nous sommes quittes.

Marie ne comprit pas. Elle fronça les sourcils. Un accès de toux lui mit le feu dans les poumons.

– Voulez-vous boire quelque chose ?

– Non, merci. Pourquoi la dette est-elle payée ?

– Parce qu'on l'a payée. Votre fille, Jeanne, est venue ici, il y a quelques jours. Elle m'a donné l'argent...

D'abord incrédule, puis perplexe, Marie se demanda ce que cela cachait. Où Jeanne avait-elle trouvé cet argent ? Sa fille qui se fardait, s'habillait outrageusement était-elle en train de sombrer dans la pire des vies ? Une chose était sûre : une telle somme ne pouvait venir que d'un homme, un de ces hommes riches à qui elle s'était vendue.

– Il ne fallait pas accepter, monsieur Leroux ! dit Marie d'une voix faible sans lever les yeux, honteuse devant cet homme riche de la déchéance de sa fille.

Marie ouvrit son sac et en sortit des billets qu'elle recompta doucement. Ses doigts, crevassés par le charbon, tremblaient.

– Tenez. Vous rendrez l'argent à Jeanne. Je n'en veux pas.

Elle sortit sans rien ajouter. Dans la rue, elle s'essuya le visage et marcha au hasard en s'éloignant de la station du tram. Comment Jeanne avait-elle pu tomber aussi bas, se respecter si peu pour monnayer ce qui était le plus précieux, son honneur de femme ? Marie se sentait salie, souillée. Elle rentra chez elle comme un automate.

Le dimanche suivant, Jeanne arriva vers deux heures de l'après-midi. Elle embrassa sa mère qui lui adressa un regard froid. Marceau, qui avait compris qu'une dispute était imminente, s'éloigna dans la rue, les mains dans les poches.

Marie eut un geste de la main en direction de sa fille :

– Qu'est-ce que tu fais là ? Comment oses-tu revenir devant moi ?

Sa voix tremblait. Jeanne ne baissa pas les yeux, ses joues se colorèrent :

– De quoi veux-tu parler ?

– Tu le sais ! explosa Marie qui ne put pas se contenir plus longtemps. M. Leroux a dû te le dire !

En effet, M. Leroux avait rendu l'argent à la jeune fille qui en avait été affectée. Aussi répondit-elle d'une voix que la colère faisait trembler :

– Cet argent, je l'ai gagné et d'une manière honnête. C'était mon cadeau à la famille.

– Honnête ? En te vendant à des hommes !

– Je l'ai gagné en faisant des photos !

– Des photos sales...

– Des photos pour de la réclame parce que je suis bien faite et que ça plaît !

– Bien faite ! Comme si la beauté, ça se vendait !

Jeanne se dirigea vers la sortie. La colère l'aveuglait. Elle explosa :

– Tu auras toujours une mentalité d'ouvrière.

– C'est mieux qu'une mentalité de putain !

Jeanne claqua la porte et courut jusqu'au tram, les larmes lui brouillaient la vue.

25

À partir du 15 février, les mineurs du puits Cécile ne travaillèrent plus que trois jours par semaine. Seule Manufrance échappait à la crise. Chaque matin, Émile Mimart quittait son hôtel particulier de la place Badouillère et arrivait à sept heures précises pour assister à l'ouverture de l'usine. Tant qu'il serait là, le père Mimart, comme on l'appelait, tant qu'il porterait les doigts à sa belle moustache gominée, rien de mauvais ne pouvait arriver au Palais de l'Industrie.

Marie avait de réelles difficultés pour acheter à manger et habiller Marceau. Le cousin Jean, qui s'en était rendu compte, arriva un jour au volant de son camion blanc. Il ouvrit la grande porte arrière et déchargea des sacs de pommes de terre, de haricots, des cartons de conserve.

– Mais qu'est-ce que tu fais là, Jean ? s'exclama Marie.

L'homme eut un sourire radieux :

– C'est un commerçant qui me devait des sous. Il peut pas payer, alors j'ai pris ce que j'ai pu et qu'est-ce que tu veux que j'en fasse ?

– Mais je peux pas accepter...

– Arrête de faire des manières ! Tu veux que je laisse perdre tout ça ?

La question de la nourriture était réglée pour un bon bout de temps. Marie regrettait maintenant de s'être emportée avec Jeanne et demandait régulièrement de ses nouvelles à Pierrette qui répondait évasivement car les jumelles se voyaient de moins en moins.

Henri s'était définitivement installé chez Zofia. Il ne venait à la maison que trois soirs tous les quinze jours quand sa mère travaillait. Il réchauffait le repas de Marceau, dînait avec lui, mais cela lui pesait et il ne s'en cachait pas. Marie ne le voyait pratiquement plus. Pourtant, un dimanche après-midi, il arriva, sa cigarette à la bouche, l'embrassa et s'assit à table comme s'il n'avait rien à faire. Au bout d'un long silence, il finit par dire :

– Voilà, Zofia et moi, on va se marier. Je voulais t'avertir...

Marie leva les yeux sur son fils, incrédule. Avait-elle bien entendu ?

– Tu ne vas pas... Cette Polonaise...

Elle n'acheva pas sa phrase, mais Henri avait bien compris. Marceau se dit que le ton allait monter et se réfugia derrière la cuisinière.

– C'est comme ça ! insista Henri.

– Tu n'es pas majeur et tu n'auras jamais ma permission ! fit Marie, froidement.

Henri blêmit ; son visage se contracta.

– Tu me donneras pas ta permission ? Tu laisseras dire que ton fils a fait un enfant et abandonne la mère ?

Marie se mit à tousser. Entre chaque accès, elle inspirait la bouche ouverte, et l'air en pénétrant dans ses poumons faisait un bruit de râpe. Quand elle fut calmée, elle dit d'une voix rauque :

– Un enfant ? Elle n'a jamais réussi à en faire jusque-là...

– Peut-être, mais il y a un début à tout.

Henri serrait les dents, les muscles de sa mâchoire se dessinaient à l'arrière de ses joues creuses. Lui aussi avait été contrarié quand Zofia lui avait annoncé sa grossesse. Il se sentait bien jeune pour se marier et être père. Les mises en garde de Boutineau n'étaient pas restées sans effet ; pourtant, il ne pouvait plus reculer. L'arrivée de ce bébé coupait court aux incertitudes : on n'abandonnait pas une femme enceinte !

Henri sortit sans dire au revoir, il ne reviendrait probablement pas de plusieurs jours. Marie débarrassa la table et se mit à la vaisselle. Ce mariage, s'il se faisait, plongeait toute la famille dans la honte, mais comment y échapper ? Marie joignit les mains et regarda le crucifix posé sur l'étagère.

– Mais vous ne m'en épargnez aucune ! cria-t-elle.

Elle se sentait ligotée, comme portée vers une torture imprécise. La tête lui tournait. Elle monta dans sa chambre et s'allongea sur son lit, les yeux sur les poutres sombres du plafond.

Marceau fuyait les colères silencieuses de sa mère. Il se renfermait sur lui-même, s'évadait de cette maison où les drames se succédaient. Une fois dans son lit, les yeux fermés, il partait dans le camion blanc avec le cousin Jean. Il refaisait les itinéraires de l'été. Jean lui avait promis de l'emmener à Pâques pour une petite tournée de printemps. Il s'imaginait dormant sur la banquette, disposant les cartons de rubans, les boîtes de bouton sur le présentoir. « Eh bien, mauvaise troupe, on rechigne au travail ! » disait alors la belle voix du cousin qui prenait son banjo.

Marie avait mal supporté l'hiver et le docteur Perrot ne savait plus quel médicament lui prescrire. Sa maladie évoluait par à-coups ; des périodes de calme précédaient des crises terribles qui l'épuisaient.

Mars fut humide. Il plut au début du mois, puis il neigea. Marie s'ennuyait de Jeanne qui n'était pas revenue à Chavassieux depuis leur dispute. Pierrette lui apprit que sa sœur avait quitté le service des Charbet pour s'installer dans un petit appartement du centre ville. On la voyait partout avec le peintre Gustave Bonadieu. Le journaliste Loïc Legall lui prévoyait un avenir dans le cinéma, mais, pour cela, il fallait aller à Paris. Marie s'inquiéta :

– Mais voyons, l'argent, où le trouve-t-elle ?

– Elle fait des photos pour de la réclame.

– Des photos pour de la réclame ! Mais c'est pas un métier, ça !

– Si, pour elle, c'est un métier ! dit Pierrette avec animosité. Jeanne aime le superflu. Une chose est sûre, elle va tomber de haut, de très haut.

– Elle glisse vers l'irréparable et c'est bien ce qui me tracasse ! poursuivit Marie.

Elle n'admettait pas qu'on pût gagner de l'argent sans peine ni fatigue. Le travail devait être une contrainte, pas un plaisir. Pierrette le comprenait un peu mieux, mais n'admettait pas, non plus, que sa sœur pût réussir avec autant de facilité. La certitude d'avoir sa revanche lui donnait la force d'accepter sa condition de modeste employée et de faire des journées doubles. Il y avait une justice, et les frivolités de Jeanne ne paieraient qu'un temps !

À mesure que les jours grandissaient, Marie s'était inventé une autre obsession. Elle attendait Damien pour le jour de Pâques. Elle en parlait surtout à Waldeck qui tentait de la raisonner, mais n'y arrivait pas. Damien reviendrait avant l'été, et le jour de Pâques était un bon jour pour revenir.

Henri se maria le 17 mars 1934. Un mariage triste que les Polonais tentèrent d'égayer en buvant beaucoup de vodka. Boutineau, après s'être fait prier, accepta d'être un témoin du marié. Prise ailleurs et surtout parce qu'elle ne souhaitait pas voir sa mère, Jeanne ne put y assister. Elle avait donné de l'argent à sa jumelle pour acheter un costume à Marceau qui était complètement paralysé dans ce vêtement neuf et raide.

Il fallut beaucoup de patience à Waldeck pour décider Marie qui assista à la messe vêtue de noir, en donnant le bras à sa mère et à sa sœur. Éléonore, qui ne quittait pas des yeux le cousin Jean, dit :

– C'est vrai que Zofia est un peu âgée pour ton Henri qui est lui, bien trop jeune, mais chacun va vers son destin et il sera peut-être le plus heureux des hommes.

Albert, avec le bon sens des simples, ajouta :

– Et puis, qu'est-ce que ça peut faire qu'elle soit polonaise ? Il y a des braves gens partout !

Henri rayonnait dans son costume neuf. La mariée n'était pas en blanc, mais portait un tailleur clair qui mettait en valeur sa taille restée mince, ses hanches rondes et sa poitrine bien proportionnée. C'était une belle femme à n'en pas douter, même si elle était d'ossature un peu forte, mais cela ne lui enlevait pas son âge et son passé. Piotr, qui était son témoin, se souvenait de cette soirée où il avait conduit Henri chez Zofia. Pouvait-il se douter que cela se terminerait de la sorte ? Non, mais il ne regrettait rien, Dieu l'avait voulu ainsi !

La messe fut dite par le curé polonais. Jean y assista comme Albert et tous les autres du puits Cécile dont la plupart ne portaient jamais les pieds à l'église. Marie pria durant tout l'office. Son esprit tout entier était rempli d'un seul désir : « Mon Dieu, faites qu'il revienne à l'instant ! » Elle mettait tant de ferveur dans cette prière que le miracle lui semblait imminent et elle ne cessait de se retourner pour regarder la porte fermée.

Le banquet se déroula au bistrot polonais. La vodka coulait à flots en même temps que la tension montait. Bien échauffé, Marionnet parla des curés qui étaient du côté des patrons pour écraser les ouvriers. L'oncle Albert qui avait le vin mauvais parla – sans citer personne – de ces étrangers qui venaient prendre le travail des Français et faisaient macadam à tour de rôle pour ruiner la Caisse. Le père de la mariée voulut relever l'affront, Waldeck réussit à le faire taire. Winsky et Jean, qui étaient à peu près de la même carrure, dirent en français et en polonais pour que tout le monde comprenne que le premier qui parlerait de politique serait mis dehors à coups de pied au cul. Le calme revint, mais l'atmosphère n'était pas à la franche rigolade.

Finalement chacun resta de son côté, les Polonais à la même table, les Français dans leur coin. Après le repas, les mariés s'en allèrent, laissant une assemblée de convives réunis pour eux et qui se regardaient en chiens de faïence.

Le jeune couple s'installa dans l'appartement de

Zofia qui serait trop petit avec l'enfant. Henri allait demander à la Compagnie un logement dans la cité de Chavassieux et l'obtiendrait facilement même si les places étaient rares : il était apprécié de Patte d'Oie et l'avis du surveillant était déterminant.

Ils passèrent les quatre jours de congé qui leur avaient été accordés chez eux, ne sortant que pour acheter à manger. Henri ne se rassasiait pas du contact doux et chaud de sa femme, de son corps. Le mariage avait accru leur ardeur. Leur amour était désormais reconnu par Dieu, ce qui enlevait toute retenue à Zofia. Ils roulaient enlacés sur le lit sans se soucier des heures qui passaient et du monde qui grouillait autour d'eux.

Le lundi matin, vers huit heures, ils regardaient par la fenêtre le soleil se lever sur les toits de Saint-Étienne. Henri avait faim et il projetait de sortir acheter des croissants.

– C'est bien trop cher ! dit Zofia. Du pain ordinaire suffira !

– Tu as peut-être raison. Nous sommes si bien que ce n'est pas la peine d'ajouter un autre plaisir !

Tout à coup, un bruit sourd monta des entrailles de la terre. Le sol trembla, les assiettes tintèrent dans le placard. Le lustre au-dessus du lit se mit à se balancer. Les chiens aboyèrent dans la cité voisine. Henri sursauta :

– Nom de Dieu ! dit-il.

Zofia lui posa un doigt sur les lèvres :

– On ne jure pas.

– Ça vient du puits Cécile !

Il avait compris et restait immobile au milieu de la chambre. Ses mains tremblaient. Ce bruit, même s'il ne l'avait jamais entendu jusque-là, il le reconnaissait. Aussitôt, la terrible nouvelle courut dans la ville comme une traînée de poudre : un coup de grisou s'était produit au puits Cécile au forage de Cul d'Ours. On avait donné ce nom ridicule à la treizième galerie pour conjurer le mauvais sort, mais cela n'avait pas suffi. La terrible catastrophe du puits Combes en 1928 était présente à tous les esprits. Le gouverneur, M. Antoine, s'y attendait un peu et avait fait doubler les installations de ventilation. La treizième était perpendiculaire à la douzième et devait atteindre, selon les géomètres, une couche de deux mètres de bon charbon facile à exploiter. L'explosion avait entraîné de nouveaux éboulements dans la douzième.

Henri se tourna vers Zofia. Il était blême.

– Les autres y sont ! Et moi...

Zofia se blottit contre lui et posa sa tête sur sa poitrine.

– Il ne faut pas parler comme ça.

– Si ! dit Henri en caressant les cheveux blonds de sa femme. Sans ce congé, je serais au fond !

Il chercha ses habits qu'il enfila rapidement.

– Que fais-tu ? demanda Zofia d'une voix anxieuse.

– Je vais au puits ! répondit Henri d'une voix décidée.

Il sortit et dévala les escaliers en courant. Quand il arriva au puits, une foule de gens se pressaient déjà autour du chevalement, femmes en larmes, mineurs en retraite qui ne pouvaient pas être utiles, mais venaient aux nouvelles. Le temps était brumeux, mais il ne faisait pas froid. Henri se faufila entre les groupes jusqu'à l'ascenseur. Il vit un surveillant et quelques hommes, dont Lenoble, qui attendaient pour descendre. Henri s'étonna de la présence de son collègue :

– C'est Roullet qui m'a demandé de prendre ma place parce qu'il doit aider son frère à déménager cet après-midi. Tu parles d'une connerie !

Le surveillant se tourna vers Henri :

– Qu'est-ce que tu fous là, toi ? Le gouverneur a dit : pas les jeunes sans expérience !

– Et Boutineau ? demanda Henri.

– On sait pas ! dit Lenoble.

Tout se bousculait dans la tête du jeune homme. Il courut à la salle des pendus, se changea rapidement et passa chercher une lampe. Le magasinier le regarda et dit :

– Pas les jeunes ! C'est un ordre du gouverneur.

Il devait descendre. Une force qu'il ne maîtrisait pas le poussait à cette folie. Des lampes, posées en ligne sur des étagères, étaient branchées à des prises. Il bouscula le magasinier qui voulait s'interposer, en prit une et courut jusqu'à la cage où des hommes graves, conscients du danger qu'ils allaient affronter, montaient en silence. Lenoble le regarda un moment avec un air plein d'admiration.

– Toi, chapeau ! dit-il.

Dans la précipitation, le receveur ne fit pas attention à lui. Il verrouilla la porte et la machine se mit en marche, prit de la vitesse en plongeant dans le gouffre d'où montait une odeur de soufre et de chair grillée. Il fallait être mineur pour la supporter.

Au niveau – 620, c'était l'affolement. Des hommes couraient dans tous les sens. Des blessés étaient allongés à même le sol entre les berlines et grimaçaient en attendant qu'on s'occupe d'eux. Le docteur Perrot allait des uns aux autres ; le casque de mineur sur le haut de son crâne changeait sa silhouette. Il parlait de sa voix calme et rassurante. Dans un coin,

Henri vit plusieurs sacs noirs. Pour eux, rien ne pressait. Le jeune homme courut dans la galerie principale, vers la douzième. Il croisa Albert qui aidait un gars encore nu, une épaule en sang, à marcher jusqu'à la cage. Pour cette fois encore, l'oncle avait eu de la chance : il se trouvait à l'opposé de la taille où s'était produite l'explosion, mais ce n'était que partie remise. Chaque jour, chaque coup de pique était un rendez-vous avec l'inconnu et la mort.

– Et Boutineau ?

– Pas vu ! dit Albert.

Henri rejoignit l'équipe de secours et passa avec elle la première porte, puis la seconde. À mesure qu'ils approchaient, une poussière noire très légère flottait dans l'air et les lampes ne servaient plus à grand-chose. L'odeur était suffocante. Dans cette chaleur moite, le sang et la chair broyée avec les pierres dégageaient une puanteur terrible. Henri noua son mouchoir sur son nez et sa bouche.

Ils arrivèrent sur les lieux. La Branlante une fois de plus n'avait pas failli à sa sinistre réputation. Il n'y avait que deux survivants parmi les Espagnols et les Arabes qui creusaient la treizième. Un cahot de roches disloquées, de poutres brisées empêchait d'aller plus loin. Aux cris des hommes se mêlaient les hennissements des chevaux qui trépignaient d'inquiétude. Henri, comme les autres, regardait les flammes bleues des lampes à grisou. La teneur en gaz était encore très grande, proche du mélange explosif.

– Et Boutineau ? demanda encore Henri.

L'homme qui était en face de lui haussa les épaules. Henri se joignit à un groupe qui s'arc-boutait sur un énorme bloc de pierre. Une main dépassait de l'enchevêtrement de bois. Le bloc céda et roula au milieu de la galerie. Il fallut piqueter et disposer des planches de coffrage pour dégager le blessé qui avait les jambes fracturées, une large entaille à la poitrine d'où coulait un sang épais. Il grimaçait de sa figure noire et remerciait les frères qui risquaient leur vie pour lui.

– Marionnet ! s'écria Henri.

– Toi ici ? s'étonna le blessé. On laisse descendre les gosses, maintenant !

Il fallut prendre beaucoup de précautions pour charger Marionnet sur la berline. À chaque mouvement, le masque de son visage se tordait de douleur ; il serrait les dents dans un rictus affreux.

Le dégagement continuait avec prudence. Il y en aurait pour des heures, mais cela n'avait pas d'importance. Les hommes présents ne sentaient pas la fatigue et oubliaient le risque. Patte d'Oie annonça qu'il manquait deux piqueurs, Roullet et Boutineau.

– Et Lerris ? demanda Henri.

– Dans le sac ! dit Patte d'Oie avec un air fataliste.

Lerris, mort ! Il devait avoir dix-sept ans ! C'était un enfant qui baissait les yeux quand on lui parlait, qui pleurait quand on élevait la voix. La mine était donc le lieu de toutes les injustices ! Henri en fut comme enragé. Il se mit à charger les rochers sur les bennes avec une hargne qui étonna tout le monde. La poussière engluait sa bouche, desséchait ses poumons, mais il n'y prenait pas garde.

Le déblaiement n'en finissait pas. Les chevaux emportaient les bennes chargées, mais il restait toujours autant de gravats. La colline tout entière s'était effondrée dans ce puits. Patte d'Oie, en gilet de flanelle, dirigeait les opérations et pelletait à la madeleine sans quitter des yeux les lampes de sûreté. Tout à coup, il cria :

– Nom de Dieu, le gaz !

Les petites flammes bleues tremblaient sur les mèches, prêtes à s'éteindre. Henri sentait un étau serrer ses tempes. Comme les autres, il savait ce que cela voulait dire : la mort en quelques minutes.

Ils jetèrent leurs outils et s'éloignèrent en courant. Le cheval attelé à la benne vide céda à la panique et partit au galop. Quand ils furent à l'abri dans la galerie principale, le surveillant, hors d'haleine, cria :

– Faut ventiler ! Ouvrez les portes.

Ils attendirent. Le feulement aigre du courant d'air faisait mal aux oreilles. Entre les cailloux qui jonchaient le sol, des rats qui avaient fui le danger, se pressaient dans les coins d'ombre. Boutineau avait raconté à Henri qu'autrefois, avant qu'on invente la lampe de sûreté, on descendait des oiseaux dans une cage. S'ils se tassaient contre le grillage de la porte, ébouriffés, les plumes tremblantes, il fallait s'éloigner au plus vite.

Conscient du danger qu'il courait, Patte d'Oie, les yeux rivés sur la flamme bleue de sa lampe qu'il tenait devant lui à bout de bras se dirigea lentement jusqu'à l'éboulement. C'était un homme courageux qui avait passé plus de la moitié de sa vie au fond. Sa femme était morte en couches et c'était la mine qu'il avait épousée en secondes noces.

– C'est bon, dit-il, on a eu de la chance. La ventilation a bien marché.

Ils retournèrent au travail. Le cheval qui s'était enfui secoua la tête quand le voiturier voulut le ramener, preuve que tout danger n'était pas écarté. L'homme finit par le persuader à force de mots doux, de caresses sur le front, mais l'animal n'était pas tranquille. Des frissons agitaient le poil de son dos.

Le déblaiement était extrêmement pénible. Bois et rochers s'imbriquaient dans une masse compacte. Patte d'Oie fouillait les décombres de sa grosse lampe. Ils dégagèrent un corps, complètement écrasé, méconnaissable. Henri regardait avec épouvante cette loque de chair que l'on glissa très vite dans un sac noir. Ce n'était pas Boutineau, mais Roullet, le gars de l'autre équipe. Lenoble s'arrêta de pelleter. Il regardait les autres, hébété, ses lèvres tremblaient :

– Je jure que c'est lui qui m'a demandé...

– Tu vas la fermer ! hurla Patte d'Oie.

Ils se remirent au travail, sans un mot. Les chances de récupérer Boutineau vivant étaient très faibles, pourtant il fallait continuer, déplacer cette montagne et risquer sa vie pour trouver un corps broyé et mutilé.

D'autres hommes étaient arrivés. Henri ne pensait pas. Il avait gardé son pantalon et les démangeaisons commençaient à le faire souffrir. Son mariage, le corps doux de Zofia qu'il serrait contre lui avant de descendre, cet amour brûlant qui lui remplissait la poitrine ce matin encore, tout cela était resté là-haut, dans cette autre vie, cet autre monde. Tout à coup, Patte d'Oie poussa un cri : il venait de repérer le frère enseveli. Le dégagement commença aussitôt, avec une infinité de précautions. Boutineau était coincé sous un enchevêtrement de planches et de poutres. Déplacer l'une d'elles risquait de précipiter sur lui d'énormes blocs de pierres. Le voiturier apporta du bois pour caler le monticule instable. Patte d'Oie avait posé sa madeleine et enlevait les cailloux un à un à la main. Plusieurs heures furent nécessaires pour hisser Boutineau hors de sa prison. Le surveillant posa sa tête sur sa poitrine.

– Il vit ! dit-il.

Ce fut une explosion de joie, un cri qui se répercuta de galerie en galerie, annonçant la bonne nouvelle aux autres : la mine avait été vaincue. Un survivant avait été arraché à ses griffes. Le blessé était conscient. Ses paupières battaient par saccades. Il eut la force de sourire à ses sauveteurs. Henri approcha son visage du sien :

– Ce soir, il fera jour ! lui dit-il, joyeux.

Un léger sourire craquela les lèvres noires du chef piqueur. Au coin de ses yeux, une petite perle de lumière se forma, vite engloutie par l'ombre.

Le docteur Perrot arriva, essoufflé. Boutineau était gravement blessé à la jambe droite, à la hauteur de la cuisse. Le tibia était brisé, les muscles écrasés. Il avait perdu beaucoup de sang, mais tout devait être mis en œuvre pour le sauver.

– Faut le remonter au plus vite ! dit le docteur en fermant sa trousse.

Le puits Cécile resta fermé quelques jours pendant lesquels des équipes de spécialistes réparèrent les dégâts, les tuyauteries d'aération, les conduites d'air comprimé et sondèrent la roche pour découvrir de nouvelles poches de grisou ou d'oxyde de carbone. Henri bénéficia ainsi d'une semaine de congé inattendu.

Il voulut que Zofia rende visite à sa mère. La jeune femme savait que Marie ne l'aimait pas et refusa.

– Comprends-la ! fit Henri, conciliant. C'est à toi de faire le premier pas.

Elle se laissa convaincre :

– Je le fais seulement pour toi ! dit-elle avec cette pointe d'accent polonais qui donnait beaucoup de charme à sa voix. Mais si elle me parle mal, je te jure que je n'y remettrai pas les pieds.

Quand ils arrivèrent, Marie était occupée à la vaisselle. Marceau, qui s'était pris d'affection pour cette belle-sœur tombée du ciel, courut embrasser Zofia.

– Eh bien, prenez une chaise ! dit Marie froidement.

Henri approcha deux chaises. Zofia s'assit et le silence retomba, lourd, plein de sous-entendus. Henri parla du coup de grisou, du sauvetage de Boutineau. Lui, d'ordinaire réservé, faisait seul la conversation. Zofia dit enfin qu'elle avait été clapeuse au puits des Rosiers, mais elle préférait le travail dans la couture. Marie lui tourna un regard froid :

– Tout le monde ne peut pas choisir ce qu'il veut.

Le silence retomba. Henri proposa :

– Si tu nous faisais le café ?

Marie posa son torchon et prit le moulin à café sur l'étagère. Zofia se leva de sa chaise :

– Vous voulez que je vous aide ?

– Je suis assez grande pour moudre le café ! répondit Marie en faisant volte-face.

Henri ne dit rien, mais Marceau vit son visage se contracter.

Le café était trop chaud, ils le burent quand même. Marie posa sa tasse sur la table et se leva :

– Il faut que j'aille chez tante Éléonore.

– Ça tombe bien ! répondit Henri d'un ton sec. Nous aussi, on doit s'en aller.

C'était vrai. Zofia rentra chez elle et Henri courut à l'hôpital prendre des nouvelles de Boutineau. Le temps était sombre ; le ciel pesait sur les épaules.

Le mineur avait été amputé de la jambe droite. Henri le trouva blême et amaigri. La couleur grise de sa peau faisait ressortir l'abattement de ses traits. Sa femme était assise près de lui. Grave, elle n'avait pas posé son foulard d'où passaient deux boucles grises.

– Quand je pense que tu es descendu ! fit le blessé d'une voix faible, mais bien distincte.

Alice proposa une chaise à Henri, puis ouvrit une boîte de fer sur laquelle était peinte une Alsacienne et lui offrit un bonbon.

– J'aurais dû être avec toi ! dit Henri.

– C'était pas ton tour ! Et tant mieux, tu es trop jeune.

– En bas, dit Henri, on a tous le même âge.

– On m'a dit pour Lenoble. Tu as des nouvelles ?

– Ça l'a rendu fou ! Sa femme le suit partout. Elle a peur qu'il fasse une bêtise !

Au bout d'un silence, Boutineau posa sa main anormalement blanche sur l'épaule d'Henri, cette main qui avait taillé tant de charbon, dont la couleur naturelle était le noir.

– Rappelle-toi, tu fais le plus beau métier du monde. Tu prends à la terre ce que le bon Dieu a caché pour les hommes, pour qu'ils fabriquent de l'acier, pour que les enfants n'aient pas froid l'hiver.

Il se tourna vers sa femme et lui demanda un bonbon.

– C'est vrai, il y a du risque. Si tu veux vivre pépère, faut pas descendre.

Il se tut, baissa la tête et soupira très fort. Sa femme posa sa main rouge sur la sienne, ouverte et lourde sur le drap blanc. La mine avait été sa vie. Depuis l'âge de seize ans, il descendait tous les jours dans cet autre monde qui était devenu le sien. À quarante ans, de constitution robuste, il avait jusque-là échappé à la silicose et aux dangers de chaque jour pour devenir un retraité trop jeune à jambe de bois. Henri remarqua quelques cheveux blancs sur ses tempes.

– Je peux pas vivre sans la mine ! murmura-t-il. J'irai voir M. Antoine. Il comprendra et me trouvera quelque chose au fond. Je peux être palefrenier... C'est pas pareil que la taille, mais c'est quand même au fond.

C'était impossible, Boutineau le savait sûrement, mais il se persuadait ainsi que la vie continuerait comme avant. Henri le quitta en promettant de revenir le lendemain. Dans la rue, il respira à pleins poumons l'air froid qui descendait du Pilat. Le ciel s'était enfin dégagé et le soleil qui se couchait allumait de rouge de hauts nuages légers. Demain, ce serait peut-être son tour d'être cloué dans un lit d'hôpital. Il pensa à l'enfant, son enfant qui allait bientôt naître. Devant lui, il ne pouvait pas être lâche ; il n'avait pas le droit de reculer.

Deux jours plus tard, il était en train de se changer dans la salle des pendus, quand un surveillant vint le chercher :

– Chaumiet, le gouverneur veut te voir.

Il était très rare que le gouverneur reçoive un mineur. Généralement, les surveillants et les sous-surveillants réglaient tout au niveau des ouvriers. Henri en fut étonné et se dirigea vers le bâtiment bien éclairé des bureaux. Il frappa à une porte de chêne verni, et M. Antoine en personne vint ouvrir. Henri l'avait vu comme tous les mineurs à l'occasion de différentes manifestations et le jour de la Sainte-Barbe, mais ne lui avait jamais adressé la parole.

– Entre, Chaumiet, numéro 312.

M. Antoine tutoyait tout son monde, sauf les ingénieurs et les messieurs de la Compagnie qui venaient deux ou trois fois l'an inspecter les locaux et les chantiers. C'était un homme très droit, vêtu d'un bout à l'autre de l'année d'un pantalon gris et d'une veste noire aux manches trop longues. Une mèche de cheveux gris traversait son crâne d'une tempe à l'autre et cachait un peu sa calvitie. Il portait des lorgnons, une moustache rousse en guidon de vélo, à la Mimart, ce qui faisait dire aux gens qu'il cherchait à ressembler au patron de Manufrance.

– Assieds-toi ! fit l'homme en désignant un fauteuil de velours noir.

Henri s'assit au bord du fauteuil. Il redoutait de le salir et se sentait très mal à l'aise dans ses vêtements sales de mineur.

– Tu t'es marié l'avant-veille de la catastrophe ! dit M. Antoine en allumant un cigare. Tu étais donc en congé et tu es quand même descendu, malgré la défense faite aux jeunes...

Coupable, Henri baissait la tête. Ce n'était pourtant pas pour le renvoyer que M. Antoine l'avait fait venir dans son bureau, il n'aurait pas fait autant de manières.

– Tu es un garçon courageux. On m'a dit qu'à la taille tu étais dans les meilleurs. Quel âge tu as ?

– Vingt ans, monsieur.

– Reste ton régiment. Hum, c'est du temps utile. Tu pars quand ?

– À l'automne.

– Bien, au retour, si la mine t'intéresse encore... Il

nous faut des hommes comme toi. Tu peux devenir surveillant...

L'homme lâcha un panache de fumée et se leva. L'entretien était fini. Il dit en ouvrant la porte :

– Encore félicitations. Et n'oublie pas, après le régiment...

26

Le soleil passait entre de gros nuages sombres qui donnaient par moments des averses de pluie et de neige. Malgré le mauvais temps, les jours grandissaient, le printemps était là. De sa fenêtre au cinquième étage, Jeanne regardait la place Villebœuf pleine de monde à cette heure et, plus loin, le Parc municipal des sports. Elle était dans son petit deux pièces meublé et elle en éprouvait une grande fierté. Que de chemin parcouru depuis le jour où elle s'était rendue pour la première fois à la Marandinière !

Quand elle avait quitté les Charbet fin février, la jeune fille était allée trouver Pierrette pour obtenir de sa mère l'autorisation de louer un appartement. Marie avait refusé net. Jeanne n'avait pas insisté et s'était arrangée avec Gustave qui avait loué l'appartement à son nom. Les photos lui rapportaient assez pour vivre. Un couturier l'avait demandée pour présenter des robes d'été. Loïc Legall avait d'autres ambitions pour elle :

– Il faut que vous montiez à Paris. Je connais des gens dans le cinéma.

Loïc avait changé. Depuis qu'elle voyait beaucoup Gustave, il avait pris ses distances et semblait lui en vouloir. Jeanne aussi s'en voulait un peu d'avoir profité de ses relations et de lui préférer le peintre. Elle éprouvait pour le journaliste un curieux sentiment d'attirance et de répulsion. Elle aimait sa conversation, ses traits d'esprit, sa présence, mais elle n'arrivait pas à s'imaginer dans ses bras et avait la chair de poule en pensant que ses lèvres presque toujours gercées pourraient se poser sur les siennes...

La rupture avec Salvatore fut toute une histoire. Le jeune homme s'était vite rendu compte que, depuis le retour de Nice, Jeanne mettait moins d'ardeur dans leurs étreintes. Elle arrivait en retard aux rendez-vous, parfois elle oubliait.

– La vérité, s'emporta le jeune homme, c'est que tu es une coquette. Tu veux séduire les hommes influents. Tu es une ambitieuse et tu es prête à tout pour arriver, même à coucher avec n'importe qui !

Elle marqua sa surprise, puis se contenta de protester pour la forme. Au fond, ce que pensait Salvatore n'avait plus d'importance. Elle prit son manteau et s'en alla sans rien ajouter.

Les jours qui suivirent, le jeune homme revint à la charge. Il ne pouvait pas vivre sans Jeanne :

– Tu me fais si mal ! Tu te débarrasses de moi comme d'une vieille chaussette.

– Je t'en prie, ne parle pas comme ça !

– Tu veux rompre parce que tu as quelqu'un d'autre !

Non, elle n'avait personne sauf l'image de Gustave qui la suivait partout, même si cela semblait déraisonnable, puisque Gustave avait près de trente ans et se comportait avec elle comme un père ou un grand frère.

Le départ de la Marandinière brouilla définitivement Jeanne et Roselle qui la jalousait. Joseph n'avait fait aucun commentaire. Minie, après avoir hésité un moment, dit :

– Tu as bien raison d'en profiter tant que le vent souffle dans le bon sens, ça sert à rien de ne pas le suivre !

Angélique n'avait rien dit, mais ses lèvres pincées montraient qu'elle était contrariée. Jeanne l'assura qu'elle viendrait la voir très souvent et continuerait de travailler avec elle, ce qu'elle fit pendant quelque temps, mais le ton n'était plus le même.

– Loïc est amoureux de toi, dit Angélique un soir en montrant un de ses livres à Jeanne. Il t'en veut d'être toujours fourrée avec Gustave qui est un ours et n'a jamais approché une femme à moins de dix mètres !

Jeanne rougit. Ce que venait de lui dire Angélique ne la laissait pas insensible, bien au contraire. Elle ne voulait pas de l'amour de Loïc, mais de savoir qu'il pourrait exister la confortait.

– Certes ! Avec toi, il sait qu'il n'a aucune chance ! ajouta Angélique. Tu aimes l'argent et il n'a pas un sou...

Jeanne se raidit ; Angélique poursuivit :

– Gustave est un homme simple ! Sa voix est aussi colorée que ses tableaux. Jusque-là, il n'a vécu que pour sa mère et sa peinture !

– A-t-il toujours été seul ? osa Jeanne.

– Oui et non. L'amour, tu comprendras vite que ça

va et ça vient. Quand tu auras mon âge, tu auras perdu toute illusion sur le sujet !

Jeanne sourit.

– Gustave a passé sa jeunesse sous la coupe de sa mère, une ogresse. Elle est morte, fort heureusement et désormais, il peut peindre ses émotions... Tu es sa maîtresse ?

– Oh non ! dit Jeanne en rougissant.

Son attitude trahissait son sentiment. Angélique lui caressa la joue, comme elle l'aurait fait à la petite Pauline. Si Jeanne avait quitté Salvatore, c'était certes parce qu'elle était amoureuse de Gustave, pourtant elle n'espérait pas plus que ces promenades main dans la main, ce lien particulier qui unissait le peintre et son modèle. C'était aussi parce qu'elle se sentait différente depuis le retour de Nice, une autre personne. Elle avait grandi tout d'un coup et Salvatore n'avait plus de mystères.

Jeanne se souvint qu'elle avait rendez-vous avec sa sœur, son seul lien avec sa famille. Elle prit son manteau et descendit l'escalier de bois couvert d'un tapis rouge. Un coup de soleil éclaira les toits de la ville. Elle était en retard et se mit à courir.

Pierrette et Alain l'attendaient au bar. Elle les embrassa tous les deux et s'assit. Pour Pierrette, tout allait bien : Manufrance avec ses cinq mille employés offrait des tas de possibilités de promotion. Ses chefs l'appréciaient. Alain pensait devenir chef d'équipe avant la fin de l'année, ils étaient heureux ensemble. M. et Mme Lappeaux s'étaient attachés à eux et attendaient leur visite tous les jours. Pierrette continuait de faire leurs courses et, le dimanche, comme elle n'allait voir sa mère que l'après-midi, les accompagnait à la messe. En écoutant le récit de cette vie simple, Jeanne enviait sa sœur. Pour Pierrette, le temps passait, souverain, sans surprise, avec le garçon qu'elle aimait. Elle, au contraire, avait le sentiment que sa vie ne serait que heurts, coups de foudre et séparations, quête perpétuelle d'une impossible félicité.

Pierrette donna des nouvelles de Chavassieux. Henri avait été félicité par M. Antoine pour son courage. Elle avait eu l'occasion de bavarder avec Zofia, et ne comprenait pas que leur mère continuât de la rejeter. Son enfant devait naître en juillet et Henri partirait à l'armée en septembre. Là aussi, tout était réglé... Jeanne parla de Gustave, d'un futur voyage à Paris pour rencontrer des producteurs de cinéma. Pierrette dit d'une voix rayée de ressentiments :

– Tout ça c'est bien beau, Jeanne. Moi, je me méfierais !

– Pourquoi veux-tu que je me méfie ?

– Parce que tu ne prêtes attention qu'aux apparences. Tu cherches seulement à te montrer. Tu veux qu'on te regarde et, crois-moi, beaucoup sauront en profiter.

À cet instant, Jeanne comprit ce qui la différenciait de sa jumelle : Pierrette serait toujours soumise à une situation, un ordre établi. Le fossé qui les séparait se creusait irrémédiablement.

– Tu es superficielle ! continua Pierrette, et prête à tout. Tu n'as pas assez le respect de ta personne !

– Qu'est-ce que tu veux dire ? demanda Jeanne qui avait pris la mouche.

Alain avait compris que le ton montait et changea de sujet :

– Paraît que les affaires vont reprendre et qu'on va de nouveau embaucher un peu partout dès l'été.

– C'est ce qu'on dit ! fit Pierrette en souriant au jeune homme, mais rien n'est moins sûr.

Marie avait vécu les trois premiers mois de l'année 1934 en dehors des événements qui secouaient le pays, accrochée à un seul espoir, le retour de Damien le jour de Pâques. À mesure que cette date approchait, elle était fébrile, comme portée par une force supérieure. Elle s'en voulait de l'avoir attendu à Noël. Comment avait-elle pu croire une telle sottise ? C'était ne pas connaître Damien ! Il aimait trop la vie pour revenir à cette époque de mort et de froid.

Comme avant Noël, Marie rêvait ce retour qui lui donnait la force de vivre. La seule pensée que Damien pût arriver en plein soleil la grisait. Il porterait pour la circonstance un costume qu'elle ne connaissait pas et sa casquette grise, toujours la même, pour cacher la bosse de son crâne. Il serait un peu fatigué ; sa barbe de deux jours salirait ses joues. Marie toucherait du bout des doigts les poils durs, déjà blancs au menton. Ils se regarderaient un long moment. Marie serait lourde d'un bonheur infini, incapable de dire un seul mot. La respiration coupée, elle ne saurait parler qu'avec les yeux.

La semaine qui précéda Pâques fut la pire du printemps. Il neiga, grêla, et le vent qui descendait du nord était gelé. Il y eut quand même quelques éclaircies le samedi, et le dimanche, un soleil généreux brilla dès le matin.

Marie se leva très tôt. Elle était seule. Le cousin Jean était venu chercher Marceau pour une tournée de plusieurs jours dans le Forez. Henri ne passait qu'occasionnellement. Pierrette ne viendrait que le lendemain, jour férié. Le ciel dégagé lui parut un signe favorable. Elle se surprit à fredonner une vieille chanson apprise dans sa jeunesse, mais le temps ne passait pas et elle ne cessait de tourner en rond. Vers neuf heures, elle prit son bel ensemble blanc acheté à Noël et décida d'aller à la messe pour remercier Dieu de ce grand bonheur à venir. La porte de sa maison fermée, elle cloua avec une punaise une page de cahier sur laquelle était écrit : « Je serai de retour à onze heures. » Elle hésita un moment, arracha la feuille, entra en chercher une autre et écrivit : « Je serai de retour à dix heures et demie. »

Les gens comme les collines avaient fait peau neuve. Ils se rendaient à la messe avec leurs plus beaux habits. Le soleil brillait sur les toits rouges, les chevalements, et dans les rues des groupes joyeux se promenaient, profitant de ce premier jour de printemps. Marie rejoignit sa sœur et sa mère. À l'église, elle était trop distraite pour écouter le curé et participer à la ferveur générale. Elle ne cessait de bouger, de soupirer, de se tourner. À la sortie, Éléonore voulut l'emmener chez elle ; elle répondit que ce n'était pas possible et s'éloigna d'un pas rapide. Augustine joignit les mains : Marie avait perdu la raison et, pourtant, la vieille femme avait imploré Dieu chaque jour : « Je sais bien que vous n'allez pas lui rendre son homme, mais alors, vous qui êtes la bonté même, pourquoi vous le lui laissez croire ? Faites qu'elle retrouve sa tête, que les enfants s'entendent mieux entre eux. Faites que mon Henri soit heureux et surtout écartez ma petite Jeanne du chemin des filles perdues... »

Marie arriva chez elle essoufflée. Il était dix heures trente-cinq quand elle ouvrit la porte, il n'y avait personne. Elle alla au bistrot du coin, puis à celui des Polonais. Elle rencontra Andréi, lui demanda s'il n'avait pas vu quelqu'un qui boitillait et la cherchait. Le jeune homme fit l'étonné. Marie hésita un moment, puis renonça à aller frapper chez Zofia : Damien n'était pas arrivé, voilà tout ! Elle pensa à sa folle attente à Noël, mais chassa ce mauvais souvenir. Aujourd'hui, tout était différent ! Comme il faisait très doux, elle s'assit devant la porte.

Sa montre indiquait une heure de l'après-midi et Damien n'était toujours pas là. Cela n'avait pas d'importance, il viendrait dans l'après-midi et Marie n'avait pas faim. Chaque pensée, le moindre battement de son cœur étaient suspendus à ce retour. Les heures passaient, immenses et vides. Les gens se promenaient en famille et profitaient du premier soleil de la saison. Marie rentra pour éviter leurs regards curieux et ne pas avoir à leur parler.

Quand le soleil se coucha à l'horizon dans un fouillis de nuages rouges, Marie comprit enfin que Damien ne reviendrait pas. Tout espoir était perdu. Une certitude s'imposa à son esprit, immense et horrible : si son mari n'était pas revenu ce beau jour de Pâques, c'était qu'il était mort. Cette pensée la gela jusqu'aux os. L'explication de tant de silence était là. Les autres lui avaient caché la vérité, d'abord le cousin Jean qui avait été le premier prévenu, puis sa sœur, sa mère et ses enfants. Il était mort dans des circonstances dramatiques ! Son départ prenait un autre sens. Damien avait appris qu'il était condamné et ne voulait pas que Marie assiste à son agonie. Alors, il s'était décidé, avec son courage habituel, il était allé se jeter dans le Rhône ou la mer pour que jamais personne ne retrouve son corps...

La nuit enveloppait la ville de son suaire. Marie s'assit près de la table et se mit à pleurer, la tête enfouie entre ses bras. Pourquoi se battre contre la maladie, pourquoi tenter de vivre, supporter ce calvaire quotidien de la solitude, de l'absence ? Pour ses enfants ? Ils n'avaient plus besoin d'elle puisque, ce beau jour de Pâques, ils étaient ailleurs, même le petit Marceau qui avait le cousin Jean. Marie était inutile, en trop. L'envie d'aller rejoindre celui qu'elle aimait et qui l'attendait de l'autre côté de la réalité la fit se dresser. Le silence de la maison menaçait de l'engloutir. Dans sa chambre, la vue de sa robe blanche, éclantante comme une fleur posée sur son lit lui arracha un cri de colère. Elle la chiffonna, dévala les escaliers, ouvrit la porte de la cuisinière. Le feu était éteint sous les cendres. Marie craqua une allumette. Quand elle vit les flammes noircir le tissu en dégageant une épaisse fumée, elle eut un rire nerveux au milieu de ses larmes.

Mourir et vite, voilà ce qu'il fallait. Mais comment ? Les médicaments que le docteur Perrot lui donnait pour la toux ne la tueraient pas et il n'y avait pas d'étang à proximité pour aller se noyer.

Augustine, avertie par un pressentiment de mère, arriva vers huit heures. En voyant la tête de sa fille, elle comprit qu'il ne fallait pas la laisser seule :

– Viens chez nous ! Ta sœur a préparé du ragoût pour ce soir !

Marie se laissa emmener. La toux la prit en chemin ; elle faillit tomber sur le trottoir et dut rester un long moment appuyée contre le mur, avant de pouvoir faire un pas.

27

Jeanne et Gustave partirent pour Paris au début du mois d'avril. Le peintre voulait profiter de ce séjour pour rencontrer des marchands de tableaux et préparer une exposition. Loïc avait donné plusieurs adresses et des lettres de recommandation à Jeanne qui commença à tirer les sonnettes.

Par mesure d'économie, ils avaient pris une seule chambre avec deux lits dans un hôtel proche de la gare de Lyon. Ils firent des promenades sur les quais, dînèrent dans des restaurants pleins de lumière. Ils visitèrent des galeries, découvrirent le quartier Latin et le Marais. Jeanne fut tout de suite séduite par la capitale. C'était autre chose que Saint-Étienne !

– C'est ici qu'il faut habiter ! dit-elle. Pour ta peinture, c'est indispensable. Pour le cinéma et mes photos, c'est bien la même chose.

Elle éprouvait pour Gustave un sentiment étrange, plein de respect et de soumission, bien différent du feu de paille qui l'avait embrasée pour Salvatore. Gustave la regardait toujours avec ce regard qui la transperçait, qui semblait mettre à nu ses pensées les plus secrètes, mais il ne changea pas ses habitudes et garda toujours les mêmes distances. Pendant leur séjour à Paris, il ne se passa rien.

Au retour, Jeanne se rendit à la Marandinière, embrassa Joseph et Minie. Angélique lui demanda de la suivre dans sa garçonnière.

– Et tes amours avec Gustave ? demanda-t-elle. Le climat de Paris est généralement favorable à l'éclosion des passions.

Jeanne hésita un moment, puis décida de dire la vérité.

– Ce pauvre Gustave, fit Angélique avec une voix pleine de condescendance, c'est un naïf qui est resté en dehors du monde !

Elle éclata de ce petit rire saccadé qui lui allait si bien.

– Jeanne, tu as encore bien des choses à apprendre sur les hommes !

En fait, elle avait tout à apprendre ! Sa liaison avec Salvatore n'était pas allée plus loin que des baisers passionnés et quelques attouchements qui l'avaient vaguement renseignée sur l'anatomie masculine. Elle n'avait jamais cédé au jeune homme malgré le désir violent qu'elle en avait : la peur de l'inconnu et de glisser irrémédiablement vers une facilité contre laquelle sa mère l'avait tant mise en garde l'avait toujours retenue. Pourtant, ce domaine des vraies femmes, dans lequel se complaisait Angélique, lui manquait.

Loïc se rendit chez elle le soir même. Il voulait savoir comment elle avait été reçue à Paris, mais c'était un prétexte.

Il sentait l'alcool et trébuchait. Jeanne parla des vagues promesses qu'on lui avait faites.

– Si au lieu de tenter l'aventure parisienne avec ce mal dégourdi de Gustave, vous l'aviez fait avec moi qui vais publier bientôt mon quatrième roman dont on parle pour le Goncourt, les choses se seraient passées autrement ! Quand on est arriviste, il ne faut pas mélanger les sentiments avec les affaires et les affaires ressemblent beaucoup aux sentiments !

Jeanne avait rougi. Loïc poursuivit :

– Vous êtes incapable de choisir en fonction de vos objectifs. En fait, vous avez deux armes, la beauté et la séduction, mais vous vous en servez mal parce qu'au fond de vous, vous êtes restée une petite ouvrière très morale, vous ne savez pas tricher et votre cœur vous joue des tours. Vous ne serez jamais une tête d'affiche !

– Loïc, je vous en prie, ne me parlez pas comme ça !

– Si, il le faut, c'est vous rendre service. Vous croyez les gens sur parole, vous êtes la victime de votre éducation de pauvre. On vous a appris à ne pas mentir, à respecter les autres, à ne pas faire le mal, à être honnête, le grand mot des pauvres : honnête ! On vous a donné toutes les qualités requises pour rester pauvre ! Regardez Angélique ! Sous ses aspects de princesse généreuse, il se cache une fieffée salope !

Jeanne se tourna vers Loïc. Une larme roulait sur sa joue. Il siffla :

– Comme c'est beau ! Le jour où vous saurez composer ce visage triste, et vous en servir, vous ouvrirez toutes les portes. Il faut se donner les moyens de ses ambitions. Dans le monde que vous souhaitez conquérir, il faut mentir, il faut tricher, ne jamais montrer vos sentiments. Enlevez le mensonge de la surface de la terre et les hommes s'entr'égorgeront aussitôt !

– Loïc, vous me faites mal !

– Non, je vous apprends la vérité. Ce n'est pas ce benêt de Gustave qui le fera. Il n'a même pas été capable de mentir à sa mère quand il en était le prisonnier ! Quand je vous ai vue, la première fois, j'ai cru que vous aviez la trempe d'Angélique, mais non, j'ai très vite compris que vous ne pourrez jamais vous dépatouiller des vertus de votre enfance.

Loïc sortit, ferma la porte sans dire au revoir. Ses pas décrurent dans l'escalier. C'était une forme de rupture, rupture d'amitié ou plutôt d'un amour qui n'avait pas existé. Jeanne pleura toute la soirée en proie à des sentiments contradictoires, des désirs, des regrets, toute une tourmente qui balayait en elle bien des certitudes et des idées reçues.

Le lendemain, elle prit une décision. C'était une manière d'échapper aux doutes qui l'assaillaient. Elle se rendit chez Gustave et lui annonça son intention de quitter Saint-Étienne. À Paris, elle se débrouillerait pour vivre. Le peintre fronça ses sourcils noirs, caressa sa barbe comme il faisait quand il était tracassé, et dit :

– Voyons, Jeanne, tu ne vas pas...

Ce départ le bouleversait. À l'inverse de Loïc, Gustave tutoyait Jeanne. Il poursuivit sa pensée en baissant les yeux, timide comme un enfant :

– Tu comprends, j'ai besoin de toi !

– Comme vous aviez besoin de votre mère !

Il lui prit la main et la serra avec tant d'émotion qu'elle ne put résister à l'élan qui la poussait vers cet homme et se blottit contre lui. Alors, il se mit à parler :

– Dès le premier jour où je t'ai vue chez Charbet, j'ai su que c'était toi... Je n'ai pas osé faire le premier pas... Tu es si belle et si jeune !

Jeanne sourit. Les mots de Loïc lui revenaient à

l'esprit, mais ils n'avaient plus d'importance. Le contact chaud de cette poitrine où elle entendait battre le cœur les vidait de leur sens. Elle s'enhardit jusqu'à caresser la barbe fournie qui ressemblait à une toison d'animal.

– Je n'ai jamais vu votre visage, la forme de vos joues, de votre menton. Il doit être large et plein de force.

– Plein de faiblesse, tu veux dire. J'ai toujours eu peur des autres et je me cache constamment.

– Partons ensemble à Paris !

Un éclair de peur passa dans son regard noir. Il redoutait de quitter Saint-Étienne, sa maison de famille, son atelier où il se sentait en sécurité comme un chien dans sa niche. Il secoua sa large poitrine, comme un animal à la sortie de l'eau.

– Pourquoi pas ? dit-il en souriant. Nous partirons à l'automne. J'ai la commande des Américains à terminer...

Il faisait allusion aux vingt marines que lui avait commandées un marchand de New York en début d'année. C'était aussi une manière de reculer l'échéance et de se donner un peu de temps pour s'habituer à cette rupture.

Ils restèrent longtemps serrés l'un contre l'autre, n'osant pas pousser l'étreinte plus loin ni perdre le charme de cet instant. Quand ils se séparèrent, malgré son bonheur, Jeanne avait envie de pleurer.

Le mois d'avril passa avec de la pluie, des bourrasques de neige qui, si elle ne tenait que quelques heures sur les toits de Saint-Étienne, persistait plusieurs jours sur les montagnes du Pilat. Ce temps humide ne convenait pas à Marie. Après Pâques, le mal franchit un nouveau palier. Elle avait encore maigri. Dans son visage décharné, blême, ses grands yeux conservaient pourtant ce feu profond, cette lumière qui se brisait parfois quand elle pensait à Damien. Elle n'avait pas toujours la force de préparer les repas de Marceau. Éléonore et Augustine venaient à tour de rôle faire le ménage et la lessive.

Le docteur Perrot, qui ne se faisait plus d'illusion sur l'issue de la maladie, redoutait que Marie ait un malaise grave à son travail, ce qui aurait pu déclencher les revendications des syndicats et se retourner contre la Compagnie. Un jour, il lui dit :

– Je crois que je vais vous faire hospitaliser de force par les gendarmes !

Marceau se rendait utile aussi bien qu'il le pouvait. Le matin, il allait chercher du charbon et allumait la cuisinière, mais ce n'était pas suffisant. À partir du 15 avril, Augustine s'installa à Chavassieux. Elle dormait dans la chambre des jumelles et parfois près de Marie qu'elle ne quittait qu'une fois par semaine, le samedi soir. C'était le jour de la solde, Albert rentrait ivre du bistrot et n'hésitait pas à lever la main sur Éléonore. La présence de sa belle-mère le retenait et il se contentait de menacer de loin.

Au début du mois de mai, le mauvais temps se calma un peu. Le vent froid du nord vira au sud et on passa d'un hiver tardif à un été précoce. Les cerisiers se couvrirent de blanc, les pommiers de boutons roses. Henri profitait de ses demi-journées pour entretenir le potager de sa mère. Il s'acquittait ainsi d'un devoir qui lui plaisait, mais passait peu de temps à la maison. Il fréquentait surtout la famille de Zofia dont les parents, retraités de la mine à Terrenoire, avaient totalement changé d'attitude à son égard après le mariage. Parfois, Pierrette passait l'embrasser et bavardait avec sa belle-sœur le temps de boire une tasse de café. Pierrette qui parlait de se marier...

Le dernier jour de mai une suite d'orages avec grêle fit monter les eaux du Furan. Les vignes en fleur de Condrieux furent mises à mal et les blés hachés.

Marie allait mal, très mal. Les accès de toux étaient de plus en plus fréquents et elle se cachait comme elle pouvait pour cracher des caillots de sang qui l'étouffaient... C'était un samedi. Augustine était partie vers sept heures et demie de Chavassieux, laissant Marceau à ses devoirs d'école. Le ciel, nettoyé de ses nuages, était clair et pur. Marie monta se coucher tôt. Tout était calme ; Marceau, en parcourant sa leçon d'histoire, écoutait les oiseaux sur le prunier voisin. Le soleil allumait des paillettes d'or dans l'air. L'image de l'homme de Roanne traversa son esprit. Il haussa les épaules et l'oublia bien vite. Il poussa la fenêtre, alla s'allonger sur son lit, ouvrit le *Tarif-Album* et lut : *De M. Tlemceu, Oran : « Si j'ai tardé à accuser réception de mon fusil Idéal, c'est que j'étais parti pour une campagne de chasse... »* Une campagne de chasse ! Des lions par centaines, des éléphants... Comme chaque soir, il s'endormit malgré lui au milieu d'une jungle profonde, avec de grandes herbes jaunes où il avançait prudemment conduit par des Pygmées sur les traces d'un énorme tigre qui semait la terreur à des kilomètres à la ronde. Tout à coup, il s'éveilla en sursaut, les yeux grands ouverts sur la nuit. Avait-il entendu sa mère l'appeler ? Il tendit l'oreille. Le silence régnait sur la maison avec ses bruits habituels, le réveil sur l'étagère, une poutre qui craquait...

Marie l'appela de nouveau. Tremblant, il se leva et se dirigea vers l'escalier.

– Ah, Marceau...

La voix faible de la femme venait du lit qu'il devinait dans la pénombre. Il trouva enfin le bouton de la lumière près de la porte et ce qu'il vit le paralysa d'effroi. Sa mère avait le visage barbouillé de sang. Les draps étaient rouges. Elle bougea, tenta de lever la tête vers lui :

– Mon petit..., dit-elle encore d'une voix très faible.

Marie, qui avait tant attendu la mort, avait peur. Encore une fois, elle reculait devant l'ultime passage.

– Va chercher quelqu'un !

L'enfant courut s'habiller, prit le vélo d'Henri et partit dans la rue éclairée. Pas un instant, il n'avait pensé à sa grand-mère ni à son oncle. Il allait vers le seul devant qui toutes les difficultés s'aplanissaient, le cousin Jean.

Il suivit plusieurs rues mal éclairées, faillit se faire renverser par une voiture à un croisement et arriva enfin à la Talaudière. Frontal l'avait flairé et gémissait derrière la porte. Marceau frappa. À l'est, la nuit commençait à blanchir et les oiseaux chantaient sur un vieux tilleul. L'enfant vit la lumière s'allumer à l'étage puis entendit le pas régulier du géant dans l'escalier. La porte s'ouvrit ; l'homme en chemise déboutonnée s'étonna de trouver Marceau qui ne retint pas ses larmes plus longtemps.

– Ma mère... Elle a vomi du sang !

Jean réfléchit un moment.

– C'est pas moi qu'il fallait avertir, mais un docteur ! dit-il.

– Je savais pas ! dit Marceau entre deux sanglots.

– Allez, on y va !

Jean finit de s'habiller rapidement, enferma Frontal dans la maison et prit sa moto garée dans le hangar, à côté du camion. Il lui fallut un bon moment avant de démarrer le vieux moteur. Marceau était parti devant, mais ne pédalait pas vite pour ne pas arriver le premier. Quand il entendit le bruit de la moto derrière lui, il fut rassuré et accéléra la cadence.

– Faut aller chercher le docteur ! dit Jean.

Quelques minutes plus tard, le docteur Perrot arrivait à bord de sa voiture noire. Son pas pesant fit craquer l'escalier de bois. Dans la chambre, il poussa son chapeau vers l'arrière. Il avait été tiré du sommeil et ses yeux gonflés, sa barbe blanche qui piquait ses joues changeaient son visage.

– Eh bien, Marie...

Elle lui tendit la main qui s'ouvrit et tomba le long du lit. L'homme prit le pouls qu'il trouva faible. Pour lui, il n'y avait pas de doute : la maladie entrait dans sa phase finale ; Marie allait mourir.

– Faut aller chercher sa mère ou sa sœur et la veiller jour et nuit ! dit-il à Jean.

Il fit signe au cousin de le suivre jusqu'à sa voiture et lui dit à l'oreille :

– C'est la fin !

Jean baissa les yeux. Le docteur resta un moment pensif, puis ajouta :

– Moi, je soigne, Dieu seul guérit ou tue.

Jean commanda à Marceau d'aller réveiller sa grand-mère et de lui dire de venir. Il s'occuperait du reste. Le docteur fouilla dans sa voiture et prit deux petites boîtes.

– La tuberculose n'est pas une maladie comme les autres ! dit-il. On assiste parfois à des réussites chez certains avec des médicaments qui ne donnent rien chez d'autres. Ce qui compte avant tout, c'est l'envie de vivre du malade et, dans ce cas, nous en sommes loin.

Il remonta dans la chambre où Jean l'entendit parler à Marie. Le cousin réfléchissait. À cette heure ultime, avait-il le droit de garder son secret ? Jusque-là, il s'était donné comme ligne de conduite de ne pas s'occuper des affaires de Damien, mais Marie allait mourir et cela changeait tout. Le docteur descendit l'escalier, sa sacoche à la main :

– Je lui ai fait une piqûre. Ça devrait la calmer un peu. Elle a perdu du sang et est très faible. Elle n'a que les os et la peau...

Le jour s'était levé. Le ciel laiteux était brouillé de quelques nuages rouges. Marceau arriva avec sa grand-mère et sa tante. Augustine dit au docteur :

– Je l'ai laissée hier au soir pas plus mal que d'habitude !

– Sûrement, opina le docteur, mais avec cette maladie il y a encore bien des choses que nous ignorons.

– Bon, dit Jean qui avait pris une décision, je vais avertir Henri.

– Et Pierrette ? Et Jeanne ?

– On verra ça plus tard. Faut parer au plus pressé.

Jean enfourcha sa moto. Marceau le regarda partir avec effroi.

Comme c'était dimanche, Henri et Zofia n'étaient pas levés. Jean frappa et dut attendre un bon moment avant qu'Henri vienne ouvrir. Pris d'un brusque pressentiment, le jeune homme demanda :

– Ma mère ?

– Oui, ta mère ! dit Jean. Le docteur dit que... qu'elle est au bout. Il faut avertir ton père...

Henri s'assombrit. Il comprenait où le cousin voulait en venir. Il voulut se défiler :

– Qu'est-ce que j'y peux ?

– Tu y peux. Viens donc prendre un café.

Henri s'habilla rapidement et suivit Jean au bistrot du coin de la rue. Malgré l'heure hâtive, il y avait déjà beaucoup de monde dans cette pièce exiguë. La fumée de tabac bleuissait l'air et piquait les yeux.

– Voilà, dit Jean d'une manière abrupte. Tu vas aller chercher ton père.

– Mon père ?

Henri fronça les sourcils. Malgré le soin qu'il apportait à se nettoyer, les premières rides du front étaient frangées de noir. Il était mineur et cela se voyait.

Jean fouilla dans la poche de sa veste de velours et en sortit une vieille enveloppe cornée sur laquelle était écrite son adresse de cette écriture penchée et un peu maladroite qu'Henri connaissait bien, celle de son père.

– Lis.

Henri, les doigts tremblants, tira la feuille de l'enveloppe. Il n'osait pas y porter les yeux et regardait autour de lui comme pour s'assurer que personne ne lisait par-dessus son épaule. Il avait l'impression que ce qui était écrit sur cette feuille froissée allait remettre en cause sa vie tout entière et il le redoutait.

– Lis ! insista le cousin. À ton âge, il y a des choses que tu dois savoir.

Henri se décida.

Mon cher Jean,

Nous nous voyons beaucoup plus souvent que des cousins ordinaires, et, pourtant, il y a sûrement des choses que je ne sais pas de toi, il y en a aussi que tu ne sais pas de moi. J'ai eu toujours pour toi l'affection d'un frère et la confiance d'un ami. Aussi, tu dois savoir la vérité. Tu en feras ce que tu voudras. S'il m'arrivait quelque chose, tu pourras parler à Henri, mais surtout pas à Marie. Ce n'est pas la peine de la faire souffrir puisque cela ne changera rien.

Tu sais que je suis parti à la guerre le deuxième jour de la mobilisation en 1914. Henri avait un an. J'ai été envoyé dans la Marne, puis au front. J'ai été blessé trois jours plus tard, c'est te dire que ça n'a pas duré longtemps pour moi. J'ai reçu un éclat d'obus dans la hanche et un autre planté dans l'os du crâne. On m'a cru perdu et je suis resté très longtemps entre la vie et la mort. Quand je me suis réveillé, je ne me souvenais de rien, pas même de mon nom. J'ai traîné d'un hôpital à l'autre et j'ai finalement été libéré. J'étais guéri et je pouvais rentrez chez moi, mais je ne savais toujours pas où c'était. Mes papiers n'avaient pas été perdus et on m'apprit que j'étais passementier à Saint-Jean-Bonnefonds. À mesure que je m'approchais de Saint-Étienne, une peur panique me faisait trembler. J'avais le sentiment qu'ils s'étaient trompés, que je n'étais pas Damien Chaumiet. La vérité, je la savais enterrée dans ma mémoire et je ne pouvais pas la retrouver. Je me suis donc arrêté à Roanne, où je suis resté deux ans.

Là, j'ai rencontré Anna. On était bien ensemble, trop bien peut-être. Tu sais comment ces choses se passent. Je travaillais à la menuiserie de son père. Tout ça peut te paraître invraisemblable et pourtant, c'est l'exacte vérité. Quand Anna m'a appris qu'elle attendait un enfant et qu'il fallait se marier, j'ai ressenti une violente douleur dans tout le corps. J'ai été malade pendant quelques jours avec de la fièvre qui me faisait délirer. C'est là que j'ai retrouvé la mémoire et mon passé, Marie, Henri, les jumelles que je n'avais jamais vues. Alors, sans rien dire, en lâche, je suis rentré à Plancheforte. Depuis, je n'ai eu aucune nouvelle d'Anna et de son enfant, pourtant, j'y ai pensé tous les jours.

Cher cousin, il faut que je te dise aussi que je vais mal. L'éclat d'obus recommence de faire des siennes. Il m'arrive de ne plus savoir où je suis, ni qui je suis. Ça dure quelques minutes et ça passe, mais ça arrive de plus en plus souvent. Je sais pas combien de temps il me reste à garder toute ma tête, mais il faut, avant qu'il soit trop tard, que je retourne à Roanne. C'est une question d'honneur.

Voilà, tu sais tout. Je reviendrai bientôt, si je peux.

Henri leva les yeux vers Jean. Il lui semblait qu'il le voyait pour la première fois ; le bar, les gens, tout lui était devenu étranger. Il découvrait quelque chose de monstrueux, un visage de son père, un aspect de sa personne qu'il n'avait jamais osé imaginer. Il voulut avaler une gorgée de café et faillit vomir. Il tremblait.

– Viens ! dit Jean. On sort.

Le soleil au ras des collines allumait la brume grise qui engluait Saint-Étienne. Henri pensait à ce demi-frère inconnu, dans son esprit cela ne pouvait pas être une demi-sœur. Son menton piqué de quelques poils courts de barbe tremblait.

– Bon, dit Jean, c'est pas le moment de flancher. Ta mère est au bout... Il faut que tu ailles chercher ton père. Ça faisait longtemps que je voulais te parler ! Et puis, j'ai pas trouvé le bon moment.

– Comme si je m'attendais à ça, fit Henri entre ses dents.

– Si tu veux être un homme libre, garde-toi de juger les autres. La vie est longue et tu n'en as pas fait beaucoup.

– Quand même...

– Tu as compris, c'était une affaire d'honneur. Quand il était à Roanne, c'était un autre homme et pourtant...

Henri n'arrivait pas à se décider. Il gardait en lui ce sentiment confus qui lui faisait mal, pourtant il se sentait libéré d'un poids qui l'avait écrasé pendant des mois : son père était vivant, il n'était ni en prison ni en Afrique à la chasse aux grands pachydermes. C'était une victime, et ça le réconfortait.

– On va prendre le camion, dit Jean. Je vais en profiter pour rapporter du tissu de coton que j'irai vendre aux Lyonnais.

Ils firent quelques pas en silence. Jean posa sa main droite sur l'épaule du jeune homme :

– L'été dernier, j'ai arrêté le camion sur la place de Roanne, bien en vue, et j'ai laissé Marceau dedans. C'était pour le cas où ton père aurait eu l'idée de le voir, et puis personne n'est venu.

Un coucou chantait au loin. Par moments, les deux notes régulières éclataient en plusieurs sons saccadés, signe que le temps du départ était arrivé pour l'oiseau du printemps.

28

Le camion roulait sur la route nationale 82. Les tournants étaient si nombreux que Frontal faillit vomir. Le ciel d'une pureté absolue drapait de bleu les collines vertes. L'air était sonore, les bruits éclataient comme dans une église.

Ils traversèrent Feurs. C'était la foire. La rue principale était envahie de paysans venus des alentours qui marchaient au milieu de la route. Il fallut presque une heure pour retrouver la campagne.

À mesure qu'ils approchaient de Roanne, Henri se sentait de plus en plus mal. L'homme qu'ils allaient chercher n'était plus totalement son père, mais un inconnu dont il ne connaissait que l'aspect extérieur, les épais sourcils, le nez assez pointu, la moustache fournie et l'éternelle casquette grise sur sa bosse. C'était de cet étranger qu'il avait peur.

À Roanne, Jean gara son camion sur la place à l'endroit même où Marceau avait passé la nuit, l'été dernier. Quand le moteur s'arrêta dans un tremblement de tôles, Frontal se mit à gémir car il ne supportait pas d'être dans le camion arrêté. Jean se tourna vers Henri qui regardait devant lui et ne semblait pas pressé de descendre. Il était presque midi, une nuée d'hirondelles tournaient autour du clocher.

– Je sais où tu peux le trouver.

Jean descendit du véhicule et attendit Henri qui glissa du marchepied et faillit tomber. Le jeune homme n'avait pas l'habitude de cette lumière soutenue. Comme tous les mineurs, il la craignait et clignait les yeux. Il avait posé sa veste et le soleil mordait ses bras nus.

– Cette Anna est la fille d'un menuisier qui a une scierie dans le coin.

Ils suivirent un moment la Loire qui scintillait entre ses murs et arrivèrent à la place de la Poste.

– Il vient souvent dans ce bistrot. Tu n'as qu'à entrer et commander une bière pour passer le temps.

Jean s'éloigna. Henri hésita un long moment entre la fuite qui le préserverait et son devoir. Il avait souvent imaginé cette situation, il se prenait alors pour un justicier et se promettait de dire à son père la misère dans laquelle il les avait plongés... Les reproches avaient disparu. Les pieds lourds, la tête basse, le jeune homme entra dans l'ombre bienfaisante du bistrot. Des ouvriers, des facteurs se tassaient près du comptoir. Henri commanda une bière, s'assit à une table du fond et attendit. Quand il porta la bière fraîche à ses lèvres, il eut un haut-le-cœur.

Il regarda sa montre. Hier, à cette heure, au niveau – 620, il cassait la croûte avec ses collègues en chassant les rats qui se faufilaient entre leurs chaussures pour ramasser les miettes de pain. Ils avaient parlé de ceux qui n'étaient plus là, Lerris, Marionnet, Marcillac et Boutineau, Boutineau qui ne serait jamais surveillant... Henri lui rendait visite toutes les semaines. La

Caisse avait acheté une jambe de bois et il pouvait se déplacer autour de sa maison avec des béquilles. Il s'occupait à plumer l'herbe de son potager, mais s'ennuyait de la mine :

– J'attends d'être un peu plus adroit et je vais voir M. Antoine. Il faut que je retourne au fond.

La casquette sur les yeux, il surveillait les gens qui entraient, s'arrêtait sur chaque visage, cherchait une démarche claudicante. À côté de lui, deux hommes bavardaient. L'un était jeune, très brun, l'autre était plus âgé et portait souvent la main à son front. Henri crut comprendre qu'ils parlaient de leur patron toujours plus exigeant et qui payait mal... Tout à coup, le jeune homme bondit. La silhouette qui entrait, auréolée de lumière, ne lui était pas inconnue. Il n'osait pas bouger, honteux d'être là, comme s'il violait un domaine interdit. Enfin, il leva lentement les yeux. L'homme qui s'était approché du comptoir n'était pas son père ; Henri respira plus librement, mais l'attente était intolérable. Il décida de sortir.

Dehors, c'était la fournaise. Le soleil brûlait le goudron, éclatait sur les murs blancs. Henri se terra dans l'ombre d'un mur. Quelque chose le retenait près de ce bistrot. Il pensa à Zofia, au bébé qu'il sentait bouger dans le ventre de sa femme. Cet enfant à venir, cet inconnu le déconcertait aussi. L'engagement de toute une vie lui faisait peur. Ne serait-il pas, un jour, un fugitif comme son père, un chasseur de rêves ?

Le camion blanc qui descendait la rue le tira de ses lourdes pensées. Le cousin gara son véhicule et le rejoignit.

– On a le temps d'aller manger un morceau ! dit-il. On verra ce qu'on pourra faire après. L'estomac vide est un mauvais conseiller.

Jean conduisit Henri dans un petit bistrot sombre et frais où les tables étaient si serrées qu'on avait du mal à s'asseoir. Il avait ses habitudes dans cette ville comme dans beaucoup d'autres. En l'apercevant, la patronne lui sourit et vint le saluer. Jean lui commanda une omelette aux girolles et un pichet de vin. L'absence de Damien le tracassait.

– Tout ça c'est mauvais signe ! répéta-t-il.

Il chercha à se renseigner et questionna la patronne. La grosse femme au visage large et rouge connaissait tout le monde dans ce quartier central de Roanne. Elle leva les yeux, réfléchit un instant.

– Ah, vous voulez dire ce gars qui était ici pendant la guerre ? Ça fait bien longtemps que je l'ai pas vu.

Elle s'approcha de Jean et dit sur un ton de confidence :

– On dit que c'est le père du jeune Frédéric Legrand !

Henri ne réussit pas à finir sa part d'omelette. Jean, qui avait bon appétit, l'incitait à la gourmandise :

– J'ai rarement vu quelque chose d'aussi bon !

Le jeune homme buvait le vin frais qui répandait en lui une douce quiétude. Les angoisses s'estompaient un peu, mais l'estomac restait noué. Il avait mal partout.

– Bon, dit Jean, en faisant claquer la lame de son couteau. On va aller charger le camion. Après, on verra.

Ils arrêtèrent le véhicule dans une ruelle ombragée qui sentait le salpêtre et la cave humide. Des chiens les accueillirent en aboyant. Un homme sortit d'un atelier en contrebas, comme installé sous terre. Il ouvrit en grand deux portes au bas d'un escalier et le chargement des cartons de tissu commença. Quand ce fut fini, l'homme invita Jean et Henri à boire un coup. Ils s'essuyèrent le front et le suivirent dans une pièce sombre et fraîche. Quand ils sortirent, Jean décida :

– Bon, tu vas aller à la scierie.

Henri aurait préféré que le cousin l'accompagne, mais il ne semblait pas en avoir envie.

– C'est à cinq cents mètres sur la route de Lapalisse ! Tu peux pas te tromper.

Henri avait de nouveau les jambes lourdes et la respiration difficile. Il marchait comme un automate, certain que, cette fois, il n'échapperait pas à la rencontre tant redoutée.

La scierie était en retrait de la route. Une montagne de troncs, de planches jonchaient la cour devant une maison au toit dans le style du pays, à quatre pans d'ardoises. Un vieil homme très maigre, le chapeau sur la figure, poussait une grume sur un chariot. Un chien blanc courut en aboyant vers Henri qui tendit la main pour l'arrêter. Un autre homme sortit du bâtiment, dit quelques mots au vieux. Il était très droit ; sous son large béret, sa figure rouge était très maigre et crevassée de rides profondes. Il aperçut Henri, s'approcha, interrogateur.

– Vous cherchez quelqu'un ? demanda-t-il d'une voix aigre.

Henri hésita, puis, rouge de confusion, dit :

– Je cherche mon père. Ma mère va très mal.

– Votre père ?

L'homme le regardait fixement. Il rabaissa son béret sur ses yeux et comprit.

– Vous voulez dire le Damien ? Ah ça, c'est pas banal !

– Oui, je viens de Saint-Étienne.

– C'est pas banal ! répéta l'homme, puis se tournant vers la maison, il cria : Anna, viens donc voir !

Une femme sortit et descendit les quelques marches du perron. Elle était habillée de noir, comme Marie. C'était une grande brune au visage long, aux joues creuses. Henri n'osa pas soutenir son regard et baissa la tête.

– Qu'est-ce qui se passe, Charles ? demanda-t-elle d'une voix pleine d'inquiétude.

L'homme recula son béret. Il avait la taille tenue par une large ceinture de flanelle. Sa moustache grise couvrait sa bouche.

– Il cherche le Damien.

La femme eut un mouvement de recul. Elle dévisagea Henri, une lueur de méfiance dans le regard. Le soleil était toujours aussi fort. Des moineaux piaillaient dans un énorme houx, hérissé de toutes ses dents de poisson.

– Damien ? s'étonna Anna. En voilà une histoire !

– Ma mère va mourir ! réussit à dire Henri. C'est pour l'avertir.

Un garçon d'une quinzaine d'années sortit de la maison et vint se placer à côté d'Anna. Henri fut frappé par sa ressemblance avec son père, le même nez pointu, les mêmes sourcils un peu épais, les mêmes petits yeux noirs.

– Entrez ! dit Anna.

Henri la suivit timidement. Il redoutait de pénétrer dans cette maison comme s'il allait y découvrir une vérité pire que celle qu'il avait imaginée. L'intérieur était sombre, les cloisons grises de suie. Une grande table au milieu de la pièce, avec des bancs, occupait toute la place. Charles qui avait suivi posa son béret.

Son front était blanc et ridé, ses cheveux rares formaient des mèches grises collées sur son large crâne. Il était très maigre.

– Vous prendrez bien un verre !

Il invita Henri à s'asseoir. Le garçon s'était placé à côté de l'homme et ne quittait pas Henri des yeux, tandis qu'Anna sortait des verres du placard. Sur le banc, à côté de la cheminée éteinte, une très vieille femme soutenue par des coussins tremblait de toutes ses rides.

– La guerre, dit l'homme en versant du vin dans les verres mal lavés, ça n'a pas été gai pour tout le monde ! Anna, c'est ma sœur ; moi, c'est Charles !

Il tendit son verre vers Henri pour trinquer. Anna ferma les portes vitrées du placard qui grincèrent, puis ouvrit le foyer de la cuisinière où elle ajouta une bûche.

– Quand Damien est parti à l'automne dernier, on a cru qu'il allait chez vous...

– On ne l'a pas vu.

– Ça, c'est pas banal ! fit encore Charles. On le contrariait pas, rapport à l'éclat d'obus. Il avait des moments où ça tournait pas rond.

– Nous, on s'était aperçus de rien.

Henri leva les yeux sur Anna. Elle était en train d'arranger les coussins de la vieille avec des gestes pleins de douceur. Des mèches de cheveux gris s'échappaient de ses peignes. Elle avait la démarche de Marie. Ces deux femmes unies par l'amour du même homme se ressemblaient, le même front haut, les mêmes grands yeux noirs.

– Il a écrit à mon cousin Jean ! dit Henri. Il disait que par moments il perdait la tête et savait plus qui il était !

– C'est pas banal ! répéta Charles.

Devant Anna et ce jeune garçon, Henri s'en voulait d'avoir pensé que son père pût être coupable de quoi que ce soit, alors que seule la guerre était responsable. Damien avait voulu ménager tout le monde et n'avait réussi qu'à se détruire. Où était-il, à cette heure ? Un vagabond errant au hasard des chemins, ou dans un hospice, incapable de donner son nom aux gendarmes ? Henri se leva, salua Charles et le jeune Frédéric. Anna l'accompagna jusqu'à la route :

– Si vous avez des nouvelles..., dit-elle d'une voix pleine d'angoisse.

Henri avait envie de la prendre dans ses bras et de la serrer contre lui, comme quelqu'un de très proche. Elle non plus n'était pas allée jusqu'au bout de son élan et resta longtemps au bord de la route à regarder s'éloigner ce garçon qu'elle voyait pour la première fois et qui, pourtant, était un peu son fils.

Il arriva au camion où Jean l'attendait. Le cousin vit à sa tête que quelque chose n'allait pas. Il se lissa la moustache.

– Il n'est plus ici ! dit Henri. Personne ne sait où il est !

– C'est bien ce que je craignais !

Ils restèrent longtemps sans un mot, traversés par la rumeur de la ville. Jean regardait la Loire pleine de ciel bleu et les montagnes de l'ouest où des nuages lumineux préparaient un orage :

– Qu'est-ce qu'on peut pour lui ?

C'était une question qui n'attendait pas de réponse. Henri dit d'une voix déterminée :

– Le faire chercher par les gendarmes ! Ils le trouveront et je m'occuperai de lui. C'est mon père, tu comprends, Jean, c'est mon père...

Jean ouvrit la portière du camion et fit monter Frontal.

– Il faut rentrer, maintenant. Ta mère a besoin de toi.

Ils s'assirent sur la banquette brûlante, Frontal haletait. Pour meubler le silence, Jean parlait de la politique. Le gouvernement Doumergue ne lui plaisait pas. Il accusait cet homme rond à l'accent jovial de Toulouse d'avoir des arrière-pensées de dictateur. Et puis, il y avait Hitler en Allemagne. Le fascisme était la pire des idéologies :

– Surtout, ça va marcher ! Je te le garantis. Ils sont prêts à nous foutre sur la gueule !

Henri n'écoutait pas, mais le son de cette voix le rassurait. Il échafaudait des plans. Quand les gendarmes retrouveraient son père, il faudrait de la place pour l'accueillir. Il allait donc faire une demande de logement à la Compagnie dès demain matin. Et puis, le miracle était possible : sa mère allait peut-être guérir !

La nuit était tombée quand ils arrivèrent à Chavassieux. Augustine les accueillit devant la porte, son grand mouchoir blanc sur la figure. Henri comprit tout de suite qu'un nouveau malheur était arrivé.

– Vous arrivez trop tard ! dit-elle en éclatant en sanglots. Elle est morte à quatre heures de l'après-midi.

– Morte ?

Non, ce n'était pas possible ! Henri venait de recevoir un coup de massue. Il eut beau tenter de se contenir, les larmes lui brouillaient la vue.

– C'est mieux comme ça ! lui souffla Jean.

Zofia le prit par le bras comme s'il était un tout petit garçon. Pierrette et Éléonore étaient là, les yeux rouges, les lèvres gonflées, en peine d'elles-mêmes. Marceau, recroquevillé sur le siège près de la cuisinière, suivait d'un regard apeuré les grandes personnes comme un animal qui redoute le coup fatal. Jean s'assit à côté de lui et le serra contre sa large poitrine. Jeanne balayait. Elle ne pleurait pas et s'en voulait de ne pas avoir plus de chagrin. Elle s'était vêtue simplement d'une jupe grise et d'un gilet de laine noire. Elle redevenait ainsi la petite passementière de Plancheforte et, pourtant, elle avait bien changé ! Ce soir, elle découvrait son indifférence pour sa famille, pour Henri, pour Pierrette. La mort de sa mère la libérait d'un vague sentiment de culpabilité. Désormais, elle était entièrement libre. L'image de Gustave s'imposa à son esprit, leur maladresse et sa déception après leur première nuit d'amour. Là aussi, il y avait un long chemin à parcourir, mais elle en avait la force...

Marie fut enterrée trois jours plus tard au cimetière de Montmartre à côté de son père. Il faisait beau sur Saint-Étienne. Henri, Zofia, les jumelles et Marceau qui donnait la main au cousin Jean suivaient ce cercueil qui faisait d'eux des orphelins et les séparait à jamais. Henri serrait les dents. L'injustice de ces vies sacrifiées le révoltait. Et tandis qu'il marchait la tête basse, il jurait de retrouver son père, même mort, pour qu'il soit pour l'éternité à côté de celle qui l'avait tant aimé. Derrière lui, Éléonore donnait le bras à sa mère et à Albert qui pleurait lui aussi. Jusqu'au dernier moment ils avaient cru que Damien reviendrait. Mais Damien ne pouvait pas revenir puisqu'il ne connaissait plus le chemin de sa maison.

Quand le cercueil eut disparu dans la fosse,

Marceau fut pris de tremblements. Jean serra fort sa main pour le rassurer.

– T'en fais pas, on s'arrangera tous les deux ! lui souffla-t-il à l'oreille.

La famille se retrouva à Chavassieux. L'odeur de la mort planait encore dans cette maison qui n'avait plus d'âme et que personne ne reconnaissait. Henri s'occuperait des formalités auprès de la Compagnie. Éléonore prendrait Marceau pendant l'année qui lui restait avant son certificat d'études. L'enfant se mit à pleurer à chaudes larmes. Jean lui dit :

– Prends patience, petit gars. Tu sais que tu es mon héritier ! Allez, mauvaise troupe, un peu de courage.

Jeanne le serra contre elle :

– Si ça va pas, tu me le dis, je te prendrai avec moi.

Elle était sincère. Pierrette tourna vers elle son regard sombre que la fatigue durcissait :

– Avec toi, il sera sûrement élevé dans le droit chemin ! dit-elle d'une voix pleine de reproches.

Un peu de rouge colora les joues de Jeanne. Elle demanda :

– C'est pour quand, ton mariage avec Alain ?

– Au début de l'année prochaine. Et ce sera un véritable mariage en blanc, suivi d'une véritable nuit de noces !

La conversation s'arrêta là. Les deux sœurs savaient qu'elles ne se verraient que rarement et seulement pour des visites conventionnelles. Elles repartirent le soir même vers leurs destins respectifs, l'une pour sa chambre de bonne, l'autre pour le lit de Gustave.

La maison fut rendue à la Compagnie. Henri prit le modeste mobilier et Marceau alla vivre chez sa tante où il fut mieux qu'il ne l'espérait. L'oncle Albert, brutal envers sa femme, fut sans reproche auprès du petit orphelin. Ce n'était pas un mauvais bougre et il s'attacha très vite à cet enfant à qui Jeanne envoyait chaque mois un peu d'argent. Au début du mois de juin, Jean vint le chercher pour la grande tournée d'été...

Henri voulut retrouver son père. Il demanda aux gendarmes de faire une enquête. La trace de Damien se perdait à Moulins. Le vieux Flandrin qui cherchait les sources avec un pendule fit se balancer une montre en or sur une carte :

– C'est dur à dire, fit-il, mais je crois qu'il est pas loin de Verdun, dans une maison, et que personne sait qui il est, mais, franchement, je crois pas qu'il soit mort !

Cela suffisait pour redonner espoir. Les gendarmes de Saint-Étienne avertirent leurs collègues de l'Est, qui fouillèrent tous les hospices et les hôpitaux de la région, mais la tâche était démesurée. La Grande Guerre avait rempli ces établissements de tant d'éclopés, de déments hirsutes sans état civil qu'il fallut très vite se rendre à la raison : Damien était peut-être parmi eux, mais comment le reconnaître ? Henri fit le voyage et visita des dizaines de maisons. Il dévisagea des centaines, des milliers de ces sans-nom, mais son père resta introuvable. La seule chose qui lui restait était une photo qu'il fit agrandir et encadrer...

Merci à :

Jean Andersson
Claude Autier
Jean Beroujon
Nadine Besse
Martine Font
Yvette Granget
Pierre Michel
Jacques Plaine
Brigitte Reynaud
Monique Trouillet
Thierry Veyron
pour l'aide précieuse qu'ils m'ont apportée.

Achevé d'imprimer en septembre 1995
sur presse CAMERON
par Bussière Camedan Imprimeries
à Saint-Amand-Montrond (Cher)
pour le compte des éditions Robert Laffont
24, avenue Marceau, 75008 Paris

N° d'édition : 36452. N° d'impression : 1/2204.
Dépôt légal : août 1995.

Imprimé en France